MOI Charly !

 MOI *Charly* !

SUZANNE NSILULU

Avec MAINA THIAW SY

Édition : SNB ÉDITIONS
Relu, corrigé par Marina Lombardi
Mise en page par Suzanne NSILULU
Illustration : 2LI
ISBN : 978 2 958 0019 2 6
Dépôt légal : Janvier 2023

AVERTISSEMENT DE CONTENUS

Ce roman contient quelques passages sensibles, dans lesquels des situations de violences et de harcèlement sont évoquées. Voici les chapitres concernés : 6, 7, 8, 9, 13 et 14.

Bonne lecture !

PROLOGUE

Je suis Malik Charles Sylla, mais tout le monde m'appelle Charly ! J'ai une chance inouïe. Je suis riche, beau et très intelligent. Tout dans la vie me réussit !

Mon magnifique corps noir et athlétique attire tous les regards. Mon charisme évident et ma tête bien faite font que rien ni personne ne peut me résister… Et encore moins les femmes ! Elles tombent toutes à mes pieds sans que j'aie rien à demander. C'est la classe, n'est-ce pas ? La seule femme que j'aime, c'est ma mère. C'est une personne incroyable et je ne connais personne qui lui arrive à la cheville.

D'ailleurs, je dois vous dire une chose : je crois en tout, sauf en l'amour. L'amour est une niaiserie. C'est pour les faibles et je n'ai pas besoin de ça dans ma vie. Moi, je suis un vainqueur !

J'aime aussi l'argent. Le fric me procure tout ce dont j'ai besoin, et surtout ce dont j'ai envie. En fait, je suis heureux comme je suis. J'adore ma vie parfaite. Mon avenir est assuré, alors pas besoin de m'inquiéter. J'ai le temps de m'amuser, de vivre et de profiter.

Oui, oui ! Je vous entends déjà dire que je suis orgueilleux, imbuvable, etc., etc. Mais que voulez-vous ? Ce n'est pas de ma faute si je suis moi ! En tout cas, je m'aime comme ça et il va falloir vous y habituer.

Une chose est certaine : *vous allez adorer me détester !*

PARTIE 1

VOUS AVEZ DIT MODESTIE ? QUELLE MODESTIE ? | 1/2

[CHARLY SYLLA]

— Ma' ! M'a ! Je suis rentré ! Ma', tu es là ?

Eh, mais dis donc, on dirait qu'il n'y a personne dans cette maison !

— Mariama ? Mariama ?

— Mais pourquoi cries-tu comme ça ? Qu'est-ce qu'il y a, encore ?

— Où est Ma' ?

— Je ne sais pas où est ta mère, elle est sortie ce matin. Et puis tu sais, tu peux enlever tes grosses lunettes de soleil et dire bonjour, Charly. Je sais que je ne suis que l'employée de la maison, mais c'est moi qui t'ai élevé, mon garçon.

— Oui, c'est vrai, excuse-moi, Mariama. Bonjour ! C'est que je rentre après quinze jours à Londres et personne n'est là pour m'accueillir.

— Quand vas-tu arrêter de croire que tu es le centre du monde, jeune homme ? Parfois, je me demande comment tes amis te supportent. Bon... j'ai du travail. Si tu veux manger, il y a tout ce qu'il faut dans la cuisine. Et cesse de beugler dans toute la maison !

— Hmm...

Mariama me fait toujours des reproches. C'est la plus ancienne de nos domestiques, elle est un peu comme ma deuxième mère. Avec Ma', elle est la seule personne qui sait comment me parler. J'ai beaucoup de respect pour elle. Ah oui, que je vous dise ! Je ne suis pas enfant unique. Malheureusement pour moi, j'ai une sœur aînée, Fatim, et je ne peux pas la blairer. On se déteste cordialement, au grand dam de nos parents. Mais je vous reparlerai d'elle plus tard, car Fatim et moi, c'est toute une histoire !

Pour l'instant, je suis juste agacé de constater que je n'étais pas attendu. D'habitude, lorsque je rentre de voyage, Ma' est toujours là pour m'accueillir. Finalement, ce n'est pas plus mal. Je suis exténué par ces heures de vol, j'ai besoin de me débarbouiller et de me reposer. Parce qu'à Londres, c'était la folie ! J'ai fait la fête en pagaille avec mes gars sûrs. Nous avons passé un super bon moment.

J'aurais mieux fait de rester en Europe. Maintenant, que je suis rentré à Dakar, les choses vont changer. Tout ça à cause de mon père. J'appréhende, car Abderahmane Sylla a décidé de me rendre autonome dès mon retour de Londres, et nous y sommes. Cela signifie que je vais devoir gagner mon propre argent.

Quelle misère !

Pourquoi veut-il que je travaille alors qu'il a une armée de salariés pour faire tourner sa boîte ? Ne suis-je pas son héritier ? Si ça lui plait de travailler, tant mieux, mais il ne peut pas m'avoir habitué à l'oisiveté, et réclamer aujourd'hui ma sueur pour un simple poste de salarié.

Je ne comprends pas mon père. Abderahmane Sylla est une énigme pour moi. C'est un homme secret et très peu soucieux de mes préoccupations. C'est à la fois mon père et un inconnu. Il ne sait pas qui sont mes amis, il ne connaît pas mes professeurs, il ne sait pas ce que j'écoute comme musique. Tout ce qu'il sait, c'est que je suis son fils, que j'ai bien eu mon diplôme en marketing et management, et que je dois travailler dur si je veux un jour le remplacer.

Voilà son seul intérêt !

Au début, Maman a plaidé ma cause, mais il a fini par la convaincre du bien-fondé de son projet. Je n'ai que vingt-quatre ans, je ne vais quand même pas commencer à bosser pendant que mes potes prennent du bon temps ! J'ai la vie devant moi pour me former à présider le groupe familial. Là, tout de suite, j'ai juste besoin de me relaxer. Parfois, j'ai l'impression que Pa' ne m'aime pas. Il sabote tous mes plans, ce vieux. Et dire que j'avais prévu de partir à Miami dès mercredi prochain... À cause de lui, c'est foutu. Je dois me faire une raison. Et puis tant qu'il continuera à payer mes extras, tout ira bien pour moi. Qu'est-ce qu'il croit, le père Sylla ? Au final, penser à tout ça m'a fatigué, le sommeil m'a vite rattrapé.

[Plus tard dans la journée...]

Cette sieste m'a fait le plus grand bien, c'est juste dommage que je me sois réveillé si brutalement. J'ai senti comme un poids sur mon corps, ça m'empêche de respirer. J'ouvre les yeux et je comprends tout de suite ce qui ne va pas :

— Mais qu'est-ce que tu fais là, toi ? Comment t'es entrée ici ?

— Merci pour l'accueil, mon amour ! Mariama m'a ouvert... Tu n'es pas content de me voir ?

— Cela n'explique pas pourquoi tu t'es étalée sur moi comme ça. Tu ne vois pas que tu m'empêches de bien dormir ?

— C'est quoi le problème, Charly ? Je viens te voir pour te souhaiter une bonne arrivée, et tu râles ? D'habitude tu ne te plains pas quand je te réveille comme ça, hmm ? fait-elle de son air coquin.

Awa s'est allongée sur moi de tout son long, son visage est posé contre le mien. Elle n'est pas si lourde que ça, mais je n'ai vraiment pas envie qu'elle soit là.

— Ok, Awa ! Mon voyage a été long et je suis crevé. J'ai besoin de dormir un peu. Donc, s'il te plaît, repars d'où tu viens, on se verra plus tard !

— Mais, Charly...

— Casse-toi, Awa ! Je suis fatigué et j'ai pas envie de te voir, là, tout de suite, dis-je en haussant le ton.

— Je pensais vraiment que tu serais content de me voir après deux semaines loin. Je voulais que tu me racontes Londres... Bon... je m'en vais... déclare-t-elle, déçue.

— Ouais, c'est ça ! Et referme bien la porte en partant !

Piou ! Mais quel pot de colle, bon sang ! J'en ai connu, des filles comme elle, mais Awa remporte la médaille. Une vraie abeille collée à son miel. En réalité, elle me saoule avec ses « *je t'aime* », « *tu me manques* », « *mon amour* ». Si elle veut du romantisme, elle s'est totalement trompée de route. Avec moi, il n'y a pas de ça ; elle le sait, pourtant.

Le plus drôle, c'est qu'elle pense vraiment que je vais l'épouser. Quand j'y pense, je ris tout seul. En même temps, c'est normal qu'elle soit accro — elles le sont toutes, d'ailleurs. Je suis tellement charismatique et beau gosse qu'elle ne peut plus se passer de moi. Ceci dit, je ne comprends pas pourquoi les filles cherchent absolument à se marier ou se faire épouser — choisissez la formule qui vous va, ça revient au même, et ce n'est certainement pas pour moi.

C'est idiot, cette histoire de mariage. Être emprisonné à vie par une femme parce que vous lui avez dit oui ? Euh… non merci. Très peu pour moi ! Je vois bien comment mon père bataille avec ma mère pour obtenir des choses. J'adore Ma', mais sérieusement, elle le fatigue. Il ne peut même pas sortir sans qu'elle sache où il va. C'est une atteinte sérieuse à sa liberté, non ?

Finalement, les hommes croient commander, mais dans le fond, c'est souvent leurs femmes qui ont le dernier mot. Malignes et ingénieuses, ces créatures maléfiques ont de l'huile sur la langue. Lorsqu'elles vous parlent, les paroles glissent toutes seules et vous finissez inexorablement par céder.

Le calvaire !

D'ailleurs, si un jour, je devais me marier, ce ne serait certainement pas avec une fille comme Awa. Elle est gentille, plutôt jolie, mais c'est tout. Pour moi, il faudrait une femme qui ait de la prestance. Il me faudrait un « avion de chasse ». Quelqu'un à ma hauteur. Une fille qui rayonne — un peu comme moi, quoi. Avec Awa, je m'amuse, mais elle est si amoureuse que ça atrophie sa pensée. Je lui ai pourtant dit et répété que je ne crois pas en l'amour, mais elle ne m'écoute pas. Le seul avantage avec Awa, c'est qu'elle est toujours disponible pour moi. C'est ma copine officielle, si vous voulez.

De nombreuses filles me courent après et je ne me fais pas prier. Il paraît qu'il n'y a pas de meilleurs remèdes à la tentation que d'y céder. Et donc, je cède volontiers à toutes les tentations, vous me suivez ? Eh ! Eh ! Évidemment, Awa n'en sait rien, elle est bien trop jalouse pour accepter une relation non-exclusive.

Ah, arrêtez un peu, hein ! J'entends d'ici ce que vous pensez. Mais je vous avais prévenus, non ? Je ne crois pas en l'amour, donc il est évident que je ne crois pas en la fidélité non plus. Logique, n'est-ce pas ? Je rappellerai la petite Awa ce soir. Je sais parfaitement qu'elle n'attend que ça. Maintenant, que je suis réveillé, plus la peine de rester au lit.

Alors que je m'apprête à me lever, ma mère entre sans frapper.

— Bigué Diop Sylla, la plus jolie des femmes de Dakar. Je t'aime tellement !

— Cesse donc de me flatter, Charly.

— Mais je ne te flatte pas, je pense ce que je dis. Au fait, Ma', j'ai failli t'attendre, tu sais ? T'étais même pas là quand je suis arrivé !

— Au lieu de me reprocher des choses, tu ferais mieux de commencer par me dire bonjour.

— Mariama m'a dit la même chose que toi ce matin... Je vais finir par croire que je suis vraiment insolent.

— « Bonjour », c'est essentiel et non négociable, mon cher ! Tout comme « s'il te plaît », « au revoir » et « merci ». Et arrête de grimacer ! Tu te comportes vraiment comme un ado attardé, Charly.

— Mais Ma', tu me négliges...

— Quand grandiras-tu, mon fils ? Ça devient inquiétant, dit Ma' entre dépit et ironie. Cesse de râler et viens enlacer ta vieille mère.

J'accède directement à sa demande et je la prends dans mes bras musclés – parce que oui, en plus d'être beau, je suis musclé ; au moins, comme ça, vous savez !

— Comment s'est passé ton voyage ? m'interroge-t-elle avant de s'asseoir sur le bord de mon lit.

— Bien, Ma'. On a fait la fête, comme d'habitude. Avec Hassan, on a même passé une journée à Paris, c'était top !

— Tant mieux. Bon, je te laisse tranquille, mon chéri.

— Attends, Ma' ! J'ai ramené les parfums que tu m'as demandés.

— Merci, mon fils. J'aime bien en avoir d'avance ! Au fait, ce soir, Papa et moi dînons chez Tantie Aïssata et son mari. Ne nous attends pas. Repose-toi plutôt, car la semaine prochaine, tu attaques le travail. Tu sais que ton père ne te fera aucun cadeau. Sois prêt, Charly.

— Suis vraiment obligé d'y aller, Ma' ? Il a plein de gens à son service, il n'a pas besoin de moi.

— Charly...

— Mais c'est vrai, quoi ! Pourquoi il ne propose pas ça à Fatim ? C'est elle l'aînée, après tout !

— Ne dis pas de sottises. Il fait ça pour ton bien. Tu as besoin de travailler pour avancer dans la vie. Ta sœur a déjà un boulot, et son poste lui plaît beaucoup. Et toi, tu ne fais rien depuis que tu as eu ce diplôme. Ça fait presque deux ans... Ce n'est pas te rendre service que de te laisser paresser de la sorte.

— Mais Ma'...

— Il n'y a pas de « mais » qui tienne ! Cette fois-ci, je suis d'accord avec ton père. Tu dois apprendre la valeur de l'argent, on ne peut pas te laisser croire que tout est facile. Je te laisse, je vais me préparer. À plus tard, mon chéri.

— À plus tard.

Si Ma' ne me soutient pas, ça ne va pas le faire. Je comprends que, bientôt, je ne serai plus libre de mes mouvements. Mon père ne va pas me quitter des yeux.

Quelle poisse !

Cette histoire de travail me contrarie vraiment. Il faut que je sorte pour me changer les idées.

PARTIE 1

VOUS AVEZ DIT MODESTIE ? QUELLE MODESTIE ? | 2/2

[CHARLY]

— Allô, Hassan ? Bien rentré, frère ?

— J'ai dormi ! La chaleur de Dakar, là… c'est quelque chose, hein ?

— Laisse tomber, je suis content de retrouver la climatisation. Dis-moi, on bouge ce soir ? Je pensais qu'on pourrait aller dîner avec les potes au Sokhamon, ça te dit ?

— Ok ! Je pense que Jessica voudra venir. Ça fait deux semaines que je ne l'ai pas vue, elle va craquer si je la laisse tomber ce soir.

— Je vais appeler Miss Awa, alors, histoire de ne pas laisser ta copine seule parmi tous ces mâles. Je te laisse contacter les autres ; on se dit dix-huit heures trente sur place ?

— C'est bon pour moi. Je préviens les potes, à tout à l'heure !

Hassan est mon ami de toujours. C'est « *mon gars sûr* », la voix de la raison. J'ai de la chance qu'il soit aussi calme et réfléchi. Il m'a sauvé la vie dans bien des situations. Il est en couple avec Jessica depuis des années. Honnêtement, je ne sais pas comment il fait pour ne pas la tromper. Avoir la même meuf tous les jours de l'année, ça doit être barbant ! Hassan me répète qu'un jour, je comprendrai. Euh... franchement, je ne le lui dis pas pour ne pas le vexer, mais je n'ai absolument pas envie de comprendre. J'aime mieux papillonner !

J'apprécie mon ami, mais je dois admettre que je le trouve faiblard. Plus ça va, plus cette relation avec Jessica annule son charisme. Jessica par-ci, Jessica par-là... Vraiment, ça ne lui réussit pas du tout ! Moi, au moins, je suis libre. Si Awa me fatigue, je la gère et puis c'est tout. Elle n'a aucun contrôle sur moi pour la simple et bonne raison que je n'ai pas de sentiments pour elle. Enfin, je veux dire que je ne suis pas amoureux. Hassan, lui, est dans les problèmes jusqu'au cou avec sa Jessica. C'est pour cela qu'il ne faut pas tomber dans le piège amoureux. Après, on passe sa vie à négocier. C'est fatigant et inintéressant. Bref ! Je fais défiler le répertoire de mon téléphone mobile et je tombe directement sur ma cible. J'appuie sur l'icône d'appel et la miss décroche aussitôt.

Y'a pas à dire, cette nana est dingue de moi !

— Miss Awa, c'est comment ?

— Tu m'as virée comme une vulgaire chaussette et tu oses me demander « C'est comment ? » ?

— Je suis désolé, bébé, mais je ne m'attendais pas à te voir. J'étais fatigué de mon voyage, tu vois.

— Tu es désagréable en ce moment. Je ne sais pas ce que tu as contre moi, mais j'en ai assez.

— Arrête de bouder, Awa. Pour me faire pardonner, je t'emmène au restau ce soir. Fais-toi belle, ok ? Attention à tes chaussures, on va en bord de plage.

— Non merci, répond-elle sèchement.

— Comment ça, « Non merci » ?

— Tu voulais que je me casse, n'est-ce pas ? Eh bien, je me suis cassée. Maintenant, je reste chez moi.

— T'es sûre de toi, Miss Diakhité ?

— Certaine. Je ne suis pas ta chose, Charly !

— Comme tu voudras... mais ne t'étonne pas si je te trouve une remplaçante charmante et avenante.

— Pas la peine de me faire du chantage. Cette fois-ci, ça ne prend pas !

— Alors, *Goodbye*, Miss Diakhité. Je t'aimais bien pourt...

Je n'ai pas le temps de terminer ma phrase que ma petite copine me raccroche au nez.

Sacrée Awa ! Tu vas le regretter...

Si elle pense que ça me fait mal, elle se trompe. Elle n'a qu'à rester chez elle, et puis après ? Avec toutes les filles célibataires qu'il y a dans Dakar, elle sera vite remplacée. Par contre, elle, pour trouver un homme comme moi, elle va vraiment GA-LÉ-RER ! Il faut simplement qu'elle sache que personne ne me résiste. Si je veux qu'Awa reste avec moi, elle restera avec moi. Si je veux la garder, elle sera à mes pieds !

★

[AWA DIAKHITÉ]

Mais pour qui se prend-il ? Je l'aime, c'est vrai, mais j'ai oublié d'être sotte. Cette fois-ci, je vais le laisser mariner. Il est vraiment trop sûr de lui, il faut que je lui montre que je ne suis pas aussi docile que j'en ai l'air. Le problème, c'est que je suis certaine que c'est l'homme de ma vie. Comment faire pour qu'il accepte de se projeter plus loin avec moi ? Je lui ai donné ma fleur, mais ça n'a pas suffi – d'ailleurs, si ma mère apprend ça, je suis morte, morte de chez morte ! Ce Charly va me rendre folle.

Il ne me reste plus qu'à prier pour qu'il me fasse sa demande un de ces jours. Au bout de deux ans, ça ne serait pas trop tôt, quand même ! En tout cas, pour ce soir, ce sera non. Je ne suis quand même pas le toutou du prince héritier !

[CHARLY]

Le week-end est passé trop vite, je débute mon stage demain matin et je ne suis toujours pas prêt. J'ai du mal à envisager cette nouvelle vie de travail. Surtout aux côtés de Pa, qui ne me laisse rien passer. Ce type a décidé de faire de ma vie un enfer, comment vais-je me sortir de ce bourbier ? De toute façon, je suis le fils du patron et cette entreprise est autant à lui qu'à moi. Si je réfléchis bien, il ne devrait rien m'arriver de grave, parce que personne ne voudra contrarier le fils du PDG fondateur du groupe UMD (Uni Media Dakar) !

Brr ! Il faut que j'arrête de m'inquiéter... Je dois aborder cette étape avec mon mental de vainqueur. Je suis Charly Sylla, tout de même ! Je ne suis pas n'importe qui et je ne fais pas n'importe quoi. Pour une fois, Pa' sera fier de moi. À nous deux, UMD !

★

[AWA]

Je ne peux plus rester en place, je souffre en silence. Charly me manque, mais c'est à lui de me rappeler. Il faut qu'il comprenne que je ne suis pas à sa merci. Pour m'aérer l'esprit, je vais aller chez Tessa. C'est l'une de mes meilleures amies. Elle habite le quartier depuis toujours, tout comme notre famille. J'adore aller chez elle, parce que ses parents sont trop cool. J'adorerais que les miens soient aussi sympas, mais ce n'est pas vraiment le cas. Ils sont stricts et démodés, et je ne vois pas comment ça pourrait changer.

Plus traditionaliste que Monsieur et Madame Diakhité, tu meurs !

J'arrive chez Tessa et celle-ci m'accueille en vitesse. Elle est enroulée dans sa serviette de toilette ; elle était sur le point de prendre sa douche.

— Installe-toi, je reviens dans cinq minutes, dit-elle, désolée.

— Oh, ne t'inquiète pas, prends ton temps...

— T'en fais, une tête ! Qu'est-ce qu'il y a ?

— Rien, pourquoi ?

— Non, c'est juste que t'as pas l'air bien. C'est pas à cause de Charly, au moins ?

— Laisse mon Charly tranquille, toi !

— Bon... J'arrive, déclare mon amie avant de filer dans sa salle de bain.

Tessa la maniaque a enfin terminé de se doucher. Elle me relance au sujet de ma tête de déterrée. Après quelques minutes de tergiversation, je finis par lui avouer que le comportement de mon petit ami est bien la cause de ma contrariété. Je lui détaille ce qu'il s'est passé il y a quelques jours et Tessa fait la moue. Je sais que mon amie a du mal avec Charly, elle ne le supporte pas.

— Tu perds ton temps avec ce nullard, argue-t-elle. Il est peu aimable et imbu de sa personne.

Je n'apprécie pas ce qu'elle dit de lui, elle m'agace.

— Quitte-le ! ajoute-t-elle d'un ton vigoureux.

— Je ne peux pas. Je suis folle de lui, Tessa, et je ne sais pas faire autrement, avoué-je les yeux bordés de larmes. Ça fait plus de deux ans que nous sommes ensemble, j'ai tellement de la chance de l'avoir dans ma vie.

— J'ai compris, tu as de la chance, ok... Ne le prends pas mal, mais j'ai l'impression que tu ne comptes pas pour Charly.

— Non, Tessa, il m'aime, je le sais, je le sens. Il dit qu'il est bien avec moi, il veut qu'on aille plus loin.

— Écoute, Awa, tu sais bien qu'il te raconte tout ça pour obtenir ce qu'il veut. Et tu sais de quoi je parle, n'est-ce pas ?

— Mais tu ne comprends rien ou quoi ?

— Je comprends surtout que son comportement envers toi est anormal. Il te jette le matin, te console le soir...

— Mais pourquoi vois-tu le mal partout ? Hmm ? C'est certainement pour ça que tu es toujours célibataire.

— Ne dis pas n'importe quoi, Awa, ça n'a absolument rien à voir.

— Charly n'est pas méchant, tu sais ? Il a juste un caractère impérieux, ça ne fait pas de lui un monstre, quand même !

— Awa tu es trop amoureuse, tu ne distingues même plus le vrai du faux. Je ne voulais pas t'en parler, mais je vais le faire pour que tu te rendes compte des choses : tu sais qu'il est ami avec mon grand-frère, Barry ?

— Oui, et ?

— Eh bien, Barry m'a dit que ton petit ami voit une autre fille que toi.

— Impossible ! Tu racontes vraiment n'importe quoi.

— Alors, demande à ton petit ami avec qui il était à Londres...

— C'est impossible, je te dis. Ça fait bien longtemps que Charly ne batifole plus. Il s'est assagi. On dirait que tu es jalouse de notre relation, Tessa.

— Moi, jalouse ?

— Oui, oui ! Je crois que tu es jalouse.

— De Charly et toi, en plus ? T'es pas sérieuse, Awa ? lâche-t-elle dans un éclat de rire.

— Je ne vois aucune autre explication, ma chère.

— Je m'en fiche de ton Charly, moi ! Si je te dis tout ça, c'est parce que tu es mon amie. Tu mérites de savoir ce qu'il se passe derrière ton dos. Tu es si naïve, c'est dingue.

— Merci pour ton amitié.

— Tu t'es entichée d'un faux gars et c'est un gros problème. Il est peut-être riche et mignon, mais il ne vaut pas grand-chose. Tu mérites mieux, Awa. Beaucoup mieux !

— Donc c'est ça, t'es vraiment jalouse ?

— C'est pas croyable ! Avec toi, c'est toujours pareil. Si on a un avis différent du tien, c'est qu'on est jaloux ou je ne sais quoi. Ton type n'aime que lui, t'es aveugle ou quoi ?

— *Tchip* !

— Ouvre les yeux, bon sang !

— Alors là, oui, j'ouvre grand les yeux et je m'aperçois que mon amie n'est qu'une envieuse.

— C'est ridicule, Awa !

— Écoute, j'en ai assez que tu maltraites mon mec. Alors maintenant, sois heureuse pour moi ou ferme-la, ok ?

— À qui dis-tu « ferme-la » ? Je ne t'envie pas du tout, bien au contraire, je te plains. Ce type est une épine dans ton talon et il t'empêchera d'avancer. Tu ferais mieux de te remettre en question avant qu'il ne soit trop tard.

— Ben, voyons !

— Tu sais quoi, Awa ? Tu rêves si tu t'imagines une seconde que Charly va faire sa vie avec toi. Il te fait marcher et toi tu cours.

— Espèce de jalouse ! T'as pas fini de me porter l'œil ?

— Ah, mais tu peux crier tant que tu voudras. Ça ne m'empêchera pas de te dire que lorsque ton Charly Sylla t'épousera, les poules auront des dents, et les vaches des ailes. Retiens bien ce que je te dis, Diakhité.

— Moi qui croyais que tu étais mon amie... Je refuse de respirer le même air que toi. Je m'en vais d'ici !

— Très bien... Bon vent !

★★★

PARTIE 2

EN ROUTE VERS MON SUCCES | 1/2

[CHARLY]

— Charles, es-tu prêt ? Le chauffeur nous attend ! me demande Pa'.

— Je préfère prendre ma voiture, j'ai un truc à faire après le bureau.

— J'espère que tu ne vas pas traîner avec tes copains jusqu'à pas d'heure. Les journées sont longues et tu auras besoin de repos, me rabâche mon père.

— C'est juste une course rapide, Pa, sois tranquille.

Il est à peine huit heures du mat' et il saoule déjà. C'est incroyable cette façon qu'il a de me prendre pour un gamin de cinq ans. S'il veut me confier les rênes de l'entreprise familiale, il va devoir me faire confiance.

— Bon courage, mon Charly ! Donne le meilleur de toi-même et ça ira, mon fils, m'encourage Ma'.

J'embrasse chaleureusement ma mère avant d'entrer dans mon magnifique véhicule, une incroyable Porsche Cayenne noire, vitres teintées. Je me la suis offerte pour mon anniversaire ; avec mon beau costard gris et mes fabuleuses lunettes de soleil, j'ai du style et de la prestance. Je suis un vrai gars, quoi ! Impossible de passer inaperçu. Quand je vais arriver à UMD, les gens vont savoir que je suis un boss. *Je suis trop beau !* Espérons que Pa' ne me traite pas comme un moins-que-rien devant nos salariés. Il peut être très vexant quand il veut.

Je mets la musique à fond, histoire de me relaxer. Mon père, qui n'a pas encore démarré, me jette un regard oblique. Visiblement, il n'apprécie pas le volume sonore.

Non mais sérieusement, on ne peut décemment pas conduire ce genre de véhicule sans mettre du bon son !

Pa' passe devant moi, les bureaux ne sont pas très loin de la maison. Nous roulons une vingtaine de minutes avant d'arriver. Mon père se gare directement à sa place. Les stationnements sont nominatifs et je me rends compte que je n'ai même pas de place attitrée au sein de « ma propre » société. C'est à peine croyable ! Ils auraient pu y penser… Je sors de ma voiture un brin contrarié. Espérons que la suite de la journée se passe sous de meilleurs auspices.

— Charles, tu viens ou pas ? me presse Pa'.

— Yes, Pa'. J'arrive… Je suis prêt à conquérir le monde !

— Hmm ! Je te trouve bien sûr de toi, jeune homme. Réussis d'abord les petites missions que nous allons te confier et nous verrons si tu peux réellement conquérir le monde.

Pa' a le chic pour me rabrouer l'air de rien. Il agit comme s'il était certain de mon échec. Je vais tout faire pour réussir haut la main. Il a tort et je vais le lui prouver. Nous entrons dans l'immeuble. À chaque pas qu'il fait, Pa' salue un salarié.

Nous rencontrons énormément de monde sur notre passage et, étrangement, il ne me présente à personne.

Je n'aime pas ça !

Les salariés devraient tous savoir qui je suis. Je suis le fils du patron, l'héritier ; il me semble que cette information est capitale, pourtant mon père fait comme si de rien n'était. *Il m'agace, là !* Nous arrivons au dernier étage de l'immeuble, Pa' salue son secrétariat, puis il ouvre son bureau. La pièce est lumineuse et incroyablement bien rangée. Mon père est maniaque, je le sais depuis toujours, mais je suis quand même impressionné. Rien ne dépasse, la décoration est sobre et délicate. La dernière fois que je suis entré ici, je devais avoir douze ans, ça fait un bail !

J'espère que Pa' a prévu un bureau aussi grand que le sien pour moi. J'ai besoin d'espace pour pouvoir travailler convenablement. J'ai déjà quelques idées d'aménagement... J'ai toujours eu du goût pour ces choses-là ! Alors que je suis perdu dans mes pensées, Pa' m'interpelle :

— Mon fils, je t'ai affecté au pôle commercial. Je suis certain que tu sauras mettre tes talents de tchatcheur au service de la société. Ton référent va arriver dans quelques instants, je compte sur toi pour te montrer à la hauteur. Je te fais confiance, Charles !

— Pas de problème, Pa'. J'ai le talent qu'il faut pour réussir.

— Encore une fois, je te trouve trop sûr de toi. Tu confonds vitesse et précipitation. Considère que tu ne sais rien et que tu es là pour être formé... Ah ! Monsieur Keïta, vous voilà ! s'exclame soudain mon père.

— Bonjour Messieurs.

— Monsieur Keïta, je vous présente mon fils, Charles. Je le laisse sous votre responsabilité. Apprenez-lui tout ce qu'il doit savoir. Rien ne doit être laissé au hasard et, bien sûr, considérez-le comme les autres employés. Pas de favoritisme, j'y tiens beaucoup. Ici, il n'est pas le fils du patron. Charles devra faire ses preuves comme n'importe quel salarié. Entendu ?

— Bien, Monsieur Sylla. Charles, tu me suis ?

— Ok...

Mais c'est quoi ce merdier ? Moi, Malik Charles Sylla, un employé comme les autres ? Excusez-moi, mais je suis tout sauf « comme les autres ». Comment Pa' a-t-il osé mettre quelqu'un au-dessus de moi et, en plus, sans me donner une seule responsabilité ? *Je le déteste !* J'aurais dû savoir qu'il me traînerait dans un guet-apens. Moi qui croyais avoir des avantages... Maman aurait pu me prévenir, quand même ! Me voilà simple salarié. Ce n'est pas du tout de mon niveau. Comment ai-je pu accepter un *deal* pareil ? J'espère que ce Monsieur Keïta est aussi intelligent que souriant, sinon je risque de m'ennuyer comme un rat mort.

— Alors Charles, pas trop stressé ?

— Stressé pourquoi ?

— En règle générale, les premiers jours sont un peu impressionnants.

— Pas si on est le futur patron de l'entreprise.

— Génial ! Je vois que tu as de l'humour, c'est une belle qualité, ça ! rit-il de toutes ses dents.

Ce Keïta m'énerve déjà. Je ne fais pas de l'humour, là, c'est une réalité. Je suis son futur patron. Mais pour qui se prend-il, à la fin ?

— Voilà ton bureau. Tu as un porte-manteau ici et ton casier dans la pièce juste derrière. Pour les fournitures, tu peux te rendre au secrétariat.

— Ok...

— Le mien est juste là, devant toi.

— Ok...

— Prends le temps de t'installer. Ensuite, je te présenterai aux membres de l'équipe commerciale. Ça te va ?

— Ça me va.

Franchement, cette histoire me renverse. J'ai un tout petit coin de bureau de rien du tout, dans un *open-space*. Niveau intimité, c'est zéro. Ce n'est pas du tout ce que j'avais imaginé et là, j'enrage. Je ne veux pas être un salarié lambda, je *refuse* d'être un salarié lambda. Ce que je veux, c'est être le chef. Il faut que j'en parle à Papa, il est hors de question que je subisse plus longtemps cette humiliation. Les choses doivent obligatoirement changer ; je suis Charles Sylla, tout de même !

★

[AWA]

Je fulmine encore contre Tessa. Je n'ai pas pu dormir de la nuit à cause de tout ce que cette ingrate a dit de moi. Je sais qu'elle a l'habitude d'être directe, mais là, elle y est allée trop fort. Je ne comprends pas pourquoi elle s'acharne sur Charly. En tant qu'amie, elle pourrait au moins faire semblant de l'apprécier. Je ne sais pas si elle est réellement jalouse, mais en tout cas, elle en a l'air. Peut-être qu'elle rêve d'un homme comme lui en secret, qui sait ? Ce qui est clair, c'est qu'entre Charly et elle, je choisirai mon petit ami. C'est l'amour de ma vie ! Il a l'air très égocentrique, mais en réalité, c'est un grand sensible. Ce n'est pas de sa faute s'il a toujours été gâté ; personnellement, je ne lui en tiens pas rigueur. Quoi qu'il arrive, Malik Charles Sylla est et restera à moi – et rien qu'à moi. Je ne laisserai personne nous séparer. Ce matin, c'est à mon tour d'ouvrir la boutique. J'apprécie d'y être seule. D'ailleurs, un jour prochain, j'espère bien ouvrir mon propre salon de beauté. L'idée m'est venu pendant mes années d'études de commerce. C'est à cette période que j'ai rencontrée, Charly. Il était en quatrième année et moi en deuxième. Ça s'est fait naturellement entre nous ; il me voulait et il m'a eue. Disons plutôt que je me suis laissé avoir, il me plaisait tellement !

C'était la belle époque. En ce temps-là, Charly faisait moins de chichis, tout était simple entre nous. La difficulté venait plutôt de mes parents qui me fliquaient sans arrêt. Ils avaient peur que je traîne avec les garçons. *S'ils savaient !* Alors, j'ai toujours caché ma relation avec Charly à mes parents, parce que tout ce qui compte pour eux, c'est la réussite. Maman voudrait que je travaille avec elle, mais ça ne me passionne pas. Elle tient l'un des plus gros négoces de tissu de la capitale, mais moi, le tissu, ça ne me parle pas.

Je profite de quelques minutes de répit avant l'ouverture pour téléphoner à Amy. Elle, au moins, saura me remonter le moral.

— Ma chérie ! On dit quoi ?

— Hey, Awa ! Tu me boudes depuis quelques jours.

— Mais non, Amy, je ne te boude pas.

— Tu es matinale, *rek* ! Qui t'a fait du tort ? Raconte tout à Tata Amy.

— Je me suis disputée avec Tessa et je me sens mal. On s'est dit des choses horribles.

Je raconte la situation à Amy, qui, elle aussi, me donne un avis tranché :

— Je sais que tu ne vas pas apprécier ce que je vais te dire, mais je me dois d'être sincère avec toi, ma chérie. Ce Charles Sylla ne te mérite pas, Awa. Comment te dire... ? J'ai l'impression que votre relation n'est pas équilibrée. Ne le prends pas mal, Awa, mais à mon avis, il t'aime bien, mais il n'est pas du tout amoureux.

— Donc, tu prends le parti de Tessa, c'est ça ?

— Je ne prends le parti de personne. Écoute, ma belle, je sais que tu l'aimes. Tessa a sans doute été vive dans sa réponse, je te l'accorde, mais c'est parce qu'elle s'inquiète pour toi. Et puis parfois, il faut se dire la vérité, c'est aussi à ça que servent les amies.

— La vérité, hein...

— Personnellement, je respecte ton choix, même si je ne pense pas que ce soit le bon.

— Et voilà que tu t'y mets aussi !

— Tu mérites quelqu'un qui t'apprécie à ta juste valeur. Avec Charly, tu n'as que deux options : soit il va s'assagir et te respecter pour de bon, soit ce sera de pire en pire et tu vas finir par regretter ton choix. J'espère pour toi qu'il changera, parce que vu comme tu l'aimes, là... hmm !

— Donc, toi aussi, tu es contre Charly. Ok ! Je prends note.

---

1 Dis donc !

— T'es au courant que tu n'as plus quinze ans ? Il faudrait arrêter de faire semblant de ne pas saisir ce qu'on t'explique. Tu me demandes mon avis, je te le donne. Et si ça ne te plaît pas, je ne peux rien faire pour toi.

— De toutes les manières, vous ne me comprenez rien. Personne ne voit que Charly est différent lorsque nous sommes ensemble. Nous passons de bons moments et, comme tous les couples, on a des périodes difficiles aussi. Pourquoi le jugez-vous aussi durement ?

— Ça suffit, Awa ! Je refuse de répéter toujours et encore la même chose. Et si tu veux mon avis, votre relation est toxique, barre-toi avant qu'il ne soit trop tard, parce que tout ça va mal finir !

Oh, la peste ! Je l'appelle pour qu'elle me remonte le moral et elle me descend au trente-sixième dessous ! Est-ce normal d'avoir des amies si méchantes ? Je suis triste et énervée. Pourquoi dénigrent-elles mon homme de cette façon ? Les premières clientes arrivent et je dois me mettre au travail, malgré la peine qui m'accable. Je ne sais vraiment plus quoi penser de mes amies. Jusqu'ici, elles m'ont toujours soutenue, je ne comprends pas leur acharnement. Et puis Charly me manque. On ne s'est plus reparlé depuis notre dernière dispute. Je me languis de le revoir, c'est plus fort que moi. J'ai besoin de son réconfort. J'installe mes deux clientes et je m'empresse de lui adresser un SMS de réconciliation :

« Hello Bébé ! Tu me manques, rappelle-moi stp. Awa. »

★★★

PARTIE 2

EN ROUTE VERS MON SUCCES | 2/2

[CHARLY]

Je n'en reviens pas que ça soit aussi facile pour Abderahmane Sylla de se moquer de moi. Je suis allé le voir pour lui expliquer que je ne peux pas être considéré comme un simple salarié et il m'a ri au nez. Franchement, j'en suis resté pantois ! Comment ose-t-il me faire ce genre de choses ? Moi, son fils unique ! En plus de me mélanger à la masse, il a mis quelqu'un au-dessus de moi. Et, bien qu'il ait l'air sympathique, j'ai le sentiment que ce type ne sert à rien. De toute façon, les gens qui, comme Kassim Keïta, passent leur temps à sourire bêtement ne m'inspirent rien de bon.

Mon portable vibre et me tire de ma réflexion. C'est un message d'Awa qui dit que je lui manque. Cette pauvre fille est incapable de se passer de moi ! Je savais qu'elle reviendrait. Je vais lui répondre avant qu'elle ne m'inonde de ses mièvreries.

« Tu me manques aussi, bébé. Je passe te chercher ce soir. Appelle-moi quand tu as fini. »

En moins d'une seconde, elle dégaine sa réponse. Awa est définitivement accro à moi. Mais qui pourrait lui en vouloir, hmm ?

« D'accord, mon cœur, à ce soir. Je t'aime Charly. »

Alors là, elle se met le doigt dans l'œil ! Si elle s'imagine que je vais lui répondre « *Moi aussi, je t'aime* », elle rêve. Je ne dis pas ce genre de chose et je me débrouille toujours pour ne pas avoir à le faire. Et puis ce serait un mensonge, parce que je n'aime pas Awa. S'il fallait que je dise « je t'aime » à chacune de mes conquêtes, je ne m'en sortirais pas. Oh, ça va ! Ne faites pas cette tête, vous savez bien que « fidélité » ne rime pas avec « Charly ». Je suis un Don Juan, que voulez-vous !

Je viens de terminer mon installation et Kassim Keïta me propose de me présenter à l'ensemble du service commercial. Nous naviguons dans les différents étages et je rencontre mes nouveaux collègues. Une seule chose me réjouit dans ces bureaux : il n'y a que des jolies filles parmi mes collègues. C'est absolument fabuleux, je vais pouvoir tester mon pouvoir de séduction à grande échelle. J'ai déjà repéré Hamida, l'assistante de Kassim. Elle est trop fraîche. Son bureau est proche du mien. Je vais me la faire, c'est sûr ! Son regard me réclame déjà.

Finalement, je crois que je vais vite m'adapter ici. Même si mon bureau n'en est pas un et que je suis traité comme un vulgaire salarié. Je vais régler quelques détails et faire en sorte d'obtenir rapidement ce que je mérite : un poste de cadre supérieur.

Kassim Keïta m'a donné pas mal de travail à faire pour la semaine. Alors, j'ai enchaîné les dossiers sans voir le temps filer. Je suis content qu'il me fasse autant confiance et j'apprécie les missions qui me sont confiées. Je crois qu'il se rend compte de mes capacités – en même temps, qui ne les verrait pas ? Pendant l'heure du déjeuner, nous avons beaucoup discuté. C'était très intéressant et formateur. J'avoue que je l'ai peut-être jugé trop rapidement ; en plus d'être sympathique, ce gars est brillant – un peu comme moi, quoi ! Je comprends pourquoi Pa' l'apprécie autant. Kassim est un professionnel hors pair. Alors, même s'il ne se départit jamais de ce sourire qui m'énerve au plus haut point, je continuerai de travailler avec lui.

Comme prévu, je passe récupérer Awa en fin de journée. Elle vient de terminer son service au salon, je l'attends devant la boutique. Elle est tellement contente de me voir qu'elle ouvre la porte vitrée et se précipite

pour me sauter au cou. Cette fille ne jure que par moi, même quand je la malmène. C'est dingue d'avoir autant de pouvoir sur les femmes ! Hassan dit qu'un jour, tout ça va mal finir et que je vais payer tout ce que je fais endurer à Awa. Mais ce n'est pas de ma faute si elle revient toujours vers moi. Je ne l'ai pas attachée à un arbre ! Elle est libre de faire ce qu'elle veut, si elle le veut !

Ma copine retourne dans la boutique pour prendre ses affaires, elle salue ses collègues et franchit à nouveau la porte vitrée. Ensemble, nous rejoignons ma voiture, qui est garée de l'autre côté du boulevard. Pour une rare fois dans sa vie, Awa ne gazouille pas dans mes oreilles. D'habitude, j'ai du mal à en placer une, mais là, elle reste outrageusement silencieuse. Son calme m'intrigue et m'indispose. Je décide de briser le silence :

— Qu'est-ce qui ne va pas ? Tu n'as pas parlé de tout le trajet.

— Je me suis disputée avec Tessa et Amy, ça me contrarie.

— Ah bon, à quel sujet ?

— À cause de toi.

— Voyez-vous ça ? Qu'ai-je donc à voir avec votre trio infernal ? dis-je en ricanant.

— Elles trouvent que tu ne me mérites pas.

— Ne les écoute pas, Awa. Tu vois bien qu'elles sont jalouses ! Toi, t'es ma *Go* sûre, mon petit sucre d'orge. Faut pas t'inquiéter, bébé, toi et moi, ça va aller.

Heureusement qu'Awa n'écoute pas toujours ses copines. Sinon, on n'aurait jamais conclu, si vous voyez ce que je veux dire... De vraies pestes, ces deux-là !

— Je suis désolée, mais ça m'affecte, ce sont mes meilleures amies.

— Un conseil : change d'amies, poulette !

Miss Awa se met à pleurer. Je me demande bien où les femmes trouvent toutes ces larmes. C'est juste pas croyable. Après quelques minutes de sanglots forcés — je connais la gazelle, elle exagère toujours — je lui demande de se calmer et elle s'exécute. Avec un peu d'humour et mon charme légendaire, je parviens même à la faire sourire.

— Ne t'occupe pas d'elles, ma jolie. Tout finira par s'arranger. J'essaierai de discuter avec Tessa et Amy, si tu veux.

— Je ne sais pas si c'est une bonne idée, je crois vraiment qu'elles ne te supportent pas. J'aimerais tellement qu'elles te voient comme je te vois.

— On trouvera une solution, sois rassurée. En attendant, je te dépose chez toi. Je suis obligé de rentrer, demain, une longue journée m'attend. On se voit bientôt, ok ? promis-je avant de la laisser descendre de la voiture.

— Ok, mon cœur. À très vite !

Un petit câlin par-ci, un petit bisou par-là, et le tour est joué. Awa est contente, et moi j'ai la paix pour quelques jours.

Je suis quand même trop fort ! Je parviens à la berner sans sourciller.

J'arrive à la maison et Ma' m'accueille avec un large sourire.

— Et cette première journée ?

— Intéressante, mais fatigante. Et toi, Ma', ça va ?

— Je n'ai pas arrêté. Pa' m'a raconté... fait-elle, comme si elle détenait un secret important.

— Il t'a raconté quoi ?

— Ce que Monsieur Keïta lui a dit de toi.

— Oh, Ma', cesse de faire des mystères, parle !

— Monsieur Keïta est très optimiste, il trouve que tu as de belles capacités. Visiblement, tu apprends vite, c'est un bon point.

— Intéressant... Mais ne sois pas étonnée Ma', je suis capable de beaucoup mieux. Ce n'était que le premier jour.

— Ça me fait plaisir, mon fils, tu sais ? Tout ce que je te demande, c'est de ne pas me faire honte. Montre à ton père que tu es digne de confiance. Ne cherche pas d'histoires, reste en paix avec les salariés et efface-toi si c'est nécessaire.

— Mais oui, Ma'...

— Je compte sur toi pour être exemplaire, mon fils. Tu me promets que tu feras ce qu'il faut, Charly ?

— Mais oui ! Ne t'inquiète pas, tout ira bien. Promis.

— Ma', tu le crois ? Plus paresseux et inutile que Charly, tu meurs ! Évidemment qu'il va te faire honte, se moque ma sœur en entrant dans la pièce.

— Mais qu'est-ce qu'elle fait là, celle-là ?

— J'ai le droit de venir chez mes parents quand même, non ?

— Casse-toi, Fatim !

— En tout cas, je mets ma main à couper que, bientôt, on va entendre de sacrées histoires, et ce sera toujours à cause de toi, l'abruti.

— Fatim... prévient Ma'.

— Charly, digne de confiance ? Laissez-moi rire... Charly, s'effacer ? C'est une blague ou quoi ? Ma', sois réaliste, s'il te plaît. Ton Charly est aussi nul qu'un poisson rouge hors de l'eau.

— Je ne sais même pas pourquoi je lui parle, à cette idiote !

— Ah non ! Ne commencez pas, s'insurge ma mère qui ne supporte plus nos disputes.

— Rassure-toi, Ma', je m'en vais, je n'ai pas envie de traîner avec ce ver de terre qui me sert de frère.

— Du balai, Fatim ! Et puis trouve-toi un mec au lieu de jacasser à tout va ! Tu chômes ici... Bientôt, tu seras trop vieille pour avoir ne serait-ce qu'un enfant. File t'occuper de tes affaires, avant que la ménopause ne t'attrape ! rétorqué-je avec sarcasme.

— Pauvre mec ! Tu me fais pitié. Tu vas enfin gagner ton propre argent, au lieu de dépenser celui de mes parents.

— Mais de quoi elle parle, la névrosée ? Je croyais que tu t'en allais ?

— Tu n'es qu'un sale profiteur, un pourri gâté. Un vaurien !

— Celle qui ne sert à rien ici, c'est toi. Va-t'en, Fatim, ou j'te dégomme !

Ma' est toujours consternée par l'animosité qui nous anime. Ça ne vole pas haut, c'est vrai, mais ma sœur m'agace tellement que je crois que je pourrais lui faire du mal. Si elle n'était pas la fille de mes parents... Je ne préfère pas dire la suite, ça pourrait se réaliser et ce serait cher payé. Il va quand même falloir que je m'occupe de son cas durablement. Je ne peux pas la laisser m'humilier continuellement. Elle m'énerve tellement que je vais lui concocter une surprise dont elle ne va pas se remettre. Sœur ou pas, on ne s'attaque pas à moi impunément. Je ris d'avance ! Rien qu'à cause de ce qu'elle vient de dire, je ne peux pas échouer. Je suis hyper motivé, Fatim ne sait pas à quel point elle m'a boosté. Je vais tout déchirer ! Et elle, elle n'aura que ses yeux pour pleurer.

★★★

PARTIE 3

DE NOUVELLES RESOLUTIONS | 1/2

[CHARLY]

Déjà trois semaines que je travaille dans l'entreprise familiale. Je n'ai jamais eu à fournir autant d'efforts de ma vie. Je suis exténué ! Je regrette vraiment d'avoir si mal jugé Kassim, ce dernier s'avère être un excellent tuteur. Il est patient et il m'apprend tout ce que je dois savoir sur ma future société. En plus d'être efficace, Kassim est un chef de service aimé de ses collaborateurs et apprécié par ses supérieurs hiérarchiques. Il inspire le respect. Dans le fond, j'aimerais vraiment devenir aussi performant que lui – en réalité, je suis certain qu'avec un peu de travail, je serai bien meilleur que lui.

Jusqu'ici, je me débrouille comme un chef et je compte bien continuer pour que Pa' soit impressionné. Seule ombre à mon ascension : Hamida ! Vous savez, ma petite collègue dont le bureau se trouve juste en face du mien ? Je savais que je lui plaisais, alors je l'ai courtisée. Pour une fois, j'ai été délicat et élégant. Et évidemment, elle est tombée dans mes filets, je n'ai même pas eu besoin de forcer. De toute façon, les femmes veulent toujours entendre la même chose.

Oh, ça va, les filles ! Ne vous enflammez pas en lisant tout ça. Vous savez bien que vous êtes toutes pareilles ! Vous aimez qu'on vous flatte, qu'on vous susurre de tendres paroles au creux de l'oreille...

Je ne sais pas ce qu'il se passe, mais je dois avoir un aimant en moi, qui les attire toutes. Mais revenons-en à Hamida ; depuis que je l'ai embrassée l'autre soir, elle est pendue à son mobile. Elle m'envoie des SMS à longueur de temps. Je dois me débarrasser d'elle. Parce que ça ne va pas être possible de continuer comme ça, j'ai déjà Awa H24 sur mon dos, alors si en plus Hamida s'y met, je vais décéder !

Ce qui est sûr, c'est que là, j'ai gaffé. J'ai eu les yeux plus gros que le ventre, mais Hamida me faisait trop envie. Elle a un physique... *aïe, aïe, aïe !* Elle est comme une pâtisserie bien sucrée dans une boulangerie : il te faut la manger, mais si tu en manges trop, tu es écœuré. Et finalement, elle ne m'intéresse pas plus que ça. Tout ça me fait penser que je dois rappeler Hassan, c'est son anniversaire aujourd'hui... À force de gérer mes deux copines, je n'ai même plus le temps de voir mes amis.

C'est grave, quand même !

Il faut d'ailleurs que je voie avec Jessica si elle a réussi à obtenir la salle pour la fête surprise qu'elle lui prépare ce week-end. Mais avant ça, j'ai une tonne de travail à terminer. Je dois me concentrer. J'ai un peu de mal à rassembler mes idées à cause de cette idiote qui croit que son charme me fait encore de l'effet.

O-VER-DOSE !

Aujourd'hui, j'ai changé de priorité. Il faut qu'elle arrête de se trémousser devant moi pour rien. Je dois me débarrasser d'elle, ça ne va pas être facile.

[TESSA]

— Amy, ça va ?

— Ça va, mais entre, ne reste pas dehors.

— Merci. Ça sent bon, tu cuisines ?

— Non, c'est Maman. Viens, allons parler dans le jardin, on sera tranquilles. Des nouvelles d'Awa ?

— Non. Aucune depuis trois semaines. Je ne pensais pas qu'elle allait prendre ça comme ça.

— Ce n'est pas de notre faute, Tessa. Elle est bien gentille, mais elle n'aime pas les conseils, alors c'est son problème. Perso, je n'ouvrirai plus jamais ma bouche pour ses histoires.

— C'est vrai qu'elle n'écoute rien. Mais bon, je la comprends, elle l'aime sincèrement.

— Pourtant, elle sait donner des conseils aux autres, elle ! Va savoir ce qui se passe dans sa tête.

— J'espère qu'elle reviendra vers nous, quand même.

— Espérons... Tiens, c'est bizarre, je viens de recevoir un message de Jessica !

— La Jessy d'Hassan ?

— Oui, elle dit qu'elle organise une surprise à son mec. Elle veut que je vienne.

— Oh, je viens d'avoir le message aussi.

— Tu comptes y aller ?

— Pourquoi pas ? Ça nous aérera l'esprit.

— Hmm !

— Quoi, « hmm » ?

— Hassan est le meilleur ami de Charles, non ?

— Ah, alors là, sa présence ne m'empêchera pas de m'amuser, peste Tessa.

— Mais réfléchis, si jamais il vient – et je sais qu'il sera là – Awa sera avec lui... Tu me suis, Tessa ?

— Oui...

— Il faut qu'on parle à Awa si on y va. Elle serait capable de vouloir régler ses comptes avec nous en public. Et ce n'est pas Charles qui l'empêchera d'agir ainsi.

— Tu as raison, je n'y avais même pas pensé.

— Le mieux, c'est qu'on fasse le premier pas. Je suis sûre qu'elle acceptera de nous revoir.

— J'espère, Amy. Moi, c'est sa naïveté qui me tue ; sinon, je n'ai rien contre elle.

— Perso, je ne laisserai jamais un homme me rendre comme elle est aujourd'hui. Ça, ce n'est plus de l'amour. C'est autre chose. On croirait qu'elle est envoûtée, *Wallaye* !

— Ouais... Espérons qu'elle accepte de nous reparler.

★

[CHARLY]

— Alors, Charles, on déjeune ensemble ce midi ?

— Hmm ! fais-je en me raclant bruyamment la gorge. Ma chère Hamida... Enlève d'abord tes grosses fesses de mon bureau, s'il te plaît. Ce n'est pas une chaise, ok ?

— Mes grosses fesses, tu dis ? Si ce n'était pas toi, je prendrais ça pour une insulte. Je vais faire comme si je n'avais pas entendu, Charles.

Elle descend de mon espace de travail et se tient debout devant moi, les bras croisés. Cette fille a une cambrure incroyable ! C'est fou...

Il faut que j'arrête avec ça. Concentre-toi, Charly ! Concentre-toi !

J'attrape son bras gauche et je l'entraîne dans la salle de pause. Je dois vraiment mettre un terme à cette mascarade :

— Écoute, Hamida, j'ai bien aimé être avec toi, mais je crois que nous deux, ça ne marchera pas. Soyons seulement bons collègues, ok ?

— Tu ne veux plus de moi ? Mais qu'est-ce que j'ai fait ? J'ai dit quelque chose de mal ?

— Wow, wow, wow ! On se calme. Tu n'as rien fait de mal. C'est juste que je ne t'aime pas. J'ai besoin d'être seul pour l'instant.

Si je vous dis que la fille s'est mise à pleurer, Vous me croyez ? Elle pleure toutes les larmes de son corps et sanglote bruyamment. C'est juste pas possible d'être aussi immature.

Voilà l'effet que je fais aux femmes !

Ce que je ne comprends pas, c'est que je ne lui ai rien promis : ni monts, ni merveilles. Nous sommes sortis, nous

nous sommes baladés et aussi bécotés. Mais je ne lui ai jamais fait espérer quoi que ce soit. La crise d'hystérie d'Hamida m'a coupé l'appétit. Je vais me remettre au travail sans aller déjeuner. En retournant à mon poste, je rencontre Kassim qui me demande de le rejoindre dans son bureau, son air froid et sérieux m'inquiète. Il m'invite à m'asseoir sur la chaise en face de lui et je m'exécute.

— Je souhaite faire le point sur notre collaboration. Ça fait presque un mois que tu travailles ici et je dois dire que je suis agréablement surpris. J'aime ton côté perfectionniste. Les dossiers que tu me rends sont impeccables. Tu apprends vite et ça me plaît. Je crois que nous pouvons passer à l'étape supérieure.

— Ah oui ?

— Oui. Je veux que tu viennes avec moi au Maroc. Il y a le *MarketCom*, tu connais ?

— Absolument pas.

— C'est « LE » grand rassemblement international des spécialistes du marketing et de la communication. Notre société y participe chaque année depuis sa création.

— Intéressant...

— Tu seras mon bras droit sur ce projet. Je veux voir si tu es capable d'organiser tout ça. D'habitude, j'y vais avec Ndella et un stagiaire. Mais cette année, il n'y a pas de stagiaire et Ndella *est en état*, elle ne peut pas voyager. Il faut d'ailleurs que je lui trouve une remplaçante. Soda va continuer de gérer le secrétariat ici et la remplaçante viendra avec nous.

— Ok !

---

2 Être en état : Expression sénégalaise qui signifie être enceinte.

— Je m'occupe de trouver une nouvelle « Ndella ». Toi, tu planifies le budget et tu réserves nos billets. Vois aussi comment se passe la mise en place de notre stand. Tu dois également préparer tout ce dont nous aurons besoin à Marrakech. Et s'il te plaît, Charles, pense à récupérer nos plaquettes de présentation et nos flyers chez l'imprimeur.

— Wow, Ok ! Ok ! Je suis déjà prêt.

— Je veux aussi te parler d'autre chose. C'est un peu plus personnel, mais c'est essentiel.

— Je t'écoute, Kassim.

— J'ai aperçu Hamida tout à l'heure... Je souhaite que vous régliez cette histoire au plus vite. Je ne veux pas de mélodrame dans mon service. Elle comme toi, vous devez assumer vos choix. Je veux du professionnalisme et je refuse que vos amourettes impossibles dégradent l'ambiance du pôle commercial.

— Il n'y aura plus jamais de problème, promis !

— Tu sais, je n'empêche pas mes collaborateurs de se fréquenter. Mais en contrepartie, j'exige que vos histoires personnelles restent personnelles. Je le répète : pas de mélodrames dans mon service ! Entendu ?

— Entendu. Il n'y aura aucun mélodrame et je m'occupe du congrès de Marrakech dès maintenant !

— Bien.

Je n'aime pas vraiment que Kassim ait évoqué mon aventure avec Hamida. Ce n'est pas bon pour mon charisme ! Et puis cette petite idiote a intérêt à cesser de pleurnicher, avant que je ne la fasse taire moi-même. Je ne peux quand même pas me permettre d'être viré de ma propre entreprise ! Pa' me tuerait.

★

[AWA]

Tessa et Amy se présentent au salon. Je ne les ai pas vues depuis des semaines et j'admets que mes copines me manquent. Je ne m'attendais pas à les voir. Nous sommes toutes les trois gênées, mais très vite, Tessa prend les devants et met tout le monde à l'aise.

— Awa, on peut te parler, s'il te plaît ?

— Ndeye-Fatou, je prends ma pause et je reviens, lancé-je à ma collègue.

— Ok, vas-y, mais ne traîne pas, il y a encore des clientes à coiffer. Les filles ont l'air très décidées. Amy n'a encore pas ouvert la bouche, je redoute un peu cette entrevue. Nous sortons du salon et nous nous rendons dans l'arrière-cour.

— Awa, ça va ? Ça fait longtemps, *deh* ! commence Tessa.

— Ça va, Dieu merci... Je suis trop contente de vous voir.

— Pourquoi ne nous as-tu pas contactées, alors ? réplique Amy.

— J'appréhendais. Je suis contente que vous soyez venues me trouver.

— On est venues parce qu'on trouve ça idiot de se fâcher à cause d'un homme. Ça ne devrait jamais exister entre amies.

— C'est vrai !

— Alors, on n'est plus fâchées ? s'interroge Tessa. On reste le trio infernal, non ?

— Oui, trio infernal à jamais !

— Bon tant mieux alors, souffle Amy.

— Que diriez-vous de manger ensemble ce soir ? propose Tessa.

— Malheureusement, je ne peux pas. Ce sont les fiançailles d'Aïcha, on fait ça en comité restreint.

— Aïcha ? s'étonne Amy.

— Oui, oui ! Ma cousine Aïcha ! La sœur aînée de Kharidjatou.

— Eh ben, ça alors ? Je n'en reviens pas ! Prends des photos, s'il te plaît, parce que là, ça relève du miracle.

— Mais pourquoi ça t'étonne ? la questionne Tessa.

— Longue histoire... dit-elle en levant les yeux au ciel. En fait, Kharidjatou était mon amie, c'est grâce à elle que j'ai connu Awa, d'ailleurs. Aïcha était fiancée à Babacar, mon grand frère, et puis il en a engrossé une certaine Soria et il a dû rompre ses fiançailles.

— *Ish* ! Donc Miss Soria est une briseuse de couple ?

— Wallay ! Qui l'eût cru ? Depuis cette affaire, Aïcha s'est renfermée sur elle-même. Jusqu'ici, elle a refusé toutes les demandes en mariage qui se sont présentées à elle. Je pensais qu'elle finirait vieille fille.

— Bref ! Les amies, ce n'est pas tout, mais je dois retourner travailler. Merci d'être venues en tout cas, je suis contente.

— Nous aussi, répondent Tessa et Amy en chœur.

★★★

PARTIE 3

DE NOUVELLES RESOLUTIONS | 2/2

[CHARLY]

Hamida ne me regarde même plus. Elle a fait en sorte d'échanger son bureau avec Sidi-Mohamed, et ça m'arrange. Au moins, je n'ai plus de vue sur ses formes avantageuses. Et puis Kassim a été clair : pas de palabres amoureuses ici *deh* ! Je pensais que ce serait difficile de ne pas céder à nouveau à la tentation, mais je crois que j'évolue. Je commence à comprendre que mon poste de chef de projet marketing m'intéresse bien plus que les femmes, les sorties et tout le reste. Ça me fait flipper, quand j'y pense ! J'ai l'impression de devenir trop sérieux, là.

Ce soir, je dois accompagner Awa aux fiançailles de sa cousine germaine, mais je vais décommander. Je sais déjà qu'elle ne va pas être contente et qu'elle me maudira pour mon absence, mais je ne peux pas faire autrement. D'une part, je me sens fatigué, mais en plus, je n'ai encore jamais rencontré ses parents, et je ne veux toujours pas m'engager dans cette voie trop sérieuse pour moi. En réalité, je me rends compte que je ne veux plus être avec Awa. Ce petit jeu entre nous deux a trop duré.

Je dois opérer un changement radical dans ma vie. C'est difficile, mais nécessaire. Désormais, je dois marcher seul pour prendre mon destin d'homme en main. Cette histoire avec Hamida m'a ouvert les yeux ; je n'ai jamais eu de relation saine avec les femmes et je m'encombre avec ces histoires multiples et inutiles, pour je ne sais quelle raison. Je suis jeune et beau, j'aurai bien le temps de m'occuper de tout ça un jour.

Pour l'instant, je veux réussir professionnellement. Trop de gens attendent que je tombe et je dois les faire mentir. Ma décision est prise. Désormais, ce sera d'abord le travail et le reste suivra.

Je vais leur en mettre plein la vue !

★

19 h 05 : « Mon chéri, je suis déjà arrivée chez mon oncle. Je ne te vois pas ? Tu es en route ou pas ? »

19 h 08 : « J'ai pas bien compris ton message vocal, je n'entends rien. Rappelle, stp ! »

19 h 12 : « C'est le troisième message que je te laisse, tu pourrais répondre au moins ? Bon... à tout de suite, Charly. »

Mais cette Awa ne va jamais me laisser tranquille ou quoi ? Dommage que le message que je lui ai laissé soit inaudible, ça m'aurait évité de lui parler directement. De toute façon, il vaut mieux que je la rappelle, sinon elle va m'inonder de messages jusque tard dans la nuit. Je compose son numéro, elle décroche et m'assaille de mille questions :

— Mais enfin, Charly, tu fais quoi depuis tout à l'heure ? La cérémonie a déjà commencé, dépêche-toi, s'il te plaît !

— Justement, Awa, je ne vais pas pouvoir venir. J'ai terminé tard et je suis vraiment trop fatigué. Désolé, ma belle !

— Je comptais te présenter à mes parents et tu le savais très bien.

— Je sais Awa, excuse-moi. Mais je suis complètement à bout. On se voit demain, *Inchallah* Bonne soirée !

Awa raccroche nerveusement, je sais qu'elle est contrariée, mais je n'en ai rien à taper. J'ai besoin de me reposer Et puis pour une fois, je vais pouvoir passer la soirée avec mes parents. Nous discutons de tout et de rien, avec la télévision en bruit de fond. Depuis que je bosse pour lui, Pa' est plus détendu, on dirait qu'il me trouve davantage intéressant, il faut dire qu'avant, je n'avais pas le temps de m'asseoir pour échanger avec eux. Mes horaires et les siens étaient complètement décalés.

En fait, Pa' n'est pas si froid que ça, il est même marrant parfois. Je ne le connaissais pas sous cet angle-là et ça me fait plaisir de savoir que mon père est plus sympa qu'il n'en a l'air. Il est vingt-trois heures, et l'émission que nous regardons prend fin. Mes parents me souhaitent une

bonne nuit avant de rejoindre leur chambre. Je file dans la cuisine boire un verre d'eau et je reçois un ultime message d'Awa :

« Je ne méritais pas ça, Charles. Je t'ai tout offert de moi et toi, tu te joues de moi... Je m'en souviendrai ! »

Waouh ! Cette fille me casse la tête. Je vais mettre les choses au clair rapidement, mais pas maintenant. Je ferai ça après l'anniversaire surprise que Jessica organise pour Hassan. Awa est capable du pire lorsqu'il s'agit de moi. Hors de question que je gâche l'anniversaire de mon meilleur pote à cause de ses crises de nerfs.

De toute façon, il faut que ça s'arrête. La pauvre attend des choses que je ne lui donnerai jamais. Je ne sais pas comment elle va intégrer la nouvelle, mais ce dont je suis certain, c'est que ça va *clasher* !

J'ai passé une nuit pourrie et je me réveille avec un terrible mal de tête. J'essaie de me lever sans succès, car le vertige me gagne et mes jambes deviennent plus molles que du coton. Je n'ai même pas la force d'appeler Ma' ou Mariama pour venir m'aider. Je me sens trop mal. Heureusement que c'est le week-end, je n'aurais jamais pu me rendre au bureau dans cet état. Je trouve tout de même le courage d'adresser un SMS à ma mère. Je me sens tantôt fébrile, tantôt congelé et tremblant.

Mais qu'arrive-t-il à l'homme fort que je suis ?

Après un sacré temps d'attente, Ma' arrive enfin.

— Qu'est-ce qui passe, Charly ?

Je la regarde sans pouvoir lui répondre. Ça ne va pas du tout.

— Eh bien... Depuis quand mon Charly ne sait-il plus parler ?

Ma' entrouvre les volets de ma chambre avant de s'approcher de moi.

Ce n'est pas normal. On a dû me jeter un sort !

— Alors, qu'est-ce que tu as, hmm ? Oh, mais mon Dieu, mais Charles, tu es brûlant de fièvre ! crie-t-elle lorsque pose sa main sur mon front.

— Ma', je ne me sens pas bien du tout.

Le son de ma voix est imperceptible.

— Mariama, viens vite dans la chambre de Charly ! hurle ma mère.

Je suis parfaitement conscient, mais je n'ai le courage ni de bouger, ni de parler. Je suis épuisé. Finalement, le docteur Thiam, notre médecin de famille, est appelé. Lorsqu'il arrive une heure plus tard, mon état a empiré. Frissons et fièvre intense m'anéantissent. Mon corps ne m'appartient plus, il n'est plus que douleurs et maladie.

— On le transporte tout de suite à la clinique, sa situation n'est pas à prendre à la légère ! déclare le médecin.

— Mais de quoi souffre-t-il ? l'interroge Pa' qui entre dans la pièce.

— Je pense qu'il fait une crise sévère de paludisme[3]. Il faut qu'on pratique des tests sanguins au laboratoire. Son état est très préoccupant : il parle à peine et présente de nombreux signes caractéristiques d'un état paludique en train de s'aggraver. Il faut qu'il soit pris en charge immédiatement. Je préviens la clinique que nous arrivons.

---

[3] Paludisme (ou Malaria) : affection aigüe due à des parasites, transmise à l'homme par des piqûres de moustiques infectés.

— Entendu, docteur.

— Madame Sylla, je vous laisse le temps de lui préparer rapidement quelques affaires, les ambulanciers vont bientôt arriver.

— ⁴*Yaay... Yaay..*

J'arrive à peine à remuer les lèvres, mais je veux dire à Maman de ne pas prévenir Hassan. On lui prépare une surprise et je ne veux pas que ça capote à cause de mon état, mais je n'y parviens pas.

Après une multitude de piqûres, de prises de température et d'auscultations, je vais un peu mieux. Le traitement a fait effet. Préoccupé par mon absence à l'anniversaire d'Hassan, je lui envoie un message :

« Malade comme un chien. Hospitalisé. On essaie de se voir plus tard. A+ Frère ».

Je suis certain que tout le monde va remarquer mon absence, parce qu'une soirée sans Charly, n'est jamais une bonne soirée ! En tout cas, cette histoire d'hospitalisation est un mal pour un bien puisque j'évite Awa. Mais bon, assez parlé d'elle !

Depuis trois jours, ma sœur vient me rendre visite. Je pense qu'elle a flippé quand elle a appris ce qu'il s'est passé.

---

⁴ Yaay, signifie Maman en Wolof.

Elle vient s'asseoir à mon chevet et reste là, silencieuse, pendant des heures. C'est bien la première fois que Fatim a du temps à me consacrer. Je dois vraiment avoir une gueule de mourant.

Il aura fallu trois jours pour que le verdict tombe enfin. Je suis bien atteint d'une forme avancée du *palu*. J'en ai encore pour une bonne semaine d'hospitalisation. Ça ne me dérange pas d'être à la clinique ; ce qui m'ennuie, en revanche, c'est d'avoir loupé la *fiesta* d'Hassan. Espérons que Kassim ne me décharge pas de ma mission à Marrakech. J'ai le temps de me rétablir, quand même !

Au bout de quatre jours, je vais beaucoup mieux. Hassan passe me voir régulièrement. Il s'en veut d'avoir fait la fête sans trop se poser de questions.

— Je suis désolé, mon frère ! J'ai pensé que tu faisais ton égocentrique. Faut avouer que t'es quand même un cas à part !

— Je ne t'en veux pas, mec ! C'est rien, l'essentiel, c'est que ça se soit bien passé.

— Pourquoi tu n'as pas prévenu Awa ?

— Besoin de repos. Elle parle trop.

— D'accord, mais quelle est la vraie raison, Charles ?

Ce type me connaît trop bien. Rien qu'à la manière dont je lui réponds, il sait si je dis la vérité ou pas !

— Je veux changer ma manière de faire, Hassan.

— Qui ça, *toi* ?

— Tu sais quoi ? Le travail me plaît bien, finalement. J'ai envie de faire une bonne carrière, mais avec toutes les nanas que je collectionne, j'ai du mal à me concentrer. Je ne peux plus gérer toutes ces filles en même temps, et Awa encore moins. Et surtout, je ne l'aime pas. Enfin si, je l'aime bien, mais pas au point de... Tu comprends ou pas ? Parce que tu me fais les gros yeux, là !

— Je suis juste surpris par ton discours. Je ne pensais pas que travailler avec ton père te rendrait plus responsable. Et tu sais, une carrière ne t'empêche pas d'avoir une petite amie, si tu élimines les douze autres...

— Mouais... marmonné-je, dubitatif.

— Tu devrais t'en sortir avec une seule, non ? Regarde, moi j'y arrive bien avec Jessy !

— Oui, mais tu es obligé de lui rendre des comptes tout le temps. J'ai envie d'être libre.

— Il n'y a pas plus libre que toi. Tu fais absolument tout ce que tu veux, tout ce qui te passe par la tête.

— Te moque pas de moi, Hassan, tu as bien compris ! C'est juste que je n'ai plus envie de m'encombrer d'une femme. J'ai pas besoin de ça dans ma vie. Et puis si une fois de temps en temps, je peux avoir une aventure sans lendemain, pourquoi pas ? Je reste un homme, mais je ne veux plus rien de sérieux et de continu. Ça ne m'intéresse plus. De toute façon, le jour où je changerai d'avis, elles seront toujours à mes pieds ; tu sais l'effet que je fais aux femmes, non ?

— Tu es incorrigiblement orgueilleux ! Écoute, Charly, c'est ta vie, je te préviens juste qu'un jour, tu vas tomber sur un os, et ce jour-là, ce sera ta fête.

★

Awa a fini par apprendre que j'avais été hospitalisé. En fait, pour qu'elle me laisse tranquille, je lui ai fait croire que j'étais parti me ressourcer pour la semaine à Mbour chez la sœur de ma mère. Malheureusement pour moi, elle a rencontré Mariama au marché. Les femmes bavardent tellement entre elles... c'est pas croyable ! Dès qu'elle l'a pu, Awa m'a téléphoné et m'a insulté de toutes ses forces. Le lendemain de ma sortie, elle s'est présentée à la maison, toujours animée par la colère :

— Donc tu me fuis. C'est ça, Charles Sylla ?

— C'est pas ça, Awa...

— Tu n'es pas venu aux fiançailles d'Aïcha, je n'ai rien dit. Je ne t'ai pas vu à la fête d'anniversaire d'Hassan, je n'ai rien dit. Ça fait quasiment une semaine que je n'ai pas de tes nouvelles, et tout ce que tu trouves à me dire, c'est que tu es à Mbour alors que tu es à Dakar ! C'est quoi ton problème, Charly, hein ?

— Commence pas à crier dans mes oreilles, s'il te plaît, j'suis pas capable de supporter ça.

— Je suis ta petite amie. Tu pourrais avoir un tout petit peu plus de respect pour moi, non ?

— Justement...

— Justement quoi ?

— Je suis fatigué !

— Non, mais tu te fous de moi ? Tu te fous de moi !

— Stop ! Arrête de crier, maintenant. Tu me saoules, là, avec tes crises de nerfs.

— Je te saoule ?

— Oui, Awa. Tout ce que tu dois savoir, c'est que j'ai été malade et que je n'avais envie de voir personne. J'avais besoin de reprendre des forces tranquillement. C'est tout ce qu'il y a à dire.

— Donc, tu insinues que je peux t'empêcher de guérir ? De mieux en mieux, Charly.

— Ton boucan me fatigue ! Si tu as fini... je voudrais me reposer.

— Tu me chasses, une fois de plus ? Sache que si c'est le cas, je ne reviendrai pas.

— Eh bien, sois rassurée, tu ne seras plus jamais dans cette situation. C'était la dernière fois !

— Pardon ?

— Je suis sérieux, Awa. Ça n'arrivera plus pour la simple et bonne raison que toi et moi, c'est terminé.

— Hein ?

— Oui, j'en assez.

— Je n'y comprends plus rien... Tu passes d'une humeur à l'autre sans transition et je suis juste en train de flipper, là.

— Va-t'en, Awa !

— Mais qu'est-ce que je t'ai fait ? Pourquoi tu me rejettes ?

— Tu n'as rien fait du tout. C'est juste que je trouve que notre discussion ne mène à rien, tout comme notre relation, d'ailleurs. Depuis le début, il n'y a rien de sérieux. Je t'aime bien, mais ça s'arrête là. Je suis resté avec toi par habitude et non par amour.

— ...

— Nous sommes juste deux personnes adultes et consentantes qui s'attirent et assouvissent leurs désirs. Rien de plus. J'en ai marre de jouer.

— Pourquoi tu me fais ça ? Laisse-moi au moins une chance de te prouver que nous deux, c'est possible. Je suis capable de te rendre heureux, Charles.

Je ne suis pas réfractaire au bonheur, mais je suis carrément réfractaire aux niaiseries amoureuses.

— Je ne veux pas être violent avec toi, alors fais-moi le plaisir de sortir de chez moi. Je t'ai tout dit et je n'ai rien de plus à ajouter.

— Tu me chasses pour de vrai ?

— Barre-toi !

— Je ne mérite pas ça, pourtant… Je t'ai tout donné. Ma vie et ma virginité… Mais pour toi je ne suis qu'une marie-couche-toi-là. Tu vas regretter ce que tu viens de faire, Charly. Et crois-moi, tu vas t'en mordre les doigts, pleure-t-elle.

Awa déguerpit de ma chambre sans un seul regard pour moi. Je la comprends, j'ai été odieux. Je me sens coupable d'avoir été aussi méchant, mais comme d'habitude, elle ne m'a pas laissé le choix. Têtue comme elle est, elle serait revenue à la charge si j'avais été plus doux. Au moins, avec cet échange, la césure est franche. Je dois admettre qu'elle va me manquer, mais c'est mieux comme ça. Pour Awa et surtout pour moi.

Malik Charles Sylla reprend les rênes de sa vie !

Maintenant, que je suis libéré de toutes ces femmes, je vais pouvoir me concentrer sur mon projet professionnel. Plus qu'un tombeur, je suis un bosseur et je compte bien devenir le prochain dirigeant d'Uni Média Dakar.

Comme j'ai l'habitude de le dire : je suis un vainqueur ! Et ne me dites pas que c'est un manque de modestie, ça n'a

rien à voir. C'est la stricte réalité. Et la réalité, c'est que tout
me réussit !

PARTIE 4

DE L'AMOUR A LA HAINE

[AWA]

— Il m'a larguée comme un vulgaire parasite. Il a été odieux.

— Je sais, ma puce, je sais...

— Mais non, Tessa, tu ne sais pas... Il a été... J'ai le cœur en miettes. Pourquoi m'a-t-il fait ça ? J'ai toujours été là pour lui, moi.

— *Massa*[5] Awa ! Calme-toi, tu as assez pleuré comme ça.

— Je ne peux pas !

— Ce Charly est une ordure. Il est plus méchant que la méchanceté !

— On t'avait prévenue, me rappelle Amy. Je sais que c'est délicat de te dire ça maintenant, mais franchement, tu t'attendais à quoi ? Il est comme ça, il n'aime que lui !

———————————————————————

5 En Wolof, « Massa » est un terme utilisé pour exprimer la compassion et apporter du réconfort.

— Amy... tente de pondérer Tessa.

— Non, mais laisse, Tessa, elle a raison. Vous m'aviez avertie et je n'ai pas voulu vous écouter. Et tu sais quel est le pire ? C'est que je l'aime toujours ! Qu'est-ce que je vais devenir ?

— Ne sois pas idiote ! Tu peux parfaitement vivre sans lui. La preuve, il t'a jetée comme du papier WC, et tu continues à respirer. Et puis vu comme tu pleures, là, crois-moi, tu es bien vivante.

— Oublie-le ! Tu mérites mieux, insiste Amy.

C'est comme si on m'avait planté un couteau dans le cœur. Comment stopper cette peine qui me colle à la peau ? C'est insensé, mais je crois que je ne cesserai pas de l'aimer. J'ai tout donné à Charly. Je lui ai tout donné, et c'est comme ça qu'il me remercie ? Une chose est certaine : ma vengeance sera terrible. Tôt ou tard, Charly rampera à mes pieds et il me suppliera de l'aimer.

Sois seulement prêt, mon garçon !

[CHARLY]

Deux semaines après mon hospitalisation, je suis complètement rétabli. Et surtout, je me sens léger depuis que j'ai mis Awa sur la touche. Elle doit être en colère, mais tant pis, ça lui passera. Tout ce qui m'importe, c'est ma liberté.

Je suis de retour au bureau. Je ne pensais pas dire ça un jour, mais je dois admettre que le travail m'avait manqué. La date du salon international de Marrakech approche à grande vitesse et j'ai encore un nombre incalculable de choses à faire. À croire que personne n'a été foutu de réaliser le boulot que je fais. *Ils avaient vraiment besoin de quelqu'un comme moi dans ce service.*

Kassim vient contrôler le travail que j'ai effectué dans la matinée et, visiblement, j'ai pas mal assuré pour l'organisation de cet événement. Il me félicite et m'encourage à poursuivre ainsi. Il m'indique également que nous avons une nouvelle recrue et que celle-ci nous accompagnera au Maroc.

— Je vais à la comptabilité. Nous devons tout boucler avant cet après-midi, ok ? Le départ est dans deux jours et il nous reste un tas de choses à régler.

— Pas de soucis, Kassim. Veux-tu qu'on déjeune ensemble pour régler les derniers détails ?

— Oui, pourquoi pas. Si ça peut nous faire gagner du temps ! Vois avec Kharidjatou pour l'heure. À plus tard !

— Hé, mais attends, Kassim ! Qui est Kharidjatou ?

— Notre nouvelle recrue. Elle remplace Ndella pendant son congé maternité... Charles, tu as perdu la mémoire ou quoi ?

— Euh ... Non ! Je vais aller la voir.

Je me lève et me mets directement en marche vers le secrétariat pour fixer l'heure du rendez-vous avec la nouvelle recrue. La porte est ouverte, mais Soda, la secrétaire en chef, est accaparée par son travail. Elle ne me remarque pas. Pour signifier ma présence, je me racle la gorge. Ma collègue relève la tête et m'offre un large sourire :

— Bonjour mon grand ! Alors, tu as retrouvé ta bonne mine, on dirait ?

— Oui, ça va beaucoup mieux. Merci.

— De quoi as-tu besoin ?

— De ta nouvelle collègue ! Je ne l'ai pas encore vue. Kassim, elle et moi devons déjeuner ensemble, à ce qui paraît.

Une voix féminine me surprend et je me retourne :

— Bonjour ! Tu dois être Charles ?

— Waw, c'est moi.

— Je suis Kharidja, se présente-t-elle en me tendant la main.

— Oui ! J'ai bien compris.

Ben ça, mon vieux, c'est de la bombe secrétaire ! Je me ferais un plaisir de la dra...

Wow, wow, wow ! Il faut que je me ressaisisse tout de suite, là ! Je vais avoir du mal à tenir mes résolutions devant ce genre de beauté.

Je ne sais pas comment je vais faire pour travailler avec elle au quotidien, parce que Kharidjatou est un avion de chasse.

— Vous souhaitiez me voir ?

— Euh... en fait, Monsieur Keïta et moi voulions savoir si vous étiez disponible pendant le déjeuner pour une petite réunion ? Ça nous permettrait de faire le point sur Marrakech.

— Ok, à quelle heure ?

— Midi et demi, ça vous va ?

— C'est noté. Je serai là.

— Par contre, pouvez-vous commander trois plateaux du jour à la cafétéria ? On mangera dans la salle de réunion. Merci d'avance. Et en ce qui concerne la boisson, ce sera jus de *Bissap* frais pour moi, et eau pétillante pour Monsieur Keïta.

— Hmm ! D'accord...

Cette fille est... Les mots me manquent. Elle a de la chance que j'aie pris de nouvelles résolutions, parce qu'elle n'aurait pas fait long feu avec l'ancien Charly. Je vous vois... Vous vous attendez tous à ce que je craque, n'est-ce pas ? Eh bien, non ! Je ne craquerai pas. Je suis un homme fort, moi. Charly ne se laisse plus diriger par ses pulsions.

Je suis certain que sous ses airs de pimbêche prétentieuse, elle a vu ce que toutes les autres voient en moi. *Malheureusement, je suis au régime, ma belle.* Aujourd'hui, c'est ma carrière d'abord !

[Pendant ce temps, au secrétariat...]

— Ce que ce gars est pédant ! Je n'aime pas du tout son petit air supérieur.

— Charles joue au prétentieux, mais il est adorable, en réalité. Moi, je l'aime bien, ce petit, répond Soda. Il est encore jeune... il changera.

— En tout cas, il m'a l'air bien orgueilleux. Qu'est-ce qu'il a, à me donner des ordres comme ça ?

— Moi aussi, je le trouvais un peu trop sûr de lui au début, puis j'ai appris à le connaître. Il bosse dur, ce qui n'est pas le cas de tout le monde dans ce service.

— Tu penses ?

— Crois-moi, Kharidja ! J'ai assez d'expérience pour voir ce genre de choses-là.

— Hmm ! J'espère que tu as raison, Ma' Soda. Parce que je n'ai pas apprécié sa façon de s'adresser à moi.

— Et sinon, tu te plais bien ici ?

— Oh oui ! J'ai terminé mes études il y a un moment et je ne trouvais rien. Alors, ce travail est une sacrée aubaine. Je pourrais aider mes parents et mettre de l'argent de côté, aussi.

— Moi, je travaille ici depuis quinze ans déjà. Je suis la plus ancienne du service commercial et tu as pu voir que l'équipe est sympathique. Monsieur Keïta est adorable, à condition de ne pas le décevoir, explique Soda.

— J'espère que ça ira. Ça ne fait que deux semaines que je suis arrivée, mais je me sens bien ici. Et puis j'ai tellement besoin de ce travail...

★

[KHARIDJA]

Ce travail me plaît, même si, chaque soir, je suis exténuée. D'habitude, je suis pressée de rentrer chez moi, mais là, je suis stressée. Thierno et Seynabou Diakhité – mes parents – n'accepteront jamais de me laisser aller au Maroc avec deux hommes qui ne sont ni mes frères ni mes oncles.

J'ai peur de leur dire que je dois partir à l'étranger pour le travail. Ils sont si conservateurs ! Mais si je ne me lance pas, je risque de perdre mon *job*. J'entre dans la maison et mon cœur bat à plein régime. Ma' me connaît tellement qu'à la minute où elle me verra, elle saura que quelque chose ne va pas.

— Bonsoir ma fille ! Alors, le travail, ça va ? me demande mon père.

Il est si content que j'aie trouvé cet emploi. Cela va nous permettre de vivre un peu mieux.

— Ça va, Papa, tout va bien. Le travail est très intéressant et ma collègue est adorable. Elle est brave, elle m'apprend tout ce que je dois savoir.

— Dieu merci !

— Dis donc, toi ! Tu ne m'as même pas saluée, je crois ? râle Maman. Comme toujours, il n'y en a que pour ton père.

— Bonjour *Yaay*. Je ne savais pas que tu étais rentrée.

— Au fait, nous coupe Papa, as-tu réussi à avoir ton oncle ? T'a-t-il rappelée ?

— Pa', je t'en prie, ne reviens pas sur cette affaire. Je préfère subir les transports plutôt que d'aller vivre chez mon oncle. Le siège d'UMD n'est pas si loin d'ici, tu sais.

— Laisse-la, Thierno. Kharidjatou a raison. La femme de ton frère est une mégère, je ne veux pas qu'elle traite ma fille moins bien que ses enfants. Ici au moins, elle est chez elle.

— Vous, les femmes, vous aimez trop vous chamailler. Ce problème entre vous nuit à ma relation avec mon frère. À cause de toutes ces histoires, on ne peut plus se voir comme avant. Fais comme tu voudras, Kharidjatou ! C'est toi qui sais ce que tu supportes en transports.

Je profite de ce moment pour parler de Marrakech. Je gonfle mes poumons d'air et je me lance :

— Pa', Ma', j'ai quelque chose d'important à vous dire. C'est par rapport au travail... Je ne sais pas si vous allez accepter, mais...

— Ne nous dis pas qu'à peine arrivée là-bas, tu as déjà des problèmes ? *Hey Allah*, Kharidjatou ! souffle Maman.

— Seynabou, pourquoi es-tu aussi pessimiste ? Laisse-la terminer avant de crier à Dieu ! Vas-y, ma fille ! Nous t'écoutons, enchaîne Papa.

— Je dois me rendre au Maroc pour quelques jours... pour le travail.

— Tu n'as même pas de passeport ! gronde ma mère.

— J'en ai un maintenant. Mon patron est bien placé. Nous avons fait les démarches, je le récupère demain matin *Inchallah*. Je n'ai rien dit jusqu'ici, car j'attendais que ça se concrétise. Je souhaite avoir votre bénédiction pour partir.

— Partir avec des hommes que tu ne connais pas ? Non, jamais !

— Ne l'écoute pas, ma fille. Ta mère voit toujours le mal partout. Tu as ma bénédiction.

— Thierno, es-tu sérieux ? l'interroge Maman.

— Évidemment que je le suis. *Hamdoulilah* ! Dieu a entendu nos prières pour notre Kharidja. Elle a un travail et elle va pouvoir avancer dans la vie. Tu as ma permission. Va, ma fille !

— Oh, merci, Pa' ! fais-je en lui sautant au cou.

Je n'en reviens pas que ça ait été aussi simple d'obtenir leur accord. C'est formidable ! Je ne me voyais pas dire non à mon patron après tous les efforts qu'il a fournis dans l'organisation de ce voyage et surtout pour l'obtention express de mon passeport. Sans surprise, Maman est dubitative, me laisser partir seule avec mon patron et son assistant ne l'enchante absolument pas. Et, comme je m'y attendais, elle me bassine avec ses conseils jusqu'à me saouler. Je ne sais pas pourquoi elle s'inquiète, car il n'y a aucun risque pour que je m'acoquine avec l'un ou l'autre.

Monsieur Keïta est gentil, mais bien trop vieux pour moi. Ett ce nul de Charles n'est qu'un *Thiof* !

★

[CHARLY]

Nous sommes fin prêts pour le Maroc. Je suis content, car j'aime ce pays, j'ai l'habitude d'aller à Marrakech pour les vacances. J'aime l'atmosphère de cette ville, même si la circulation y est infernale.

— Ça fait quarante-cinq minutes qu'on poireaute dans cet avion et il est toujours vissé au sol. Pourquoi cet appareil ne décolle-t-il pas ? Je ne supporte pas d'attendre, m'impatienté-je.

— Pouvez-vous cesser de gémir une seconde ? C'est agaçant à la fin, chuchote Kharidja.

— Est-ce que je vous ai demandé quelque chose ?

— Non, mais vous dérangez tous les passagers. Ça suffit maintenant, ok ? Ils viennent d'annoncer notre départ. C'est dans un quart d'heure. Vous croyez que vous arriverez à vous taire jusque-là ? me balance-t-elle, agacée.

— La prochaine fois, il faudra affréter un jet privé ! Les vols commerciaux, c'est beaucoup plus confortable.

— Voyez-vous ça ? Un jet privé !

— De quoi je me mêle, Diakhité ?

---

[6] Le Thiof est un poisson (espèce des mérous), mais qualifie également un séducteur, un playboy.

73

— Vous n'allez pas vous quereller durant tout le séjour, j'espère ? Je vous signale que nous sommes en voyage d'affaires ! Ça va aller ?

— Tout va bien, réponds-je avec ironie.

— Tout va bien, murmure-t-elle entre ses dents.

Quelle plaie, cette Kharidjatou ! Elle est aussi belle que bêcheuse. Heureusement le voyage ne sera pas long ; dans quelques heures, nous serons à Marrakech.

[AWA]

Alors que je suis bien installée dans mon lit, Pa' m'appelle. Je ne supporte pas qu'il m'envoie faire ses courses à tout bout de champ. Je le laisse poireauter quelques minutes, mais il m'appelle plus fort et de façon tellement impérative que je ramène mes fesses dans le salon familial le plus rapidement possible.

— Awa, pourquoi faut-il toujours que je t'appelle dix fois avant que tu ne réagisses ?

— Mais je n'entendais pas ! Je suis là maintenant, qu'y a-t-il ?

— Je t'envoie chez Oncle Thierno. Tu lui remets juste l'enveloppe qui est sur la table, et puis tu reviens. Tu la lui remets en mains propres, entendu ?

— Mais Pa', c'est loin ! Tu sais bien que Pikine, ce n'est pas la porte à côté. Je n'ai pas envie d'aller me perdre là-bas, Et puis j'ai prévu de sortir avec Tessa et Amy tout à l'heure.

— Donc on ne peut plus envoyer personne dans cette maison, c'est ça ? Je t'ai ordonné d'aller remettre ce colis à ton oncle et tu vas y aller en te dépêchant. Exécution !

— Je peux avoir les clés de la voiture ?

— Certainement pas. Prends un taxi !

Tchip ! Adama Diakhité est le père le plus énervant du monde. Je ne sais pas pourquoi il aime me commissionner. Je ne suis pas sa seule enfant, que je sache, il n'a qu'à envoyer Mina... Grrr ! Le frère jumeau de mon père habite dans une banlieue de Dakar. C'est vraiment pénible, il y a du trafic à cette heure-ci de la journée, sans compter la chaleur !

Si seulement Charly ne m'avait pas jetée comme une vulgaire éponge, il m'aurait accompagnée dans son sublime 4x4 de luxe. Eh oui ! Je pense toujours à Charly et je meurs d'envie de le revoir pour qu'il constate comment je me suis remise de notre rupture. Il croyait m'enterrer en me virant comme une malpropre, mais il s'est trompé. Je veux qu'il rampe à mes pieds. Je ne sais pas encore comment, mais je vais le faire plier. Il saura que l'argent n'achète pas tout.

Il paraît que la vengeance est un plat qui se mange froid. Pour Charly ce sera congelé. *Rek !* Parole de Diakhité ! Il va me le payer ; il se souviendra toute sa vie de Miss Awa !

PARTIE 5

SOS

[CHARLY]

J'adore Marrakech, même s'il y fait très chaud à cette période de l'année, je suis heureux de pouvoir y revenir pour un événement de cette importance. UMD va briller de mille feux ici. J'espère que Kassim appréciera le travail que j'ai fourni, mais pour l'instant, nous sommes en route vers l'hôtel.

J'ai choisi le Riad Prestige, car il est assez grand pour que chacun ait son espace. Nous pourrons également y organiser des dîners d'affaires pour assurer la vente des programmes UMD en dehors du salon.

Quand je vous dis que j'ai pensé à tout. Je crois bien que je suis un génie !

Nous arrivons enfin au Riad. La gouvernante, vêtue d'une djellaba bleue et or, nous présente nos chambres. Ici, tout est d'un luxe absolu ; je suis dans mon élément. Kharidjatou, elle, a l'air complètement impressionnée. On voit bien que cette fille n'est pas sortie souvent de Dakar. Si elle était plus sympa, j'aurais pu lui apprendre des choses.

— Quoi encore ? lâche-t-elle alors que je la fixe pensivement.

— Euh, rien...

Dans un mouvement d'humeur, elle se dirige dans la direction opposée. Cette fille est... C'est étrange, plus je l'observe, plus je trouve qu'elle ressemble à mon hystérique Miss Awa. *Bref !*

Les chambres sont bien dispatchées. Kassim a tenu à ce que Kharidja et moi choisissions les nôtres en premier. Évidemment, j'ai pris la plus grande. D'accord. Ok. Ce n'est pas galant, j'aurais certainement pu la laisser à la miss, mais je n'en avais pas envie ! De toute façon, elle s'en fiche, cette fille ne connaît pas les bonnes choses.

— On se retrouve à dix-neuf heures pour le dîner ? J'ai besoin d'un peu de repos, déclare Kassim.

— Entendu, Kassim. Moi, je vais faire un petit plongeon dans la piscine. Vous venez avec moi, Kharidjatou ?

— Non merci, Charles, je vais rejoindre ma chambre.

— C'est dommage ! Un petit bain ne vous aurait pas fait de mal. Je vous aurais appris à nager, déclaré-je ironiquement.

— Pauvre type, va ! *Tchip !*

★

[KHARIDJA]

Ce Charles Sylla m'épuise. Il me gonfle littéralement. Ce gars est persuadé que son physique avantageux et son argent l'autorisent à tout se permettre. J'espère qu'il ne me créera pas de problèmes, parce que ce travail est trop important pour moi. Depuis que Pa' est malade, nous avons du mal à joindre les deux bouts et ma pauvre mère se tue à la tâche.

Ma' travaille dans un atelier de couture, elle vend également ses créations au marché pour augmenter nos revenus. Elle ne gagne pas énormément, alors sans le salaire de Pa', les fins de mois sont difficiles. Maintenant, que ma sœur Aïcha est mariée, il y a une bouche en moins à nourrir, mais il reste quand même les études de mon petit frère Amidou à payer. Ce boulot est essentiel pour ma famille.

Comme je regrette mon Aïcha ! Je n'ai plus de confidente à la maison, mais grâce à Dieu, Mortala est adorable. Ma grande sœur ne l'aime pas beaucoup, mais Pa' a arrangé ce mariage car elle commençait à se faire « un peu âgée » et cela devenait dérangeant pour la famille.

Personnellement, je ne comprends pas qu'elle ait accepté cette union, de nos jours ce n'est pas une faille d'être célibataire. Heureusement, son mari prend bien soin d'elle, malgré l'absence de sentiments. Comme il l'a si bien dit à ma sœur lors de leurs fiançailles : « L'appétit vient en mangeant » ; en tout cas, ce dernier fait tout pour qu'elle finisse par l'aimer.

Moi, j'espère pouvoir choisir toute seule l'homme à qui je m'unirai, *Inchallah* ! Je m'allonge sur mon lit, fixe le plafond un court instant. Ma chambre est parfaite. Jamais je n'aurais imaginé dormir dans un endroit pareil ! Ma sœur Aïcha aurait adoré venir ici. Du peu que j'ai vu, Marrakech a l'air d'être une ville en mouvement. Et puis ce Riad est sublime. Par contre, la chaleur est écrasante, je crois bien que j'ai besoin d'une sieste. Je me glisse dans les draps de soie et ferme les yeux quelques instants. J'ai besoin de toutes mes forces pour affronter cette première soirée en présence de ce nigaud de Charles Sylla. Pourvu que tout se passe bien, je dois absolument conserver ce travail.

★

[AWA]

J'arrive chez mon oncle. Ce dernier est assis dans son fauteuil en cuir vieilli, comme d'habitude. Un sourire discret apparaît sur son visage lorsque j'entre dans la pièce.

— Awa, ma fille, tu es venue ! Je suis content de te voir !

— Oui, je suis là. Comment vas-tu ?

— Ça va, par la grâce de Dieu. Je suis désolé pour toi, Kharidja n'est pas là aujourd'hui. Elle travaille.

— Ah bon, elle a trouvé du boulot ?

— Oui, à Dakar, c'est formidable.

Eh bien ! On dirait que la petite Kha s'affranchit enfin. Pas trop tôt !

— Dieu merci ! Mais, mon oncle, mais je ne suis pas venue pour Kha. Je suis là pour te remettre un colis que Pa' t'envoie.

— Mon frère pense toujours à moi… Ah… fait-il en secouant la tête.

Pa' Thierno a cette triste mine qui me peine. Je n'aime pas le voir comme ça. Depuis son grave accident, il a du mal à rester debout et il ne peut plus travailler. Son dos le fait trop souffrir et j'ai pitié de lui. Mon oncle est si gentil. Comme il

80

est le jumeau de mon père, je l'aime autant que Pa'. Dommage qu'il habite si loin, ça m'empêche de venir plus souvent.

Papa aide toujours son frère, mais c'est un peu difficile ces derniers temps à cause de la grosse dispute qu'il y a eu entre ma mère et Ma' Seynabou, la femme de mon oncle. Tout le monde est dans l'embarras, maintenant !

Malheureusement pour nous, c'est de la faute de *Mama*. Elle devrait apprendre à se taire, parfois. Elle crée des catastrophes rien qu'en disant ce qu'elle pense. Et elle a un peu dépassé les bornes ce jour-là. Elle a toujours été jalouse de Ma' Seynabou, elle s'est très mal comportée... Enfin, c'est une longue histoire.

Conséquence directe de ce désordre familial, mes cousines Aïcha et Kha se sont éloignées de nous. Pourtant, nous étions proches, avant cette histoire. Pa' souffre beaucoup de cette situation, mon oncle aussi, d'ailleurs. Alors, chaque mois, mon père envoie une *enveloppe* pour essayer de compenser le salaire qu'il n'a plus. Ce n'est pas énorme, mais il le fait de bon cœur. Ce qui m'énerve en revanche, c'est que c'est toujours moi qu'on envoie. Il pourrait demander à cette paresseuse de Mina, de temps en temps. Je ne suis pas le seul enfant dans cette maison !

— Mon oncle, as-tu besoin que je fasse quelque chose pour toi ?

— Non merci, ma fille ! Seynabou va arriver d'un instant à l'autre. Va et salue tout le monde pour moi. J'appellerai Thierno ce soir.

— À plus tard, alors !

Mission accomplie ! Je vais maintenant rejoindre mes copines. Nous allons bavarder et refaire le monde. Eh mince !

Je ne trouve pas ce foutu téléphone, et il n'arrête pas de vibrer. Je n'ai pas le temps de dire « Allô ? » que, déjà, la voix impatiente de Tessa souffle jusqu'à moi :

— Mais qu'est-ce que tu fiches, Awa, on t'attend depuis vingt-cinq minutes ?

— Désolée, mais mon père m'a commissionnée. Je suis à Pikine, je prends un taxi et j'arrive !

— Rejoins-nous vite... Hassan et Jessica sont avec nous.

— Qui dit Hassan dit Charly. Il est là aussi ?

— *Wallaye*, Awa, tu as un problème. Ramène tes fesses !

— J'arrive, way !

[CHARLY]

Dans le restaurant du Riad, nous terminons notre repas. Je termine ma clémentine et avale un verre d'eau fraîche :

— Hmm ! Ce tajine d'agneau était délicieux. Les Marocains savent cuisiner, en tout cas, s'extasie Kassim.

— C'est bien vrai, mais ça ne vaut pas le merveilleux thiep[7] de ma mère, renchéris-je. Et vous, Kharidjatou, vous savez cuisiner ?

Le belle lève les yeux au ciel et ignore ma question. Ce qu'elle peut être agaçante !

---

[7] Thiep (ou Thieb) : plat réputé de la cuisine sénégalaise. C'est une délicieuse recette à base de riz, de sauce tomates et de légumes (chou, carottes, manioc, etc.). Elle est traditionnellement composée de « thiof » (mérou).

— Bon, Si vous le permettez, je vais me lever de table et aller faire un tour avant de me coucher. Bonne nuit si je ne vous revois pas d'ici là.

— Entendu Charly. À quelle heure devons-nous être prêts demain matin ? me demande Kassim.

— Le taxi nous attendra à six heures trente *Inchallah*.

— Ok. C'est parfait.

— Rendez-vous à six heures trente alors. Bonne nuit !

Mon chef me souhaite bonne nuit aussi, mais pas Kharidjatou. Elle m'énerve, celle-là, à jouer la fille détachée de tout. Et puis je n'aime pas sa manière de me vouvoyer. Entre collègues, on peut se dire « tu » quand même, non ?

De retour de ma balade nocturne, je ne pense qu'à atteindre mon lit. Je suis crevé et la semaine qui nous attend va être intense. Après une douche rapide, je ne mets que quelques secondes à me glisser dans les bras de Morphée.

Le stand d'UMD est l'un des plus beaux du salon. Les clients affluent et les contrats se multiplient. C'est exactement ce que nous voulions. Kassim, Kharidja et moi sommes une *team* de choc – enfin, surtout moi. Notre discours est bien rodé et notre efficacité n'est plus à prouver. Pa' appelle chaque soir, pour suivre l'évolution des ventes de près ; il en va de la pérennité de notre entreprise. Kassim le rassure, les chiffres sont excellents. Par contre, je fais un flop total auprès de Kharidjatou. Même après quatre journées entières à ses côtés, le courant ne passe pas. Cette nana est plus froide qu'un glaçon !

À quoi cela sert-il d'être aussi belle quand on est aussi bêcheuse, hmm ?

Ce que j'apprécie en revanche c'est sa capacité de travail hors norme. Je ne sais ce qu'elle veut prouver mais elle est infatigable et surtout, elle apprend vite.

Dommage qu'elle soit si méchante !

Ce soir, chacun dîne dans sa chambre. Nous sommes tellement épuisés qu'aucun de nous trois n'a envie de parler. Il reste encore deux jours avant la fin du salon et nous devons préserver nos dernières forces. Le couscous qu'on m'a servi est terriblement bon, mais j'ai mangé si vite que maintenant, j'ai chaud. Là, tout de suite, ce qu'il me manque, c'est une petite *Go* sucrée avec moi. Parfois, ça me pèse quand même d'être seul, c'est dans ce genre de moment que je regrette Awa. Un petit massage de sa part m'aurait fait du bien... Au lieu de penser à mon ex, je vais aller marcher, c'est mieux. Ça va me relaxer !

[KHARIDJA]

— Par pitié, lâchez-moi. S'il vous plaît ! Je n'ai jamais connu d'homme et...

— Ne t'inquiète pas pour ça, je serai doux comme un agneau.

— Non, s'il vous plaît. Pitié, ne faites pas ça !

— Mais c'est toi qui m'affoles, avec tes courbes révolutionnaires.

— Mais lâchez-moi, je vous dis !

— Tu as intérêt à coopérer. Ne fais pas ta sainte nitouche !

— Au secours !

— Personne ne t'entend d'ici. Déshabille-toi, je veux te voir de plus près. Je veux te sentir et t'admirer... Nue... Sais-tu que tu es très belle ? Laisse-toi aller, tout va bien se passer.

Mon Dieu ! Comment vais-je me sortir de ce pas ? Même mes larmes ne l'arrêtent pas. Pourquoi se retrouve-t-il sur moi ? Je ne supporte pas son odeur. J'ai envie de vomir.

— Au secours !

Je rassemble tout le courage qu'il me reste et je vise ses bijoux de famille. *BAM !* Mon agresseur tente de me retenir, mais je me débats comme une lionne. Je réussis à m'enfuir et je l'entends crier et me menacer. J'ai peur. Je n'ose plus bouger. Que vais-je devenir ? Je ne sais plus depuis combien de temps je suis cachée sur cette terrasse, mais je n'ose plus bouger. Tétanisée, j'attends que le jour se lève ici. Mon Dieu, j'ai si peur...J'entends des pas qui s'approchent et mon corps se crispe. Je suis recroquevillée sur moi-même. J'ai honte qu'on puisse me trouver dans un tel état... J'entrouvre mes yeux et je l'aperçois. Il ne manquait plus que ça !

Non. Pas lui ! Pas Charles Sylla !

Lorsqu'il m'aperçoit, il dépose sa tasse de thé encore fumante sur la table de jardin et il accourt vers moi. Je suis à moitié nue, complètement décoiffée et en pleurs. Je n'ose pas lever la tête vers Charles. J'ai honte. Je me sens sale !

— Mon Dieu, Kharidjatou, que vous est-il arrivé ?

PARTIE 6

KHARIDJA, LE CHOIX DE L'OUBLI

[CHARLY]

De retour de ma balade nocturne, j'ai commandé un thé à la menthe. Je voulais profiter de la fraîcheur de la terrasse pour me poser un peu avant de me coucher. Je ne sais pas pourquoi, mais Marrakech ne convient pas à mon sommeil.

Dès que je l'ai aperçuee, j'ai compris que quelque chose n'allait pas.

— Mon Dieu, Kharidjatou, que vous est-il arrivé ?

Elle est recroquevillée sur elle-même. Elle tremble, sanglote. Et pour ne pas changer, elle ne répond à aucune de mes questions.

— Venez nous aider, s'il vous plaît !

Je suis en panique, qui a pu la mettre dans un tel état ?

— Kharidjatou ? Kharidjatou, répondez-moi, je vous en prie.

Le serveur et le maître d'hôtel nous rejoignent enfin. Je suis complètement perdu, ce que je vois me cloue sur place. Kassim, qui a tout l'air de sortir de son sommeil, arrive à son tour.

— Mais que se passe-t-il ici, Charly ?

— Je crois qu'elle a été agressée. Elle ne veut pas que je la touche. Et elle ne veut pas bouger d'ici non plus. Je ne sais pas quoi faire.

— Mais quelle horreur !

Kassim se met à genoux pour être à la hauteur de Kharidja qui n'a pas changé de posture depuis que je l'ai découverte. Honnêtement, je suis choqué !

— Je pense qu'il faut qu'elle voie un médecin, dis-je, inquiet.

— Tu as raison, Charles...

— Kharidjatou, je vais vous aider à vous lever, ok ?

Quel est l'enfoiré qui l'a mise dans cet état ?

La miss ne répond pas et les larmes dévalent en trombe sur ses joues. Cette pauvre fille est terrorisée. Je crois que le mieux à faire, c'est de rentrer à Dakar plus tôt que prévu. On ne peut décemment pas la laisser comme ça. Il faut absolument qu'on la raccompagne chez elle.

— Kharidjatou. Voulez-vous que je vous conduise dans votre chambre ?

— Non ! me répond-elle en agrippant mon bras.

— Ok ! Venez, vous ne risquez plus rien maintenant, dis-je avec toute la prudence du monde.

— Je crois qu'il faut qu'on prévienne les autorités, la police, enfin, je ne sais pas... Je suis un peu embrouillé, là ! déclare Kassim qui réfléchit à haute voix.

— Je te laisse t'occuper des autorités. Moi, je la ramène à l'intérieur... Venez, Kharidjatou, je vous emmène.

Elle se lève péniblement. Je lui passe ma veste sur les épaules et la laisse s'accrocher à mon bras. Je la guide un peu, comme on guide une personne malvoyante, car elle refuse d'ouvrir les yeux. C'est comme si la réalité lui faisait peur.

— Aïe ! J'ai mal...

— Je vais la porter, ce sera plus simple, dit Kassim.

Mon chef la dépose dans son lit, elle se met en boule et pleure de plus belle. Nous restons devant sa porte et discutons de la manière dont nous allons procéder :

— Il faut la ramener chez elle, nous devons partir le plus vite possible.

— Ok ! Mais l'un de nous doit rester, Charles. Il y a encore un paquet de programmes UMD à vendre !

— Je veux bien rester, alors.

— Le seul problème, dit Kassim, c'est que je suis le seul à pouvoir finaliser les contrats. Demander une autorisation au siège nous ferait perdre du temps. Il vaut mieux que je reste.

— Effectivement...

— Je vais voir comment faire pour la police et les billets. J'avertirai la direction dès demain matin.

— Ok, à plus tard, Kassim. Je vais voir si tout va bien et ensuite, j'irai me coucher. Elle a besoin de repos.

— Bien.

Seul avec Kharidjatou, je suis mal à l'aise. Je ne suis pas un expert en consolation et les mots ne me viennent pas naturellement.

— Je ne veux pas dormir ici, souffle-t-elle. S'il vous plaît, Charles, ne me laissez pas dormir ici !

Elle pleure tellement que moi, Charly Sylla, j'en suis ému. Elle tremble à nouveau.

— Rassemblez vos affaires et venez avec moi.

La demoiselle s'exécute péniblement. Je l'installe dans ma chambre. Elle dit vouloir se doucher. Je la laisse faire et elle se couche en m'adressant un timide « merci ». La minute d'après, elle s'endort comme un bébé.

★

Le voyage a duré une éternité. Depuis notre départ de Marrakech jusqu'à ma voiture, Kharidjatou est restée muette. Je profite du trajet vers chez ses parents pour briser un peu la glace.

— Vous n'avez pas décroché un seul mot depuis que nous sommes partis.

— ...

— Voulez-vous me dire ce qu'il s'est passé ?

— ...

— Je ne peux pas vous laisser dans cet état. Parler vous ferait du bien, vous savez ?

— Je n'ai pas envie de parler.

— Vous auriez quand même dû parler au moins aux policiers. C'est important de ne pas laisser ce crime impuni.

— Je vous répète que je ne veux pas parler.

— En tout cas, je suis là si vous avez besoin de discuter.

— Ne vous la jouez pas chevalier servant, Monsieur Sylla. Ça va aller !

— Permettez-moi d'en douter, Kharidja. Gardez votre secret si vous le voulez, mais ne rien dire ne va pas vous aider pour autant.

— Merci. Mais je voudrais oublier et vivre en paix.

— Mais...

— Écoutez Charles, merci pour tout ce que vous avez fait pour moi hier, mais je ne veux pas de votre pitié.

— Je n'ai pas pitié de vous, je souhaite simplement comprendre pourquoi on vous a retrouvé apeurée et à moitié nue sur une terrasse de Marrakech.

— Aucun tact, déclare-t-elle en roulant des yeux.

— Comment ?

— Vous n'avez aucun tact ! répète-t-elle nerveusement.

Ses larmes se remettent à couler et son corps se raidit à nouveau.

— Excusez-moi ! Je ne voulais pas vous brusquer... Ni vous indisposer.

— Pas grave.

— Je vous propose ceci : je vous pose trois ou quatre questions et vous répondez juste par « oui » ou par « non », ok ? Ensuite, je vous laisse tranquille pour de bon. Elle me lance un regard oblique.

— Promis ! ajouté-je pacifiquement.

Kharidja hoche timidement la tête en signe d'approbation.

— Est-ce que vous connaissez celui qui vous a fait ça ?

— Non, répond-elle sans émotion.

— Vous ne le connaissez pas, c'est sûr ?

— Puisque je vous dis que non !

— Vous seriez capable de le reconnaître si on vous le présentait ?

— Je n'en sais rien.

— C'était un Marocain, alors ? Un client du Riad ?
Silence absolu.

— Est-ce qu'il vous a vi...
Elle m'interrompt violemment.

— Mais taisez-vous, à la fin ! Taisez-vous !

— Je veux juste vous aider...

— Si vous voulez m'aider, fichez-moi la paix et continuez à me détester comme vous le faisiez avant tout ça.

— Oh, mais je ne vous déteste pas ! C'est plutôt vous qui... Bon... peu importe. Je pense quand même que vous devriez voir un médecin.

— Pas la peine.

— Je dis ça parce que ce genre de chose est aussi arrivé à ma grande sœur. Et je... je sais que.... C'est difficile d'en parler.

— Non merci, grogne-t-elle.

— Je cesse de vous importuner... Je vais mettre un peu de musique, si ça ne vous dérange pas ?

Kharidja reste silencieuse, les yeux rivés sur la route. J'allume alors la radio, pour meubler le silence qui s'est lourdement installé dans l'habitacle. Franchement, cette fille me fait de la peine. Ça me rappelle une période difficile à la maison. Fatim a subi une agression sexuelle, elle aussi. C'était son professeur à l'université qui... Elle a malheureusement dû avorter... Depuis, ma sœur n'est plus la même.

Je voulais essayer d'en parler avec Karidja, mais force est de constater que je ne suis pas sa tasse thé ! Je crois surtout qu'en tant qu'homme, je suis mal placé pour m'étendre sur le sujet. Ceci dit, qui que ce soit, celui qui a fait ça mérite de crever. Je sais que je suis un peu spécial avec les femmes, mais m'attaquer de cette façon à l'une d'entre elles, je ne pourrais pas.

Les hommes qui font ce genre de chose doivent avoir le charisme d'un chameau, c'est si simple de séduire une femme normalement !

Elle aurait dû porter plainte et voir un médecin, mais personne ne peut l'obliger... Je ne sais vraiment pas comment l'aider sans l'agacer.

— Tournez au prochain carrefour à droite, s'il vous plaît ! s'exclame-t-elle.

— Pourquoi ? Le GPS indique...

— Je sais encore où j'habite, Monsieur Sylla, me coupe-t-elle sèchement.

— Très bien. Je tourne à droite... Ce n'est pas la peine de vous fâcher, hein ?

— Vous êtes insupportable, Charles.

— Je ne vais même pas me défendre... Je crois que vous avez besoin de repos.

— Depuis quand vous intéressez-vous aux autres, vous ?

— Ah ! La belle reprend du poil de la bête ? J'adore !

— Vous êtes énervant. Stop ! C'est ici...

— Vous êtes certaine que ça va aller ?

— Certaine. Merci de m'avoir accompagnée. À demain.

— À demain ? Mais prenez le temps de récupérer, enfin ! Votre retour n'est pas pressé.

— Je n'ai pas les moyens de faire autrement. Et de toute façon, je n'ai pas envie de rester chez moi à me morfondre. Je préfère travailler.

— Si jamais ça ne va pas, ne vous forcez pas, ok ?

— Je vais être claire avec vous, Charles. J'aimerais qu'on ne parle plus de cette histoire. Ni ici, ni au bureau, ni ailleurs. Jamais, vous entendez ? Ce qui s'est passé au Maroc reste au Maroc. Encore merci pour tout. Au revoir et à demain.

Kharidja sort de ma voiture en claquant la portière et part sans se retourner.

★

Je reçois un message d'Hassan qui veut me voir de toute urgence. Je le lis en diagonale, mais mon cerveau n'imprime pas. Je suis trop fatigué, je dois vraiment me reposer. J'ai passé ma dernière nuit dans un fauteuil pour laisser la place à Kharidja et j'en paie le prix.

Arrivé chez moi, j'enlève mes chaussures, puis je monte directement dans ma chambre. Je me jette comme une masse dans mon lit. Je dors un long moment. Il est presque vingt heures lorsque je me réveille. Je me débarbouille et descends voir Pa' qui regarde le JT du soir. Je lui raconte les derniers incidents. Outré et sidéré, il reste suspendu à mes lèvres.

— Tu aurais dû l'emmener à l'hôpital avant de la ramener chez elle, non ?

— Pa', tu ne connais pas cette fille ! Elle est têtue, *deh* !

— Hmm...

— Mais au-delà de la honte, je crois surtout qu'elle n'a pas les moyens de se faire soigner.

— UMD prendra en charge les dépenses liées à cet événement.

— Tout ça à cause d'une espèce de connard de pervers...

— Mais dis-moi, tu ne sais pas parler sans jurer ? C'est fatigant, à la fin.

— Pardon, Pa', mais ça m'énerve !

— Est-ce qu'elle a identifié l'agresseur ?

— Non. Elle n'a même pas voulu ouvrir la bouche devant les policiers. Elle dit que ce qui s'est passé au Maroc reste au Maroc.

— Je demanderai aux RH de me communiquer ses coordonnées, je vais m'occuper personnellement de son problème de prise en charge médicale.

— Oui, Pa'. Mais s'il te plaît, n'en parle à personne au bureau. Elle m'a fait promettre de ne rien dire. Je ne voudrais pas trahir ma promesse.

— Évidemment. Ce genre d'information ne peut que rester confidentielle. Ceci dit, je suis fier de toi. Avec Kassim, vous avez bien réagi. Malik Charles Sylla devient responsable et ça me plaît. Continue comme ça, fiston !

Abdérahmane Sylla me fait des compliments ? Il va neiger sur Dakar, way !

Même lorsque j'ai obtenu mon master, il n'a pas eu ce genre de discours. C'est bien la première fois qu'il me félicite. Si je n'étais pas un vrai bonhomme, je verserais une larme.

Je dois rejoindre Hassan au restaurant des *Almadies*, histoire de discuter autour d'un verre. Avec le travail, je n'ai plus le temps de sortir comme je veux et nous avons de nombreuses choses à nous raconter.

— Malik Charles Sylla est dans la place ! scande-t-il lorsqu'il m'aperçoit.

— Toujours, mec ! Je suis content de te voir.

— Moi aussi, frère. Alors Marrakech ?

— Ça a été ! Mais je suis content d'être rentré.

— Toujours célibataire ?

— Oui, et ça me plaît bien, tu vois. J'ai pas besoin d'une meuf pour exister, moi !

— Y a aucun *dossier* qui t'intéresse en ce moment ? Étonnant !

— Pour être franc, il y en a bien une qui m'intéresse, mais... Disons que je continue à privilégier le travail.

— Dis plutôt qu'elle te résiste et que ça ne t'arrive pas souvent.

— N'importe quoi !

— Je te connais trop bien, Charly... Elle te résiste, n'est-ce pas ?

— Aucune femme ne me résiste, tu le sais bien ! Je n'ai plus le temps de m'encombrer avec une nana, voilà tout.

— Raconte, elle est comment ?

— [8] *Ki, da fa rafet torop sakh* !

— Ah, ah ! Je l'savais !

— Et tu sais quoi ? En plus d'être belle, elle est intelligente. Elle a un visage aux traits fins, un corps parfait, une vraie beauté, quoi ! Mais en ce moment, c'est le travail qui prime. Je ne suis pas certain de devoir tenter quelque chose.

— C'est encore une de tes collègues ? Parce que la dernière fois, ça s'est très mal passé avec Samira.

— C'est Hamida, pas Samira. Et ne me parle plus jamais d'elle, par pitié !

— Alors, c'est une collègue ou pas ?

------

[8] Ki da fa rafet torop sakh (wolof) signifie littéralement : Elle, elle est très jolie même.

— Hassan ta question n'a pas lieu d'être. C'est une belle nana, un point c'est tout.

— Waw ! Waw ! Histoire à suivre, donc…

— Pas vraiment… Bon, et si on parlait de toi, pour changer ? Quoi d'neuf ?

— Je t'annonce que je vais me marier.

— Tu vas quoi ?! Mais… waouh ! Tu ne trouves pas que ça va trop vite, là ?

— Ça fait un moment que je suis avec Jessica ; là, on passe juste à l'étape suivante.

— Elle est enceinte, c'est ça ?

— Pas du tout ! Je suis amoureux et je veux passer le reste de ma vie avec elle.

— Cette *Go* est forte, *deh* ! Elle t'a complètement enveloppé dans sa sauce… Alors là !

— Je sais que l'engagement et toi, ça fait deux, mais perso, ça ne me fait pas peur. Je l'aime et je vais l'épouser et aimerais que tu sois mon témoin. Tu acceptes ?

— Hein ? Donc t'es sérieux, Hassan ?

— On ne peut plus sérieux.

— Bon sang… Tu sais très bien que je ne peux rien te refuser. Les félicitations sont de rigueur, je crois.

— Merci, frérot, et arrête de faire cette tête !

— Non, mais si tu es heureux, je suis heureux. C'est juste que… waouh !

— En parlant d'amour, j'ai vu ton ex la semaine dernière. Et elle a l'air d'aller beaucoup mieux.

— Tant mieux pour elle.

— Je me disais que ce serait bien qu'on puisse tous se revoir… Sans histoires… Je pense qu'elle a fait son deuil et qu'on peut enfin passer à autre chose.

— Pourquoi pas ! Moi, ça me va.

— En fait, on voudrait tous vous avoir avec nous pour les fiançailles. Tu crois que ça va aller, si Awa est là ? J'ai pas envie qu'un drame éclate ce jour-là, tu vois.

— Attends, mais moi, je n'ai aucun problème avec Awa. C'est elle qui fait tout un fromage de notre séparation. Elle pensait qu'on était liés pour l'éternité... Faut se calmer !

— Je sais...

— Et sans manquer de respect à ton couple, j'en ai rien à cirer, moi, de ces foutaises amoureuses. Alors elle peut venir si elle veut, je suis cool, moi. Je ne vois pas pourquoi on ne pourrait pas rester amis. On est adultes, non ?

Les filles font trop de chichis, walaye !

— En parlant du loup... Te retourne pas Charles, elle arrive vers nous.

— La poisse !

— Tiens donc ! Voici Charly... le tombeur de ces dames...

— Miss Awa, ça faisait longtemps...

— Hassan, ça va ? poursuit cette dernière.

— Ça va, merci, répond-il en souriant.

— Tu as l'air en forme, Charly.

— Ah, mais toi aussi. On dirait que t'as grossi un peu, non ?

— Hmm ! Toujours aussi aimable, à ce que je vois.

Elle est vexée, mais elle opte pour la dignité. Quelle évolution ! Avant, elle m'aurait écrit un chapitre entier sur mon comportement de cancrelat !

— Il n'y a rien de méchant là-dedans.

— Soit tu es bête, soit tu le fais exprès... Tu ne changeras donc jamais ?

— Ne commencez pas, vous deux ! Awa, veux-tu te joindre à nous ?

— Non merci, Hassan, c'est gentil de ta part. J'ai réservé une table. Tessa, Amy et mes cousines arrivent, elles ne devraient plus tarder.

— Il va y avoir une belle brochette de jolies filles, alors ? Je peux me joindre à vous ?

— *Tchip* !

— Charles, allons-nous en avant que tu ne déclenches la Troisième Guerre mondiale, plaisante Hassan.

— C'est ça, emmène-le très loin d'ici, s'il te plaît. Cet imbécile gaspille mon air !

— Toujours aussi délicieuse, Miss Awa. Ravie de t'avoir revue. À bientôt, beauté !

Mon ex bat des cils. Je sais que le clin d'œil malicieux que je viens de lui envoyer est une flèche dans son cœur.

— Oui, c'est ça, Charly. À bientôt, sombre idiot !

Cette chère Awa est définitivement folle de moi. Il suffirait juste que je lève le petit doigt, pour qu'elle revienne fissa dans mes draps... euh... bras ! Ah ! Ah !

[AWA]

Il est hallucinant, ce Malik, Charles Sylla. C'est un provocateur de première classe et malgré, ça il m'attire toujours. Je pensais avoir tourné la page. Je pensais qu'après tout ce temps, nos retrouvailles se dérouleraient dans un climat plus apaisé, mais je me rends compte que je ne suis pas si sereine que ça face à lui. Si ça se trouve, je suis encore amoureuse de Charly !

PARTIE 7

DE SURPRISE EN SURPRISE

[CHARLY]

— Sacrée Awa ! Tu ne m'avais dit qu'elle était passée à autre chose ? Moi, je vois qu'elle en pince toujours pour moi.

— Elle t'oubliera ! Ça finira par arriver.

— Crois-moi, elle ne peut pas m'oublier Hassan, elle a goûté à l'Homme !

— Je m'en fiche de vos histoires. En revanche, ça confirme mes inquiétudes pour les fiançailles ?

— Je la taquinais un peu... Rien de méchant !

— Vous êtes tous les deux puérils. Il faut que ça s'arrête, sinon l'un de vous deux ne sera pas invité. Ni aux fiançailles ni au mariage, et je ne plaisante pas, Charly.

— Mais je suis ton témoin ! Et en tant que témoin, je promets de faire un effort.

— J'espère bien.

— T'inquiète pas. Ça ira, tu verras.

— Si tu le dis mon pote. Bon, j'y vais !

Hassan entre dans sa voiture et démarre aussitôt. La mienne est garée à l'opposé, je marche quelques minutes avant de m'installer au volant. J'allume la clim, car à cette heure-ci de la journée, la chaleur de Dakar peut tuer mille hommes.

En sortant du parking, j'aperçois une silhouette familière. *Mais oui, c'est elle !* Dis donc, elle se remet vite, la petite Kharidjatou. C'est qu'elle a sérieusement choisi d'oublier. La fille qui l'accompagne lui ressemble beaucoup ; c'est certainement sa sœur. Je baisse ma vitre teintée pour mieux la dévorer des yeux. Nos regards s'accrochent un court instant, je lui souris et m'apprête à la héler, quand Mademoiselle « revêche » tourne la tête et m'ignore avec cette insolence qui la caractérise. Elle accélère ses pas et disparaît de mon champ de vision lorsqu'elle entre dans le restaurant.

Décidément, cette fille est un cas à part !

Pas un sourire ? Ni même un petit signe de la main ? C'est si compliqué que ça d'être sympathique ? Elle a peut-être eu peur que je l'affiche ? J'ai l'air si débile que ça ? Et puis mince, à la fin ! Elle n'a qu'à jouer les prétentieuses si ça lui chante, ça me passe au-dessus de la tête. *Tchip* !

[KHARIDJA]

Vraiment, je n'ai pas de chance ! Je viens ici pour me relaxer un peu avec ma sœur et ma cousine, et sur qui je tombe ? Monsieur Malik Charles Sylla, évidemment ! Ça n'arrive qu'à moi, des choses comme ça. Dakar est une grande ville, pourtant, mais il a fallu qu'on se croise ici.

Je sais que ce n'est pas bien de l'avoir ignoré après tout ce qu'il a fait pour moi à Marrakech, mais ce garçon est trop bavard. Je ne veux prendre aucun risque... Mon secret doit rester secret. Et puis il est préférable de ne pas mélanger vie perso et vie pro.

★

À table, Awa et Tessa chahutent et se chicanent, je les écoute d'une oreille distraite. Je dois avouer que mes pensées sont tournées vers Charles. Il est insupportable, c'est vrai cependant, je le trouve gentil. Après mon agression, il a été opérationnel. Bavard et maladroit aussi, mais surtout opérationnel. Je ne l'aurais jamais cru capable d'une telle empathie.

— Kha, t'es avec nous ou pas ? me questionne Aïcha.

— Excusez-moi, je pensais à tout autre chose.

— Il faut que je vous parle de... commence Awa avec sérieux.

Sa copine Amy lui coupe la parole sans préavis :

— Je vous préviens, surtout toi, Awa Diakhité : IN-TER-DIC-TION absolue de parler de tu-sais-qui. J'ai envie de passer un bon moment, donc je ne veux rien savoir de lui, ok ? Sinon, je jure que je m'en vais !

— Pas la peine de t'énerver, Amy. Je ne parlerai pas de tu-sais-qui, répond-elle, la mine défaite.

— Qui est ce « tu-sais-qui » ? demande Aïcha.

— L'ex d'Awa. Un homme arrogant comme tu en as rarement vu, réplique Tessa.

— Même absent, il peut nous gâcher la soirée, renchérit Amy. Changeons de sujet, s'il vous plaît.

103

— Ok, ok ! souffle Awa, dépitée.

— Alors Aïcha, le mariage, c'est comment ? demande Tessa.

— Intéressant ! Mortala est adorable avec moi. Finalement, je l'aime bien.

— Je suis certaine que Ma' Seynabou continue de lui promettre que l'amour viendra un jour ! me taquine Awa.

— Waw, elle n'arrête pas,. Mais en même temps, ce n'est pas difficile avec Mortala. Il est fou d'Aïcha, elle finira bien par être folle de lui aussi. J'en suis sûre !

— C'est un homme charmant, confirme Aïcha, c'est l'essentiel !

— Et toi, Kha ? Tu as quelqu'un dans ta vie en ce moment ? demande Tessa.

— Non. Personne.

— Et personne à l'horizon non plus ? ajoute Awa.

— Pas vraiment.

— Comment ça, « pas vraiment » ? T'as des vues sur quelqu'un, Kha ?

— Bon, d'accord, il y a bien un homme qui me plaît, mais je n'ai jamais eu de petit ami. Alors j'ai du mal à définir mes sentiments. Et puis c'est quelqu'un d'un peu particulier. Je ne sais pas... De toute façon, il n'est pas intéressé par moi.

— Jamais, à ton âge ? Waouh, tu es impressionnante ! s'étonne Tessa.

— Jamais !

— Ma cousine est une petite chose innocente. Il faut qu'on mette une O. S. en exécution !

— Une O. S. ? C'est quoi, ça ? demandé-je, intriguée.

— Une *Opération Séduction*, m'explique Amy.

— Et c'est qui, ce gars ? poursuit Tessa, effarée par mon cas.

Le serveur nous interrompt en nous apportant les plats que nous avons commandés.

— Pitié, les filles, c'est gênant. J'ai pas tellement envie d'en parler. D'autant plus que je ne suis pas certaine de ce que je ressens.

— Tessa, doucement, laisse-la respirer ! tempère Aïcha.

— Certainement pas. O. S. en cours, les amies ! Il faut qu'on te relooke ma petite Kha. Awa va s'occuper de ta coiffure, Tessa du shopping, et Aïcha et moi, on te donnera des conseils, explique Amy. Et surtout, ne sois pas comme ta cousine Awa qui ne suit aucun de nos conseils et qui vient ensuite pleurnicher dans oreilles.

— *Walaye* ! s'exclame Tessa.

— Je n'apprécie pas du tout ce que tu viens de dire, Aminata ! se fâche ma cousine.

— C'est pourtant la vérité, renchérit son amie.

— Non, mais les filles, ce n'est pas la peine de vous emballer. Je ne sais pas ce que je veux. Je ne le connais pas vraiment. Il m'a juste rendu service et je l'ai trouvé attachant. C'est peut-être seulement de l'amitié.

Je leur mens autant que je me mens !

— Ne fais pas comme moi à rester dans ton coin, me conseille ma grande sœur. Tu sais, j'ai regretté de ne plus avoir osé aborder les gens qui m'intéressaient. Essaie, tu verras bien !

— Je ne vais quand même pas l'inviter ?

— Et pourquoi pas ? insiste Awa.

— Il faudra nous tenir au courant, s'il te plaît, dit Tessa, toujours intriguée par mon cas.

Après avoir discuté des heures durant de ma situation amoureuse, nous nous sommes quittés. Ça faisait plusieurs mois que je n'étais pas sortie avec ma cousine Awa, à cause du conflit entre nos mamans. Ça m'a fait du bien. C'est exactement ce dont j'avais besoin !

[FATIM]

J'ai hâte de voir Badara, ce type me rend folle. Cela fait un peu plus d'un mois que je le côtoie et j'en suis déjà accro. Je n'avais plus ressenti ça depuis des années. Lorsqu'il m'a abordée, j'étais réticente, je l'ai trouvé louche. Je le voyais souvent à la sortie du bureau et je me sentais observée.

Il s'asseyait au café d'en face, toujours à la même place. Je rentrais dans ma voiture en me disant : « *Mais qui est ce pervers qui me zieute tout le temps ?* » Et puis quelques jours plus tard, il a osé m'approcher. Je venais de faire tomber mon foulard et il me l'a gentiment ramassé. Ce jour-là, nous avons discuté comme si nous étions de vieux amis. Puis, quelques semaines plus tard, il est passé à la vitesse supérieure. J'ai décidé de nous donner une chance. D'habitude, je suis méfiante envers les hommes, à cause des choses difficiles que j'ai vécues lorsque j'étais à l'université.

Lorsqu'un homme m'interpellait, je me braquais. Aujourd'hui, je ne peux plus me passer de lui. Je crois que Badara a trouvé la clé de mon cœur.

Quelques minutes après moi, il arrive à mon appartement. J'ouvre la porte et il se tient là, debout, majestueux. Je suis complètement sous son charme.

— Hey ! Entre !

— En fait, non... je n'entre pas. Prends tes affaires, je t'emmène dîner.

— Laisse-moi deux minutes pour me rafraîchir et je suis à toi !

[BADARA]

Cette fille est géniale ! Et dire que je ne voulais rien tenter avec elle ... Son frère a eu raison d'insister, Fatim est comme moi, elle a besoin d'affection. Ce que je regrette, c'est qu'au départ, Charles ait dû me payer pour que j'accepte de sortir avec elle. Aujourd'hui, j'aimerais tout lui avouer. Elle risque de mal le prendre si elle découvre les choses par hasard. J'avais promis à Charles de ne jamais évoquer notre accord mais je dois la vérité à Fatim.

Une bonne relation ne peut pas être basée sur le mensonge. C'est certain Charles a voulu bien faire. Il me disait que la solitude de sa sœur, la rendait invivable. Aujourd'hui, je crois qu'on s'apprécie assez pour être honnêtes l'un envers l'autre. Ce soir, je lui dirai la vérité. Elle le mérite. Il va me falloir du courage désormais. J'espère qu'elle comprendra.

★

[CHARLY]

Aujourd'hui, je ne suis pas très motivé. Je pense que j'ai besoin de quelques jours de repos. Il faut que je voie avec Soda s'il me reste des congés. Partir au vert me permettra de faire le point. Le souci, c'est qu'en ce moment, mon esprit est occupé par cette Kharidjatou. C'est dur à croire, mais je l'apprécie un peu plus que je ne le pensais. Je voudrais bien essayer de me rapprocher d'elle, mais elle m'évite au maximum. En même temps, je ne peux pas lui en vouloir, je l'ai vue à moitié nue, alors qu'elle ne l'avait pas choisi... Je vais tenter de lui proposer un déjeuner quand je passerai à son bureau. Ce serait bien qu'elle puisse venir avec moi la semaine prochaine aux fiançailles de Jess et Hassan, ce serait l'occasion de nous voir dans un autre cadre que celui du travail.

Alors là, je vous arrête tout de suite. Je vous entends déjà dire que Charly tombe amoureux, etc. Ça n'a strictement rien à voir avec de l'amour. Absolument pas !

Alors que je pense à elle, je la rencontre par hasard au détour d'un couloir.

— Tu es encore là ? Je te croyais partie.

— J'ai beaucoup de travail. Et puis le PDG voulait me voir à dix-sept heures trente. Je n'ai pas osé dire à sa secrétaire que ça faisait tard pour moi.

— Tu aurais dû.

— Dis-moi, c'est ton oncle, le M. Sylla en question ?

— C'est mon père.

— D'accord ! Je comprends mieux...

— Si tu veux, je te ramènerai après ton entretien.

— Je ne sais pas... Je n'ai aucune idée du temps que ça va durer. Je ne voudrais pas te déranger.

— Je serai à mon poste. Quand tu auras fini, rejoins-moi.

— Ça me gêne. Je rentrerai en taxi, t'inquiète pas.

— J'insiste. Je t'attendrai.

— C'est gentil, Charles.

Elle vient de me faire mentir. C'est la première fois depuis des semaines qu'on se dit autre chose que « bonjour » et « au revoir ».

Et tout ça sans animosité, s'il vous plaît !

Je crois que Charly va encore gagner ! Aucune fille ne me résiste... Apparemment, ce slogan est encore d'actualité.

[KHARIDJA]

J'appréhendais déjà ce rendez-vous avec le directeur, et maintenant, que je sais que c'est le père de Charles, je flippe carrément. Pourvu qu'il ne lui ait pas parlé de Marrakech. Je mourrai de honte, autrement. J'avance vers son bureau comme une condamnée à mort, sa secrétaire me fait patienter un peu et, quelques instants plus tard, Monsieur Abdérahmane Sylla apparaît dans la petite salle d'attente :

— Mademoiselle Diakhité ?

— Oui c'est moi. Bonsoir, Monsieur !

— Entrez, je vous prie... Ce ne sera pas long.

Je retiens mon souffle.

— Je voulais m'entretenir avec vous concernant ce qu'il s'est passé au Maroc.

Je me crispe d'un seul coup. Mal à l'aise, je fournis un effort considérable pour contenir mes larmes.

— Monsieur Keïta m'a informé de votre situation, en tant que chef de service, il ne pouvait pas faire autrement. Ce que je souhaite, c'est discuter avec vous de quelques points importants.

— D'accord, Monsieur. *Je tremble, maintenant.*

— Si vous souhaitez porter plainte, c'est encore possible. Le service juridique d'UMD se chargera de tout.

— Je n'y tiens pas, Monsieur.

— Bien. Je ne vous l'impose pas, mais réfléchissez-y. Il serait souhaitable que vous puissiez bénéficier d'un examen médical. Ce que vous avez subi n'a rien d'anodin. Bien sûr, nous prendrons tous vos frais de santé en charge.

— Je ne sais pas quoi dire, Monsieur...

— Ne soyez pas gênée. Vous êtes une victime et nous sommes de votre côté.

— Merci, Monsieur Sylla. Je n'en demandais pas tant.

— C'est bien normal ! Une dernière chose. Charles m'a parlé d'un sujet important. Je voulais avoir votre avis…

Et voilà ! Comme je le pressentais, ce vilain Charly n'est pas parvenu à se taire. Quel bavard !

— Ne blâmez pas à mon fils. Il me l'a dit pour votre bien.

— Hmm...

— D'après ce que je sais, vous vivez très loin du centre-ville. Vous terminez tard et nous ne voulons pas vous faire courir un risque supplémentaire. Je vous propose donc de louer un studio tout près de nos locaux, à prix d'ami, bien entendu. Ça vous plairait ?

— Je ne voudrais pas abuser de votre bonté.

— Vous n'abusez de rien. Alors, qu'en dites-vous ?

— Puis-je y réfléchir un peu ? J'aimerais d'abord en discuter avec ma famille.

— Faites à votre guise ! Je vous libère à présent. Bonne soirée Mademoiselle Diakhité.

— Bonne soirée Monsieur Sylla et merci pour tout.

Eh bien, si je m'attendais à ça... Je suis heureuse et soulagée. Maintenant, je dois rejoindre Charles, le *grand bavard* mais avant je passe récupérer mes affaires dans le bureau que je partage avec Ma' Soda. J'éteins mon PC, prends mon sac, ma veste et... oh non ! Pas ça !

— Alors ? Tu comptais m'échapper encore longtemps ?

— Pitié Monsieur Keïta ! Je n'ai rien dit à personne.

— Il n'y a plus personne. Nous sommes seuls voyez-vous ? Nous allons pouvoir nous amuser un peu, Kharidjatou, hmm ?

— Vous êtes malade, Kassim. Allez vous faire voir !

— Répète un peu pour voir ?

— Je préfère mourir que de vous faire plaisir, salopard.

[CHARLY]

Le temps d'aller au distributeur pour prendre un jus de Bissap bien frais, tout le monde a disparu. À croire qu'il n'y a que moi qui bosse dure dans ce service !

Bon sang ! Mais que fais la miss Diakhité ? Elle ne s'est pas barrée sans moi, quand même ? Elle en serait bien capable, cette tête de mule. Je pose ma bouteille de Bissap sur mon bureau et éteint mon ordinateur portable. Un éclat de voix parvient jusqu'à moi. Étrange... je pensais être seul.

« Lâchez-moi, sale pervers ! »
« Espèce de petite aguicheuse »
« Au secours ! »

Au fur et à mesure que je me rapproche du secrétariat les voix se font plus distinctes.

« C'est ce que tu cherchais, n'est-ce pas ma jolie ? »
« Au secours ! Aidez-moi... »

J'accélère le pas.

★

[KHARIDJA]

Ce pervers de Kassim me fait asseoir sur mon bureau. Il me contraint avec force, mais je parviens à me dégager. Il me rattrape et me jette à terre. Je me débats comme je peux, mais il est fort. Il tire sur ma jupe. Je me défends comme je peux. Mon agresseur me bloque au sol. Je ne peux pas croire qu'il recommence.

Je pleure, le supplie, mais il s'active pour arriver à ses fins. Je crie et appelle au secours, mais personne ne m'entend. Je n'en peux plus de me débattre... Mes forces me quittent. *Hey Allah !* Je suis foutue ! Foutue !

— Kassim, Lâche-la ! Lâche-la immédiatement, espèce de malade mentale !

PARTIE 8

LE DEBUT DE LA FIN

[CHARLY]

— Espèce de *sheitan* ! C'était donc toi ?

— Ta gueule, Charles !

— Et dire que depuis tout ce temps, tu jouais les chefs compatissants. Tu es un fou furieux, Kassim. *Wallaye* !

— Je vais te péter la gueule si tu ne la fermes pas !

— Viens te battre, puisqu'il paraît que tu es un homme.

— Je vais te faire taire pour toujours, tu vas voir, grogne-t-il dans un accès de rage.

— Tu n'as même pas honte... Avec ton sourire à toute épreuve, tu nous as bien eus, hein ? Kharidjatou ! Relevez-vous et partez vite. Allez !

La pauvre fille est tétanisée, elle est si choquée qu'elle ne parvient plus à bouger. Les gars de la sécurité tardent à arriver, j'ai pourtant pris soin de les prévenir avant d'intervenir. Kassim remonte son pantalon et me bouscule si fort qu'il manque de me déboîter l'épaule.

T'es un grand malade !

Je me tourne vers lui et je décroche une droite dans sa mâchoire de rat moisi. Il pousse un cri strident, puis détale en renversant tout ce qui se trouve sur son passage. Je l'entends m'insulter et me maudire.

Ah, ça, c'est sûr, je ne l'ai pas loupé ! Les heures passées à la salle de muscu n'auront pas servi à rien !

Je rappelle le poste de sécurité. Les deux gars arrivent trop tard, Kassim s'en est allé. Papa a été averti et il est arrivé au secrétariat accompagné d'un ami, qui est accessoirement le chef du poste de police du *Grand Yoff*. Je leur explique que Kharidja n'est pas en mesure de parler.

— Dis-moi, mon ami, vous ne pouvez pas la voir plus tard ? demande Papa au policier.

Celui-ci accepte et propose de l'entendre le lendemain. Il exige en revanche, que je fasse ma déposition dans l'immédiat. Je m'exécute. Les agents de sécurité reviennent et indiquent qu'ils ont perdu la trace du malfrat.

Ceux-là, aussi, s'ils s'étaient un peu dépêchés, pour une fois...

Je m'en veux de m'être laissé berner par ce salopard de Keïta. J'étais sur la bonne voie, et puis j'ai dévié. J'ai donc raison de penser que les gens qui affichent un sourire permanent sont louches. Peut-être que Kassim profitait de sa douceur légendaire pour endormir ses proies ? Le pire, c'est que ce type a belle allure, il pourrait avoir une petite amie sans problème !

Je m'approche timidement de Kharidjatou. Elle est silencieusement prostrée. Sans parler, elle saisit la main que je lui tends. Une fois debout, elle se jette à mon cou. Elle me serre si fort que je manque de suffoquer !

Décidément, je fais de l'effet même dans les situations les plus extrêmes...

— Ramène-la jusqu'à chez elle et vérifie qu'elle rentre bien dans la maison, m'ordonne Pa'.

— Aucun souci. Je m'occupe d'elle !

Comme la fois précédente, Kharidjatou se mure dans le silence. Je lui demande si elle va mieux et je n'ai que ses larmes pour réponse.

— Je ne voudrais pas vous bousculer, mais rester suspendue à mon cou ne va pas nous aider, vous savez ?

La demoiselle pleure de plus belle ! Je tente de la rassurer en lui disant que tout va s'arranger, mais elle ne bouge pas d'un iota.

— Kharidjatou ? Je pense qu'on ferait mieux de rentrer. Je vais vous raccompagner...

— Non ! sanglote-t-elle. Je ne peux pas rentrer chez moi dans cet état. Ma mère saura que quelque chose ne va pas. Elle me connaît par cœur...

En général, je sais y faire avec les femmes, mais les femmes qui pleurent me laissent sans solution.

— Prenez un mouchoir. Respirez un grand coup... Là ! *Massa !*

— Merci, me dit-elle en se mouchant bruyamment. Je ne peux pas rentrer, Charles. Regardez dans quel état je suis...

Mes parents ne doivent pas être au courant, je vous en supplie.

— D'accord. Vous savez où aller ?

— Non, dit-elle timidement.

— Alors, on fait comment ?

Elle ne me répond pas, son regard triste et rougis me transperce. Je suis démuni.

— Écoute, Kharidja, tu permets qu'on se tutoie ?

— Waw.

— OK. J'ai une idée. Je vais appeler Soda. Je pense que chez elle, tu seras à l'aise. Elle est au courant de ce qu'il s'est passé à Marrakech. Je lui en ai parlé parce que je voulais qu'elle puisse te conseiller...

— Tu es trop bavard, Charles Sylla, m'interrompt la jeune femme.

— Je sais que tu ne voulais pas que j'en parle, mais comme c'est la deuxième fois que je te sauve la vie, tu vas passer l'éponge, n'est-ce pas ?

— Oh, mais tu es sans vergogne, toi !

— Alors, t'en dis quoi ?

Kharidja hésite un instant et finit par accepter. Je m'empresse de téléphoner à Soda avant qu'elle ne change d'avis. Cette dernière est consternée et comme je me l'imaginais, elle accepte immédiatement et sans condition de loger Kharidja pour la nuit. Elle se charge même de contacter ses parents et leur indique qu'elles ont terminé tard, et que, par sécurité, elle ne préfère pas laisser la « petite » rentrer seule à pareille heure. Durant tout le trajet, Kharidja pleure. Je ne sais plus quoi dire ou faire pour la réconforter. Soulagé, je l'abandonne entre les mains expertes et bienveillantes de sa collègue pour la nuit.

Au bout de quelques semaines, l'ordre est revenu à UMD. Le service marketing a été remanié. La nouvelle cheffe de service s'appelle Adoria ; jusqu'ici, elle dirigeait le pôle communication de notre société. Pa' a pris en compte tout ce que j'ai réalisé et a admis que je pouvais obtenir plus de responsabilités. Je suis maintenant l'adjoint d'Adoria, avec qui je m'entends très bien.

J'avais bien dit que ça arriverait ! On est le meilleur ou on ne l'est pas !

Malheureusement, nous n'avons toujours aucune nouvelle de Kassim. La sécurité a été renforcée dans et autour d'UMD. Apparemment, Kharidja n'était pas la seule à subir les sévices de cette bête sauvage. D'autres jeunes femmes de l'entreprise ont témoigné dans ce sens.

Je crois qu'aujourd'hui, Kassim est l'homme le plus recherché du Sénégal.

Quant à Kharidja, elle continue à travailler au secrétariat avec Soda. Elles s'entendent bien, ces deux-là ! Elle a accepté de louer le studio que Pa' lui a proposé et elle y vit depuis deux semaines maintenant. C'est quand même moins loin que Pikine !

Depuis ce dernier incident, nous entretenons de bonnes relations. Nous nous disputons toujours un peu, car il paraît que moi, Malick Charles Sylla, je suis impossible, arrogant et trop bavard. Ce qui est sûr, c'est que j'apprécie sa compagnie. En résumé, j'ai gagné une amie, et j'en suis ravi !

★

[FATIM]

En ce moment, je trouve Badara distant. j'ai comme l'impression que quelque chose l'ennuie. J'aimerais qu'il se sente libre de partager ses soucis avec moi mais il ne le fait pas. Pour ne pas trop penser à lui, je passe du temps chez mes parents. Alors que je suis en train de me préparer un sandwich au thon, Charly débarque dans la cuisine.

— Salut Fatim, tu n'es pas avec Beau gosse aujourd'hui ? demande-t-il avec sarcasme.

— Va voir ailleurs si j'y suis !

— Du calme, sœurette, je voulais juste discuter avec toi, c'est tout !

— Dégage !

— Ok ! Moi qui croyais qu'avec un homme dans ta vie tu serais plus détendue, eh bien, il faut croire que je me suis trompé.

— Mais ferme-la, espèce de vieux criquet !

— T'es toujours sur les nerfs, Fatim ? Qu'est-ce qui ne va pas chez toi ?

★

[KHARIDJA]

— Kharidja ?

— Oui, ma Soda ?

— Dis-moi, Charles et toi, c'est du sérieux ou pas ?

— Nous sommes amis, rien de plus.

— Pas à moi, jeune fille ! J'ai remarqué vos regards et tout le reste. Si tu me permets, avant que vos sentiments ne se déclarent, je vais te donner quelques conseils : un, ne retiens pas tes sentiments, ou alors tu passeras à côté d'une belle histoire ; deux, ne lui donne jamais ton corps. Préserve-toi et attends d'être mariée à lui avant de... Bon tu m'as comprise, n'est-ce pas ?

— Ma' Soda ! fais-je en cachant mon visage derrière mes mains.

— Je suis sérieuse, Kharidja. Quoi qu'il arrive et, quelle que soit la personne, ces principes sont valables.

— Oh mon Dieu... Je croirais entendre ma mère...

— Eh bien, elle a bien raison, ta maman !

— Je ne suis pas prête à donner mon corps au premier venu, de toute manière. Et puis tu sais, Charles ne me voit que comme une amie, il n'y a absolument rien entre nous.

— Ça m'étonnerait. Un jour, tu me donneras raison. Tiens, justement, en parlant du loup...

— Salut les filles ! Comment va le secrétariat aujourd'hui ?

— Bonjour jeune homme, nous allons très bien, merci. Qu'est-ce que tu nous veux, cette fois-ci ? l'interroge Soda.

— Je voudrais parler à Kharidja, je peux te l'emprunter cinq minutes ?

— Fais donc, jeune homme, mais cinq minutes seulement !

Charles m'emmène à l'extérieur du bâtiment, dans le petit jardin de la cafétéria. Je ne sais pas ce qu'il se passe, mais il a l'air confus et déterminé à la fois.

— Je voulais te demander... Samedi soir, nous fêtons les fiançailles d'Hassan, mon meilleur ami. Tous mes potes viendront accompagnés et, comme je suis seul, j'ai pensé que... Enfin, je veux dire... j'ai pensé à toi, voilà !

— C'est un rencard ?

— Mais enfin, c'est quel genre de question, ça ?

— Excuse-moi, mais je dois savoir s'il faut que je t'accompagne en tant qu'amie ou petite amie.

— Vous, les femmes, alors ! Vous êtes compliquées. Moi, je t'invite à une fête, tu me réponds oui ou non, et on en parle plus.

— C'est pas la même chose, *deh* ! La question a son importance, Charles.

Pris de court, Charly ne sait pas quoi répondre pour une fois. Ce qui me tire un sourire.

— Alors ?

— Alors, c'est vrai que je ne m'attendais pas à ta question, mais ce qui me paraît évident, c'est que... Viens par-là !

Il m'attrape soudainement par les hanches, me soulève à la hauteur de son visage et m'embrasse avec une lenteur qui me perturbe. C'est la première fois qu'un garçon pose ses lèvres sur les miennes. Charly me repose ensuite au sol et déclare, souriant :

— Tu as ta réponse, maintenant. À toi de décider si tu m'accompagnes samedi soir ou pas... À plus tard, Bella ! fait-il en me laissant sur place comme une idiote.

J'ai les bras ballants et un sourire stupide scotché sur le visage.

Mon cœur bat comme mille tambours un soir de Sabar !

Soda a certainement raison. Je refoule des sentiments qui ne demandent qu'à voir le jour. Ce premier baiser était aussi délicieux qu'inattendu. Je ne sais pas si j'ai été à la hauteur, mais j'ai bien aimé. Ce que je ressens est tout nouveau, j'ai des papillons dans le ventre. Ça doit certainement ressembler à ça l'amour.

★

[AWA]

— Les filles, vous mettez quoi samedi ? Ce sont des fiançailles, quand même, il va falloir assurer. Tout Dakar sera présent ! trépigne Tessa.

— Pour moi, ce sera un ensemble en Bazin rose et blanc. Et puis je vais venir avec mon accessoire principal… ajoute Amy.

— Quel accessoire, encore ? la questionne Tessa.

— Mahamady !

— T'es sérieuse, Amy ? C'est lui, ton accessoire ? Je vais mourir tellement je ris !

— Je ne vois pas ce qui t'amuse, Awa !

— Moi, je n'ai pas d'accessoire, mais j'ai bien mon petit, Ali. Il est trop gentil, ce mec. J'espère franchement qu'on va arriver à se voir plus souvent, renchérit Tessa.

— Ah, ça, c'est sûr qu'il n'y a pas plus gentil qu'Ali ! Et toi, Awa ?

— J'ai ma « *Taille basse* » en bazin aussi, je l'ai récupérée hier chez le tailleur. Et je vous réserve une surprise pour l'identité de mon cavalier.

— Tant que ce n'est pas Malik Charles Sylla, tout me va, souffle Tessa.

— Laissez ce pauvre Charles tranquille ! Ce n'est pas un mauvais garçon, il ne sait juste pas y faire avec les femmes. Parfois, il me manque, quand même...

— Awa, dis-nous seulement qui est ton cavalier au lieu de nous fatiguer avec ton Charly, s'agace Amy.

— C'est Alpha !

— Tu rigoles ? lancent-elles en cœur.

— Absolument pas. Je le trouve sympa et, maintenant, que je suis libre, je peux lui accorder du temps.

— Ça fait au moins cinq ans qu'il te court après celui-là !

— Celui-là, il est patient, *way* ! Je n'en reviens pas, s'étouffe de rire Amy.

— Vivement samedi qu'on s'éclate un peu !

— Waw ! Vivement ce week-end !

★

[FATIM]

— Alors, mon chéri, tu as bien mangé ?

— Oui, mon cœur. C'était parfait, comme d'habitude !

— Tu voudras un dessert ?

— Non merci, ma chérie. Je suis rassasié.

— Bien, je vais débarrasser. Au fait, tu voulais me parler de quelque chose la dernière fois, ce n'était pas grave, au moins ?

— Oui effectivement.

— Pourquoi prends-tu cet air sévère ?

— Ma chérie, avant tout, je veux que tu saches que je t'aime sincèrement, et j'espère que tu as assez confiance en moi pour comprendre ce que je vais t'expliquer maintenant.

— Hmm ! Ça ne me plaît pas du tout...

— Je t'ai menti.

— Ça arrive à tout le monde de cacher des choses, ce n'est rien.

— Laisse-moi terminer, s'il te plaît...

— Waw, d'accord...

— Je ne t'ai pas rencontrée par hasard. Ton frère a organisé tout ça.

— Attends, c'est quoi cette histoire ?

— Laisse-moi t'expliquer, m'impose-t-il calmement.

— Je t'écoute.

— Je suis graphiste indépendant, mais ça, tu le sais déjà. Et j'ai souvent des contrats avec la société de ton père. C'est comme ça que j'ai rencontré Charles. Un jour, il m'a demandé si j'étais célibataire, et je lui ai répondu que j'attendais toujours de trouver mon âme sœur. Il m'a parlé d'une fille « parfaite pour moi ». C'est là qu'il m'a parlé de toi. Il m'a dit que tu avais mauvais caractère, mais le cœur sur la main, en n'oubliant pas de préciser que tu étais très jolie.

— Layilaaa ! fais-je en levant les yeux au ciel.

— Ton frère a aussi indiqué qu'il aurait souhaité nous présenter, mais que tu n'accepterais jamais rien venant de lui. Alors, il a préféré que je te séduise incognito. J'ai un temps refusé, mais il a beaucoup insisté. Il m'a remis une certaine somme pour que je puisse m'approcher de toi. La suite, tu la connais. Je…

— Non, mais c'est quoi, ça ?

Je suis tellement en colère que je pourrais lui démonter sa belle gueule en une seule fois.

— Charles n'a pas voulu te piéger. Il pensait bien faire.

— C'est n'importe quoi !

— Aujourd'hui, je sens que notre histoire évolue, j'ai envie d'aller plus loin, mais je ne peux pas y arriver si je ne suis pas complètement honnête avec toi.

— Et d'après mon imbécile de frère, je vaux combien ?

— Peu importe ! Je ne veux pas te perdre, Fatim, c'est pour ça que j'avoue tout Bébé.

— Il n'y a pas de « Bébé » qui tienne ! Sors de chez moi.

— Fatim, ce n'est pas ce que tu...

— Va-t'en ! J'espère que tu en as eu pour ton argent !

Je claque la porte derrière lui avant de me réfugier dans ma chambre. Je suis complètement anéantie. Je les déteste tous les deux. Me faire ça, à moi ? Je ne veux plus jamais voir Badara. Et dire que depuis tout ce temps, il se fiche de moi. Une colère noire envahit mon être tout entier, je sens que je vais exploser.

Malik Charles Sylla, attends-moi. Je vais régler ton cas, une bonne fois pour toutes, petit merdeux que tu es. Je vais te montrer de quel bois je me chauffe.

★★★

PARTIE 9

À L'HEURE DU CHAOS | 1/2

[CHARLY]

Demain, c'est jour de fiançailles pour mon ami. Hassan est serein, mais Jessica beaucoup moins. Du coup, elle veut tout régenter et ne nous laisse aucun répit. Décidément, je ne comprends absolument pas ce qu'Hassan lui trouve. Même physiquement, elle est *moyen-moyen*. Mais bon, comme mon cher ami le déclare lui-même : il est amoureux.

Quelles foutaises !

Jessica ne m'a jamais convaincu, mais Hassan, lui, est fou d'elle. Que puis-je y faire ? Rien, malheureusement. En tant que futur témoin, je suis venu voir si je pouvais filer un coup de main. Visiblement, ils gèrent comme des chefs. J'explore la salle du regard et je constate avec joie que tout est parfait. La mère d'Hassan n'a pas rigolé avec la déco !

— Merci d'être venu nous aider, mec !

— De rien, c'est normal Hassan.

— Demain, ça va envoyer du lourd !

— C'est certain

— Dis-moi, elle vient toujours, ta beauté sénégalaise ?

— Et comment !

— Je suis pressé de savoir qui est celle qui tente d'assagir mon meilleur pote.

— Tu verras, elle est sublime. Elle est tellement belle, avec son teint sans défaut, ses longues jambes, ses lèvres ourlées, sa voix... hmm ! fais-je en mordant ma lèvre inférieure.

— Eh bien, Charly, il y a du changement dans l'air. Elle m'a l'air solide, cette demoiselle !

— Ouais... Le seul problème, c'est son caractère. Elle a un de ces tempéraments ! expliqué-je en secouant ma main.

— Toi, t'es complètement *in love*. Tu es en train de changer, je le vois bien.

— Pas du tout, mon frère ! C'est juste qu'elle est moins docile que les autres, alors je m'y prends autrement. Depuis que je l'ai embrassée, ses lèvres me réclament ; c'est tout l'effet que je fais aux femmes, tu le sais bien Hassan. Et t'inquiète pas, j'ai pas perdu la main

— Si tu l'dis !

— C'est pas tout mais il se fait tard. Tu vas avoir besoin de repos pour la *fiesta* !

— Waw c'est vrai. On ne va pas tarder à rentrer.

— Bonne nuit mon pote ! Demain c'est votre jour !

★

[HASSAN]

Dès que Charly tourne le dos, ma future femme me lance un regard noir qui signale son désaccord.

— Quoi encore ?

— C'est ce Charly... Je le tolère parce que c'est ton meilleur ami, mais je pense sincèrement que sa place n'est pas avec nous demain, me répond-elle en plissant ses lèvres de dégoût.

— Écoute, on ne va pas se disputer la veille de nos fiançailles et encore moins à cause de Charly, non ? Et puis il n'a rien fait de mal, il est même venu nous aider. Le connaissant, c'est de bon cœur.

— Oui, je sais, mais je ne l'aime pas. J'aurais juste préféré qu'il ne soit pas là demain.

— Mais c'est mon témoin, Jess !

— Peu importe... Je maintiens que je n'aime pas Charly ni cette façon qu'il a de tout ramener à lui.

— Tu ne l'aimes pas quand ça t'arrange. Il t'a aidée à préparer mon anniversaire, si je ne m'abuse ?

— Et après ça, il a disparu sans jamais revenir.

— T'exagères, là ! Il était hospitalisé... Jess, tu es de mauvaise foi et ça commence vraiment à m'agacer. Ne t'occupe pas de lui. Charles n'est pas ton problème, c'est le mien, ok ?

— De toute manière, ton pote ne sert à rien.

— Pourquoi cherches-tu des histoires, alors que tout se passe bien ?

— Je ne cherche pas à faire des histoires, Hassan, mais pour une rare fois dans ma vie, j'aimerais bien être au centre de la fête, surtout pour nos fiançailles.

— Tu seras la reine de la soirée, mon cœur.

— Je ne sais pas si je vais arriver à supporter les frasques de Charly. Il a intérêt à rester à sa place !

— C'est de mon ami dont on parle...

— Malheureusement, ton ami n'est pas digne de confiance. Son arrogance me dépasse et son assurance me dérange. Et quand je pense à lui, j'en ai des vertiges.

— Je suis vexé, Jessica ! Sérieux... Est-ce que je te parle de tes nombreuses copines immatures qui piaillent toute la journée pour ne rien dire ? Non ! Je me la ferme et je supporte parce que je sais que toi, tu les apprécies. Fais-en autant et tout ira bien !

— Ok tu marques un point. Désolée mon chéri. Il vaut mieux rentrer, maintenant. Maman s'occupera des finitions.

★

[KHARIDJA]

J'ai hâte d'être à demain, et en même temps, je suis un peu fébrile. Je crois que c'est normal de se sentir comme ça lorsque c'est la première fois qu'on sort avec quelqu'un. Rencontrer l'entourage de Charles me met la pression, tout ceci est nouveau pour moi et j'ai peur de passer pour une gourde dans ce milieu dont j'ignore tout. J'espère être à la hauteur. Alors que je me torture l'esprit avec ce premier rendez-vous, je reçois un appel de ma cousine germaine.

— Hey ma chérie, comment vas-tu ?

— Coucou Awa ! Ça va et toi ?

— Ça va bien. Je t'appelle pour te proposer une sortie, annonce-t-elle, joviale.

— Ah oui ? Dis-m'en plus.

— Avec Amy et Tessa, nous allons à une soirée demain et j'ai pensé que tu pourrais être des nôtres.

— C'est gentil d'avoir proposé, mais demain soir, je suis prise. Une prochaine fois, peut-être ?

— Tu es prise par quoi ? Je suis certaine que tu vas ENCORE rester devant ta télé, ou passer le week-end chez Aïcha. Tu devrais te lâcher un peu Kha. Rester enfermé, ce n'est pas bon pour la santé !

— Awa, tu es devenue médecin, maintenant ?

— Non, mais je trouve que tu es trop jeune pour vivre comme une vieille personne.

— Je ne suis pas enfermée tout le temps ; la preuve, je suis occupée demain soir. Mais promis, on se fera une soirée ensemble la prochaine fois.

— Bon... au moins, j'aurais tenté. Sache que tu vas rater une superbe soirée !

— Ne t'inquiète pas pour moi. Amusez-vous bien toutes les trois... Bisous !

— Oui, c'est ça, bisous ma chérie !

★

[CHARLY]

Je dois reconnaître que je suis très fort. Cette petite Kharidjatou ne voulait rien savoir de moi et en deux temps, trois mouvements, j'ai mis son cœur dans mon escarcelle. Je ne peux dire qu'une chose : *Charly Sylla, le charisme est en toi, Wallaye !*

Je vous l'ai déjà dit : aucune femme ne me résiste. Et je suis heureux que Karidja ait cédé à mes avances. J'avoue que je n'ai pas l'habitude de sortir avec ce genre de fille. Elle est du style, première de la classe et super coincée pourtant, elle a ce « je ne sais quoi » qui est en train de me rendre fou. Et puis les amis, elle a un corps ! Son corps est... *popopopopo* !

Kharidja a l'air si fragile et si secrète alors je ne veux rien bousculer. On ira à son rythme, je ne suis pas pressé. Malgré son air détaché, je sais qu'elle en pince pour moi.

Ce que je sais, c'est que j'ai envie de la présenter à Hassan. Mon ami est persuadé que ma nouvelle copine est une invention. Il est convaincu que je le fais marcher. D'ailleurs, aucun de mes potes n'y croit ! Et pourtant, il n'y a rien de plus réel que Kharidjatou Diakhité. Le pire, c'est que, sans le vouloir, cette fille est en train de me rendre sage et je ne m'en inquiète même pas. Ce soir, ce sera l'apothéose ; lorsqu'ils vont me voir arriver avec cette merveille au bras. Être le centre de toutes les attentions, c'est ce que je sais faire de mieux. Demain, c'est certain, je vais faire des envieux !

[KHARIDJA]

— Cesse de bouger, Kha ! Je n'arrive pas à zipper ta robe.

— Je suis trop stressée, Aïcha ! Je ne sais pas pourquoi j'ai accepté d'aller à cette soirée.

— Ça fait toujours ça la première fois, c'est normal, me rassure ma sœur en remontant enfin la fermeture éclair de ma jolie tenue. Tourne-toi, que je vérifie ta coiffure maintenant. Tu veux que je relève un peu plus tes cheveux ? Où je les laisse comme ils sont ?

— Je n'en sais rien Aïcha ! C'est toi qui décides...

Aïcha termine de me coiffer. Elle recule pour pouvoir m'apprécier globalement avant de déclarer :

— Tu es trop belle Kha !

Je me mire et souris à ma sœur aînée.

— Merci, tu as fait des miracles.

— Disons que tu es déjà très jolie, petite sœur, je n'ai eu qu'à t'embellir. Un peu de rouge à lèvres ?

— Non merci !

— Au moins du gloss et du mascara ?

— Bon, d'accord, un tout petit peu alors.

Aïcha applique méthodiquement le maquillage sur mon visage et m'observe avec fierté.

— Mortala, viens la voir !

Son mari rapplique dans la seconde qui suit. Lui aussi y va de son commentaire :

— Tu es sublime, Kha. Ton Charles ne va avoir d'yeux que pour toi ce soir !

— Merci, Mortala, c'est gentil !

— Il a intérêt à bien s'occuper de toi. Sinon, il aura affaire à moi !

— Et à moi aussi, renchérit Aïcha.

— Il est super gentil, ne vous inquiétez pas. D'ailleurs, il vient de m'envoyer un SMS disant qu'il est garé devant chez vous. Je dois y aller.

— Ah, certainement pas ! s'oppose mon beau-frère. Demande-lui de venir jusqu'à la porte. J'aimerais savoir à qui on te confie. Déjà que tes parents ne sont pas au courant...

— Mortala, ce n'est pas ta fille, *way* ! réagit ma sœur.

— Laisse, Aïcha, ton mari a raison. Il vaut mieux que vous sachiez de quoi il a l'air. Je l'appelle...

Le cœur battant, je compose son numéro. Je ne lui laisse même pas le temps de me saluer :

— Rapplique, mon beau-frère veut te voir.

— Mais nous allons nous mettre en retard...

— Viens vite s'il te plaît.

— Ah, les femmes ! J'arrive...

Les présentations ont été faites. Charles a reçu les nombreuses recommandations de mon beau-frère. Ce dernier est sympa, mais il ne plaisante pas. Mon petit ami n'a pas droit à l'erreur. Après un petit quart d'heure de bavardages, nous pouvons enfin partir. *Ouf !*

Nous nous approchons de sa voiture et Charles s'arrête net avant de déclarer :

— Je suis stupéfait !

— Ah oui ? Pourquoi ça ?

— Quand je nous regarde, je ne vois qu'une chose : un couple parfait. Tu vois, Kharidja, tu es aussi belle que je suis beau. C'est à peine croyable !

— Toi *Dal !* Tu t'y crois vraiment !

Galant, il m'ouvre la portière. Je monte dans le véhicule et il se met au volant.

— Es-tu prête, poupée ?

— Je suis prête, oui.

— Alors, c'est parti !

[CHARLY]

Pendant le trajet, nous discutons de tout et de rien. Je la taquine et elle me dit que je l'énerve. J'adore être en sa compagnie, En plus d'être intelligente, Kharidja est drôle. J'ai l'impression de la connaître depuis longtemps. C'est dingue, une telle alchimie ! Jamais je n'aurais pensé être si proche d'une nana !

Au bout de trente minutes, nous arrivons sur le lieu de la fête. Le parking est bondé. Ça m'agace, parce que je n'ai pas envie qu'on raye mon bolide. Nous cherchons quelques minutes un endroit qui me convient et je trouve une place où mon véhicule ne craint rien. Alors que nous nous avançons vers la salle de réception, Kharidja enserre mes doigts, elle semble inquiète. Je m'arrête un instant et me positionne face à elle. J'encadre son visage de mes deux mains et je l'embrasse tendrement.

— Je suis un peu stressée, là.

— Tu ne devrais pas, tu es par-faite, Kharidja ! Et moi, tu me trouves comment ?

— Pas mal.

— Pas mal ? C'est tout ?

Cette fille est hors du commun. J'ai un costard Haute-couture à quatre mille dollars et elle me dit seulement que je suis pas mal.

Incroyable !

— Charles, ta tête est si grosse que tu ne passeras bientôt plus aucune porte.

— En tout cas, je sais ce que je vaux et je suis plus que pas mal, tu vois !

Elle éclate de rire et je la trouve plus belle encore. Nous entrons main dans la main dans la salle de réception. La musique tourne à fond, l'ambiance est au top. Il y a tellement de monde que je me demande comment je vais pouvoir retrouver Hassan. Je salue au fur et à mesure les personnes que je connais. Ma miss a l'air perdu, elle est si timide.

Je continue de balayer la salle du regard et je croise le regard d'Hassan . Il se dirige immédiatement vers nous.

— Hey Charly, tu as vu ça ? C'est de la folie, non ?

— L'ambiance est dingue frérot ! Au fait, Hassan, je te présente Kharidjatou, ma petite miss à moi. Kharidjatou, voici Hassan. Mon ami et frère.

— Enchanté Kharidjatou ! Enfin je te vois.

— Enchantée, Hassan. Charles me parle souvent de toi.

— Charly avait raison sur un point : tu es magnifique !

— Magnifique ? Mais ce n'est pas le qualificatif que j'ai utilisé, mec, j'ai plutôt dit que ma copine est une bombe atomique, ouais !

— Charles… chuchote-t-elle, gênée.

— Excuse-le, Kharidjatou, tu apprendras que, parfois, ce jeune et beau mâle ne sait pas se tenir.

— Oh, ça va !

— Avez-vous vu Jessica ?

— Pas encore !

— Hmm... Il faudrait que je la retrouve, mais ma fiancée court dans tous les sens. Je vous sers un verre ?

— T'inquiète pas ! Je vais aller nous chercher un truc à boire. Sans alcool, j'imagine ?

— Évidemment ! répond-t-elle en souriant.

— Il te taquine, il n'y a pas d'alcool ici et il le sait. Comment fais-tu pour le supporter ?

— Je ne sais pas Hassan, je suppose qu'il a de bons côtés.

— En tout cas, je suis ravi de te rencontrer. Il était temps.

— Et voilà ton jus de fruits, Bébé ! lancé-je en revenant

— Ben, ça alors ! « Bébé » ? Carrément ! s'étonne Hassan
en croisant les bras sur sa poitrine.

— Mec, tu m'énerves là ! File et laisse-nous roucouler en
paix, s'il te plaît.

— Eh bien, Mademoiselle, vous semblez être la source,
d'un grand changement. Merci pour ce beau sacrifice ! ricane
Hassan.

PARTIE 9

À L'HEURE DU CHAOS | 2/2

[AWA]

— Non, mais cette fête est sensationnelle ! Si les fiançailles sont aussi belles, je n'imagine même pas ce que sera le mariage. Jessica a trop de chance, s'émerveille Amy.

— *Walaye* ! acquiesce Tessa, tout aussi médusée par la qualité de la réception.

— C'est vrai qu'Hassan a assuré. Jessica rayonne, elle est vraiment heureuse. Prends-en de la graine, Alpha, dis-je alors pour le provoquer.

— C'est petit seulement ! Pour toi, je vais faire grand-grand, me répond Alpha avec son accent de paysan.

Je ris de son optimisme. Impossible qu'il fasse mieux, tout simplement parce que sa famille est loin d'avoir les mêmes moyens.

— Oh oui, les garçons ! Hassan a mis la barre très haut, insiste Tessa auprès de nos cavaliers.

— Bon, je vais me resservir. Les pastels sont incroyables. Je reviens.

— *Layilaaa* ! *Layilaaa* ! s'exclame Tessa.

— Mais pourquoi tu tires mon bras comme une sauvage ?

— Tu ne vois pas ce que je vois, Aminata ?

— Non ! Qu'y a-t-il ?

— Devant toi, à dix heures...

— *Thiééé* ! Et en plus, ils se dirigent vers nous ! Quand Awa va les voir...

— Oh... non... impossible... Il est avec Kharidja, Tessa ?

— Mais que veut-il nous montrer celui-là ?

— Vous parlez de quoi ? dis-je en revenant avec une coupelle de pastels.

— Regarde devant toi, mais par pitié, Awa, ne crie pas, me supplie Tessa.

Je lève la tête et mes yeux tombent directement sur Charly. Le voir me fait un effet monstre. Quoi ? c'est impossible ! Il ne m'a pas fait ça ? Il n'a pas osé, quand même ?

Kharidja, Hassan et lui se dirigent vers nous, mais il y a tellement de monde qu'ils ne nous ont pas encore repérées. Mon cœur bat à cent à l'heure. Non, mais elle s'est bien foutue de moi, celle-là, avec son « Je suis prise samedi » ! Visiblement, ma chère cousine sait cacher son jeu.

Hey, Dieu ! Je dois me calmer, sinon, je vais bondir sur cette petite menteuse. Pas de scandale le jour des fiançailles d'autrui. Pas ça !

Comme moi, Amy et Tessa retiennent leur souffle. Jessica nous rejoint et Amy lui fait un récap' rapide de la situation.

— Calme-toi... Ça y est, ils nous ont vues.

— Awa ? Mais que fais-tu là ? questionne Kharidja qui se réjouit de me trouver ici.

— C'est plutôt à toi qu'on devrait poser la question ! Que fiches-tu ici, Kha ?

— Euh... Il y a un problème, Awa ?

— Vous vous connaissez ? s'étonne Charly.

— Si on se connaît ? Cesse d'être ridicule, je t'en prie !

— Oh, vous deux, ne commencez pas, râle Hassan. Charly... tu m'as promis !

— Mais je n'ai encore rien dit ! Bon sang, c'est grave, là !

— Ta petite copine est ma cousine. Ma cousine germaine, annoncé-je avec ironie.

Charly se tourne vers Kha et lui lance un regard interrogateur.

— C'est vrai, nos pères sont jumeaux, sourit Kha qui n'a toujours pas l'air de comprendre quel est le problème.

— Kharidja... Tu me déçois, enchaîne Amy. Je ne sais pas comment tu as pu faire ça à Awa. Quant à toi, Charly, je te lève mon verre. Ton arrogance est écœurante.

— Mais enfin, c'est quoi le souci ? questionne Charly, embrouillé.

— Ton ami est un égoïste sans borne, dit Jess à Hassan. Il va chasser dans la même famille ! Est-ce que ça se fait ? Je t'avais dit que je ne voulais pas de lui ici...

— Reste en dehors de ça, Jessica. Tu vois bien qu'il découvre la situation ! Charly n'est pas idiot à ce point.

— Comme d'habitude, tu lui trouves des excuses. Si ça trouve, toi aussi tu étais au courant.

— Évidemment que je savais qu'il avait quelqu'un. Mais tout comme lui, j'ignorais qu'il s'agissait de la cousine d'Awa. Bon, maintenant, ça suffit !

— Je t'assure que je ne savais pas, Jessica ! Je suis confus... Désolé, vraiment, se défend Charly.

— Ce serait bien la première fois que ça arrive, s'indigne Awa.

Mon ex regarde tour à tour Kharidja et Hassan, ses yeux sont remplis de honte et de consternation.

— Donc, c'est lui le type que tu aimais bien ? Non mais sérieusement, t'as un problème, ma pauvre fille !

— Parle-lui autrement, Tessa, lui ordonne Charly.

— Il la défend, comme c'est mignon ! Franchement, tu me dégoûtes, Charly, m'agacé-je..

— Je suis perdue, là ! Expliquez-moi, s'il vous plaît ? quémande ma cousine.

— Charles est l'ex d'Awa. Celui-là même dont on a parlé la dernière fois, tu t'en souviens ?

— *Hey Allah !* Awa, je suis désolée. J'ignorais tout !

— Je ne savais pas. Je le jure ! peste Charly.

— On ne te croit pas. Je suis bien placée pour savoir que tu t'arranges toujours avec la vérité. Kharidja, si je peux me permettre de te donner un dernier conseil de sœur : éloigne-toi de lui pendant qu'il en est encore temps. Il n'aime personne. Personne d'autre que sa propre personne.

— Ce n'est pas ce que tu crois, Awa ! Charles, mais explique-leur ! se défend Kha. C'est un cauchemar ! Mais puisqu'on te dit qu'on ne savait pas, Awa...

Les yeux de Kharidja s'emplissent de larmes et Charly, abasourdi, ne sait plus quoi faire ou penser.

— Ce n'est pas la faute de Charly s'il ne sait pas tenir son pantalon, renchérit Jessica.

— Espèce de... commence le concerné.

— Charles ! Ne dis rien, je t'en supplie, le coupe Hassan.

— Fais-la taire, alors ! s'insurge-t-il.

— Le mieux, c'est que tu t'en ailles, mec...

— T'es sérieux ?

— Je suis désolé, frère, mais je ne veux pas que l'ambiance se dégrade. Ce sont nos fiançailles. Fais ça pour moi, s'il te plaît. On se voit plus tard, ok ?

— Waw, d'accord, déclare Charly abasourdi.

— *Bye bye*, Charly ! Tu vois la roue tourne... Cette fois-ci, tu as perdu ! m'exclamé-je.

Je sais parfaitement qu'il n'était pas au courant, mais ça me plaît de lui rendre la monnaie de sa pièce. Charles mérite ce qui lui arrive ! Quant à Kha, c'est un dommage collatéral. Elle n'a qu'à se trouver un autre mec que mon ex !

— Tu ne perds rien pour attendre, Awa, me balance-t-il avec toute la rage du monde. Quant à toi, Hassan : merci, je te retiens. Merci pour tout, « mon frère » !

— Charles, partons, s'il te plaît ! s'impatiente Kha.

— Oh, toi, arrête ton char ! On voit clair dans ton jeu. Plus la peine de jouer les vierges effarouchées ! crache Amy.

— Faire ça à ta propre cousine... Je n'ai même pas de mot pour te qualifier ! ajoute Tessa.

— Viens, Bébé, on y va. On n'a plus rien à faire ici.

Bébé ? Jamais il ne m'a appelée comme ça. La jalousie me me consume. Mais que lui trouve-t-il, à la fin ?

— Bon vent ! hurle Jessica.

— N'en rajoute pas, Jess ! Ils sont partis, j'espère que vous êtes contentes, maintenant ! *Tchip*, ajoute Hassan, attristé par la situation.

★

[CHARLY]

Jamais je n'ai jamais subi un tel affront. Comme je regrette d'être venu ! Comment aurais-je pu imaginer qu'elles étaient parentes ? Comment, dites-moi ? Kharidja pleure silencieusement. J'ai mal au cœur de la voir dans cet état. Je lui attrape la main et l'embrasse furtivement.

— Je te demande pardon, Bébé. Je viens de te mettre dans une situation inconfortable.

Elle renifle, mais ne répond rien.

— Awa a été ma copine pendant deux ans et nous nous sommes séparés fâchés. Je n'ai pas été cool avec elle, c'est vrai, mais je te jure que je ne lui ai jamais rien promis. Je l'ai quittée parce que je ne l'aimais pas.

— Tu lui as manqué de respect, Charles ! Je connais l'histoire. Et pour tout te dire, je suis très embêtée. Awa est ma cousine, c'est mon sang. Je ne veux pas qu'elle s'imagine que j'ai comploté dans son dos.

— Donc, toi aussi tu ne me crois pas, c'est ça ?

— Bien sûr que si ! Je sais très bien que tu ignorais tout de nos liens familiaux, ce qu'il s'est passé ce soir n'est pas de ta faute. Malgré tout, je crois qu'il vaut mieux qu'on en reste là. Je ne peux pas lui faire ça.

— Awa et moi, c'est fini depuis longtemps. Et on se découvre à peine tous les deux...

— Justement. C'est le meilleur moment pour se quitter.

— Visiblement, tu as déjà pris ta décision...

— Charles...

— Restons-en là, veux-tu ? Je te ramène chez ta sœur.

[KHARIDJA]

Je me sens totalement humiliée ! Ma première sortie en couple devait être une soirée de rêve et ça a été l'apocalypse.

Je n'ai pas apprécié du tout la façon dont Amy et Tessa m'ont parlé.

Pour qui se prennent-elles ?

C'était irrespectueux et méchant. Je ne sais pas ce que Charles leur a fait pour mériter autant de haine. Et cette Jessica, alors ? Pas sympa pour un sou. Je ne comprends pas ce qu'Hassan, qui est si doux et gentil, fiche avec une femme de cet acabit. Je sens que Charles est très contrarié ; il conduit sans broncher. Awa sait très bien qu'il n'a rien fait. Je la connais par cœur, elle a seulement voulu se venger. Il faut dire que l'occasion était belle, et elle n'a pas hésité. Quand elle est comme ça, elle est pire que sa mère ; une vraie mégère !

C'est difficile d'enterrer une relation qui n'a pas commencé, mais je préfère mettre un terme à tout ce tralala. Charles va me manquer. C'est vrai qu'il est prétentieux et parfois arrogant, mais il a aussi une grande sensibilité. Ce soir, il a été sans filtre ; il n'a joué aucun rôle, il a juste été lui. Hassan aurait dû prendre sa défense jusqu'au bout. Il aurait dû apaiser la situation sans le renvoyer comme un malfaiteur.

— C'est bon. Tu es arrivée, m'indique Charles.

— Charles, je…

— S'il te plaît, ne dis rien, Kharidjatou.

— Bon... à lundi, Charles.

— À lundi ! lache-t-il laconique.

Bon cavalier, Charles attend que j'entre chez ma sœur avant de repartir. Le pauvre, dans la même soirée, il a perdu ses amis et l'espoir d'une jolie relation. Peut-être que j'ai rompu trop rapidement ? Tout ce qui est arrivé est terriblement dommage !

★

[CHARLY]

Je tourne le scénario dans tous les sens ; sans parvenir à trouver où j'ai merdé. Cette Awa est une véritable peste, je ne regrette pas de m'être débarrassé d'elle. Elle savait parfaitement que je n'étais au courant de rien, mais elle a saisi l'opportunité de se venger.

Bravo Miss Diakhité ! Tu as presque réussi à abattre le grand Charly !

Quant à Hassan, il me déçoit totalement. Jessica l'a castré au point qu'il ne parvient plus à réfléchir par lui-même. Ce qui me fait le plus mal au cœur, c'est la décision de Kharidja. Cette dernière ne m'a même pas laissé le temps de lui prouver qu'entre elle et moi, ça pouvait marcher. Peut-être que je me suis emballé et que nos sentiments ne sont pas réciproques. C'est la première fois que je me sens touché à ce point. La seule fois où je décide d'être honnête avec une femme, je me fais humilier publiquement. Quant à Awa, et ses satanées copines, elles ne perdent rien pour attendre. Si seulement Awa savait qu'Amy a déjà goûté au fruit défendu avec moi, elle changerait vite de cible… Oui , je sais. Pas la peine de vous offusquer. J'ai été salaud jusqu'au bout avec Awa, mais en même temps, je ne lui ai jamais rien promis. Elle savait à qui elle avait affaire, et sa copine, la « sainte Amy », l'a bien plus trahie que moi.

Les gens me dégoûtent avec leur hypocrisie. Ils font semblant d'être bien sous tous rapports, alors qu'en fait, ce sont des chiens. Moi au moins, je dis et je fais ce que je pense. Parfois, ça m'attire des problèmes, mais j'essaie de rester honnête !

J'arrive chez moi le cœur gros. Je n'ai qu'une envie : aller me coucher.

— Déjà de retour ? La fête d'Hassan est terminée ? s'étonne ma mère.

— Non, Ma', mais il y avait trop de monde. J'ai vu Hassan et je suis rentré. Je me sens très fatigué.

— Tiens, tiens, tiens ! Monsieur le traficoteur !

— Écoute, Fatim, je suis crevé, je n'ai absolument pas le temps de palabrer avec toi.

— Fatim, laisse ton frère tranquille.

— Comme d'habitude, Ma' prend la défense de son petit Charles chéri !

— Fiche-moi la paix. Je ne suis pas d'humeur.

— Je vous entends crier depuis le salon ! Qu'y a-t-il encore ? se fâche mon père, qui entre à son tour dans la cuisine.

— C'est cet idiot de Charles, il a voulu jouer avec moi.

— Mais t'as que ça à faire, d'inventer des histoires ?

— Badara, ça te dit quelque chose ?

— C'est quoi ça encore, Badara ? questionne Ma', interloquée.

— Et alors quoi ? Je t'ai trouvé un petit ami, il n'y a pas de quoi en faire un problème.

— C'est un problème si tu paies les gens pour sortir avec moi !

— T'es vraiment bizarre, toi ; quand on te veut du bien, tu penses qu'on te veut du mal !

— Mais quel bien, Charly ?!

— Je te signale que j'ai perdu de l'argent à cause de tout ça, je n'en ai rien gagné. Réfléchis un peu, Fatim !

J'aurais dû lui acheter un cerveau, elle est complètement idiote !

— Tu te fous de moi ?

— Mais qu'est-ce que ça veut dire tout ça ? nous interroge notre père.

— Arrête de te faire passer pour une victime, je voulais simplement t'aider. D'ailleurs, tu es de bien meilleure humeur depuis votre rencontre. Prends ça comme un cadeau de ma part.

— Il se fout de moi !

— Je ne voulais pas que tu sois seule, c'est tout.

— Tes enfants vont m'achever, Abdé ! *Walaye*, ils vont m'achever.

— Tu n'es qu'un monstre, Charles. Je te hais de toutes mes forces.

— Mais quel caractère ? Tu tiens certainement ça de Pa' !

— Malik Charles ! Ne sois pas insolent ! s'exclame mon père.

— Pardon, Pa', mais ta fille tient de toi, c'est une femme de tête.

— Oh, mais moi, au moins, je suis sa fille !

— Laisse-moi rire, Fatim, qui n'est pas son fils ici ? Finalement, tu n'es pas comme Pa'. Tu as du caractère, mais tu manques de répondant.

— Ignorant !

— Fatim Léna Sylla, tu vas trop loin cette fois-ci ! la gronde Ma'.

— Mais laisse-la, Maman, elle oublie que je suis l'héritier de Pa'. T'as rien d'autre à faire de ta vie, ma vieille ? Tu devrais rejoindre Badara et le laisser te détendre un peu au lieu de venir nous casser les pieds.

— Mais Ma', dis-lui, non ? Dis-lui qui il est !

— Je suis Malik Charles Sylla, tu ne t'en souviens pas ?

— Tu t'appelles peut-être Malik Charles, mais tu n'es certainement pas le fils de Abdérahmane Sylla et de Bigué Thioune. Tu n'es qu'un adopté, tu entends ? AD-OP-TÉ !

— Adopté ? Mais arrête de dire n'importe quoi !

Ma' baisse les yeux et je lis l'embarras dans ceux de Pa'. Cela ne peut pas être vrai.

— *Yaay*, dis-moi que c'est faux ?

Le visage de ma mère se fige dans le silence.

— Fatim ! Sors d'ici. Sors d'ici. Sors de chez moi ! hurle alors Ma'.

— Ben quoi ? Fallait bien le lui dire un jour ! Il se prend pour le roi de Dakar, alors qu'il n'est personne.

— C'est un mensonge, n'est-ce pas ?

— Mon fils... pleure-t-elle.

— Tu es notre fils quoi qu'il advienne, ajoute Pa'.

Je cherche ma mère des yeux, mais elle abbaisse à nouveau son regard Je voudrais qu'elle me confirme que Fatim ment comme une arracheuse de dents. Mais au lieu de ça, Ma' pleure, et si Ma' pleure, c'est que c'est vrai.

Une douleur vive capture ma poitrine. Je ne sens plus ma tête... Mes jambes sont comme du coton. Qui suis-je si je ne suis pas celui que je pense être ? Qui suis-je si mes parents ne sont plus mes parents ? À cet instant, je déteste Fatim. Je suis impressionné par sa capacité de nuisance.

Je crois que je ne lui pardonnerai jamais ce qu'elle vient de faire. Elle n'a qu'à moisir seule dans son coin !

On se demande qui de nous deux est l'enfant gâté !

Je veux m'en aller, mais Pa' me retient :

— Nous allons te donner la véritable version de cette affaire. Nous te devons au moins ça.

— C'est maintenant, que tu me dois la vérité ? Ah, c'est la meilleure, celle-là !

— Fatim ! Toi et ta jalousie maladive, vous restez là aussi, tonne mon père qui la voit s'enfuir.

Surprise, Fatim bloque sa respiration et fait un pas en arrière. Rien qu'à l'intonation de sa voix, nous savons que Pa' va l'atomiser.

— Et maintenant, jeunes gens, vous allez m'écouter attentivement.

— Hors de question !

— Écoute ce que Pa' à te dire, mon Charly ! supplie Ma'.

— Laissez-moi tranquille ! Vous passez vos vies à me reprocher que je suis trop ceci ou trop cela, alors que vous êtes les pires hypocrites de la Terre.

— Hey ! Jeune homme ! Tu baisses d'un ton, compris ?

— Foutez-moi la paix. J'en ai assez entendu.

— Charly ! m'appelle ma mère.

Je claque la porte de la cuisine et monte m'enfermer dans ma chambre. Ma tête est une bombe prête à exploser. Cette soirée a été catastrophique. L'affront des fiançailles, le manque de loyauté d'Hassa, la rupture de Kharidja et maintenant cette sordide révélation. Je n'en peux plus ! Je suis à bout !

PARTIE 10

PLUS BAS QUE TERRE

[PA' ABDÉ]

— Fatim ! Je t'ai demandé de rester là, je crois.

— Je...

— Ce que tu viens de faire est détestable. J'ai honte d'être ton père !

— De toute façon, il n'y en a que pour Charl...

— Tu es bête et effrontée, la coupe Bigué. Ton père et moi avons tout fait pour que vous ayez les mêmes chances dans la vie.

— Ma', Charles est ton préféré, avoue-le !

— Ma chère, si ça ne va pas dans ta tête, il faut te faire aider. Il y a des psychologues et des médecins diplômés pour cela. Moi, je ne suis que femme au foyer !

— Mais il m'a piégée, et c'est moi la folle ?

— Rien ne t'autorisait à lui révéler la vérité de cette manière. C'était inutile et méchant. Surtout que tu ne sais pas grand-chose de cette histoire. As-tu vu dans quel état est ton frère ?

— Mais, Pa'...

— Tu vas lui présenter tes excuses.

— Jamais ! C'est à lui de s'excuser pour ce qu'il a fait.

— Comment ça, « jamais » ? Tu vas lui demander pardon dès qu'il sera en état de t'écouter.

— Et voilà ! C'est encore Charles la victime. Il n'y en a rien que pour lui. Et puis ce n'est pas de ma faute si vous lui avez menti !

— Encore une fois, tu ne sais rien de cette histoire, Fatim, tu n'avais pas à lui en parler sans notre autorisation.

— Ça ne change rien, Pa' ; il n'est pas mon frère, un point c'est tout !

— C'est là où tu te trompes, Fatim. Charles est ton cousin germain. Le fils d'Assya Sylla, ma défunte petite sœur. Elle est morte sur la table d'accouchement. Assya nous avait choisis, Ma' et moi, pour être les parrains de son enfant. Lorsqu'elle est décédée, son mari n'a pas supporté et il s'est immédiatement réfugié à l'étranger. Bigué a décidé de garder Charly chez nous et de l'élever. Il avait seulement trois jours. Elle s'en est occupée comme une mère doit le faire, et moi comme un père.

— Je... suis désolée, Pa' !

— Ne me coupe pas, Fatim ! Charly est mon fils. Il est ma chair et mon sang.

— Je suis vraiment désolée.

— Si tu réfléchissais avant de parler, on aurait évité ce mélodrame.

— Je suis désolée.

— Je refuse de t'entendre dire que tu es désolée. C'est trop tard ! D'ailleurs, dès demain, je veux que tu trouves un autre appartement, Fatim. Puisque tu trouves que nous ne sommes pas assez justes avec toi, il faut rendre tout ce que ta mère et moi mettons à ta disposition. Apparemment, tu te suffis à toi-même !

— Tu plaisantes, Pa ?

— Pas du tout. Je veux que tu déménages dans la semaine. Tu me rapporteras les clés de l'appartement et celle de la voiture au bureau. Et, bien évidemment, le traitement mensuel que nous t'accordions sera annulé. Tu as un travail grâce auquel tu peux subvenir seule à tes besoins.

— Pa' !

— Merci aussi de ne plus venir faire tes courses dans les placards de ta mère. Il y a des magasins pour ça !

— Mais, Pa'...

— Et tant que tu n'auras pas demandé pardon sincèrement à Charles, tu ne mettras plus un pied ici. Me suis-je bien fait comprendre, Fatim Sylla ?

— Pa', c'est démesuré, là !

— C'est à la hauteur de ta mauvaise foi. D'après ton frère, nous avons le même caractère, alors accepte que ma réaction soit aussi disproportionnée que la tienne.

— Ma', tu ne dis rien ?

Mon épouse reste silencieuse et refuse de regarder en sa direction ;

— D'après toi, tu es ma *vraie* fille, alors tu devrais comprendre facilement ce que je dis.

— Mais...

— Il se fait tard à présent, tu peux rester pour la nuit, mais demain matin, je ne veux plus te voir ici. Sur ce, je vais me coucher, toute cette pagaille m'a épuisé !

★

[FATIM]

Je ne m'attendais pas à ce que mes parents défendent Charly après ce qu'il m'a fait. Je pensais avoir leur soutien. Jamais je n'ai vu Pa' dans cet état, j'ai bien cru qu'il allait nous faire un infarctus. Suis-je allée trop loin ? Quoi qu'il arrive, je ne m'excuserai pas. Charly n'avait qu'à se mêler de ses affaires.

[KHARIDJA]

Je suis blottie contre ma grande sœur sans pouvoir stopper mes sanglots. Je réalise à peine ce qu'il s'est passé.

— Je te promets que je ne savais pas, Aïcha, et je suis certaine que lui non plus.

— Je te crois, Kha. Tu es incapable de faire une telle chose. Connaissant Awa, elle a répliqué brutalement parce qu'elle s'est sentie menacée.

— Sauf que je ne l'ai pas attaquée, moi. Et puis Amy et Tessa m'ont humiliée. J'ai mal au cœur, Aïcha.

— Et Charles ?

— J'ai rompu !

— Déjà ? Mais je croyais qu'il te plaisait ?

— Bien sûr qu'il me plaît ! Seulement, je ne veux pas d'histoires avec Awa. Il y a déjà assez de problèmes comme ça dans la famille. Tu ne crois pas ?

— D'accord, mais tu ne vas pas renoncer à cette relation parce que ta cousine est jalouse, si ?

— Je ne sais pas...

— À mon avis, tu as abandonné trop vite, Kha.

— Je ne veux pas laisser un homme s'immiscer entre Awa et moi !

— Et elle, est-ce qu'elle a le droit de vous séparer ?

— Effectivement...

— Ne t'occupe pas d'Awa. Il faut que tu penses à toi, appelle-le et réglez ça à deux.

— D'accord. Je le ferai.

— Allez repose-toi. Tu y verras plus clair demain.

— J'espère bien...

— Ne t'inquiète pas, tout rentrera dans l'ordre, *Inchallah* !

J'ai surréagi et je regrette maintenant. Lorsqu'Aïcha me quitte, j'attrape mon téléphone pour contacter Charly :

« Bonsoir Charles,
Je suis désolée pour tout à l'heure.
Je me suis laissée emporter.
Rappelle-moi, stp.
Kha. »

J'attends une réponse, en vain. Je comprends que c'est bel et bien fini. Je m'en veux énormément, car j'ai des sentiments pour lui. J'espère au moins qu'au bureau, il ne m'ignorera pas.

[HASSAN]

— Allô, mon chéri ? Enfin réveillé ?

— C'est déjà l'heure ?

— Il est presque midi, nous sommes prêts pour le repas, tes parents et ton oncle Babacar sont là, il ne manque plus que toi !

— Ok, laisse-moi juste le temps de prendre une douche et j'arrive.

— Chéri ? Elle était géniale notre fête, non ?

— Hmm !

— Dis-moi, je me trompe ou t'as pas l'air dans ton assiette ?

— Non, ça va, juste fatigué.

— T'es sûr ?

— Mais oui, puisque je te le dis !

— Ok ! Ne t'énerve pas.

— Tu peux y aller. J'arrive !

Je devrais être l'homme le plus heureux du monde, mais je suis le plus triste de la Terre. De mon point de vue, cette soirée a été catastrophique. Je m'en veux terriblement. Comment ai-je pu faire un truc pareil à Charles ? Je l'appelle, mais il ne me répond pas. Si j'étais à sa place, je ferais pareil.

En réalité, j'ai eu peur que ça dégénère et j'ai agi comme un lâche en ne défendant pas mon meilleur ami – *mon meilleur ami !*

J'en veux aussi à Jessica... Je ne comprends pas pourquoi elle le déteste comme ça. Elle s'est mêlée d'un faux problème, qui en plus ne la regardait pas. Ces filles sont impossibles, elles cherchent toujours des histoires et ça finit toujours mal. De toute façon, ça ne change rien, j'ai déconné et je vais assumer. Je dois réparer notre amitié.

Avant de prendre ma douche, je reçois un appel de mon ami Cheikh-Ali. Il vit à Londres et il n'a pas pu être des nôtres hier. Il me félicite et nous échangeons quelques banalités. Préoccupé, je me confie à lui concernant Charly. Son verdict est sans appel :

— Comment ça, Charly n'a pas participé à tes fiançailles ? Mec ! là, t'as vraiment merdé.

— Waw. Je sais !

— Il ne faut jamais laisser une femme te dicter qui doit être ton ami ! Surtout si cet ami est comme un frère.

— Je sais.

— Je ne vais pas en rajouter, va voir Charly.

— Tu as raison, mec !

— Si j'avais été là, j'aurais fait taire ces pinailleuses. Ce qu'elles ont fait n'est pas normal, mon frère !

— Je sais, Cheikh. *Wallaye*, je m'en veux !

— Va le voir ! S'il ne veut pas t'écouter, je lui parlerai. On ne va pas laisser cette Awa gaspiller votre amitié.

Je compose le numéro de Charly pour la millième fois. Par chance, il décroche :

— Charly ?

— Qu'est-ce que tu me veux ?

— Écoute, j'aimerais te voir !

— Pourquoi ? Hier soir, j'étais un paria, et maintenant, que la fête est finie, je suis de nouveau ton pote, c'est ça ?

— Je veux juste te présenter mes excuses.

— Garde tes excuses pour toi. J'ai à faire. Au revoir !

— S'il te plaît, Charles, fait pas...

★

[CHARLY]

Mais qu'est-ce qu'ils ont tous, à vouloir s'excuser ? Ils n'ont qu'à me coller la paix, je ne suis pas d'humeur !

Toute ma vie est fichue et rien ne pourrait soulager mes maux. Je suis au fond du trou ! J'ai l'estomac noué et je n'ai plus goût à la vie. Je ne suis rien. Je ne suis personne et je ne suis surtout pas Malik Charles Sylla. Le Roi Charly est à terre, et il n'est pas prêt de se relever !

— Charly, laisse-moi entrer, mon fils, me supplie Ma'.

Décidément, je ne peux jamais être tranquille. C'est la troisième fois de la matinée que Ma' vient frapper à ma porte. Je sais qu'elle souffre, mais à elle non plus, je ne veux pas parler. Je veux juste qu'on me fiche la paix !

★

[KHARIDJA]

Le week-end a été émotionnellement compliqué. Je reviens au bureau, contrariée par tout ce qu'il s'est passé. Je ne sais même pas si Charly va daigner m'adresser la parole. J'appréhende vraiment cette journée.

— Bonjour ma fille, et ton week-end ? me demande Ma' Soda.

— Catastrophique !

— Mais je croyais qu'il y avait une fête ?

— Laisse tomber ! C'était l'apocalypse.

160

Au même moment, Charly entre dans notre bureau. Il a sa tête des mauvais jours.

— Bonjour Charly, comment vas-tu ?

— Ça va, Soda. Et toi ?

— Ça va bien, merci. Je peux t'aider ?

— J'ai besoin des copies du dossier NGOM.

— Il faut voir avec Kharidja, c'est elle qui s'en occupe.

— Bonjour Charles !

— Bonjour ! Je peux avoir le dossier, s'il te plaît ?

— Je te l'apporte d'ici un petit quart d'heure.

— Merci !

Charly s'en va sans un regard pour moi.

— C'est moi ou c'est glacial entre vous ?

— Je préfère ne rien dire, Ma'.

— Comme tu voudras. Ah, la jeunesse !

Je n'imaginais pas que cette histoire l'affecterait autant. Ce n'est même pas la peine que je tente de m'excuser ou de lui parler, il va m'envoyer balader.

Cette journée a été un cauchemar. Je n'ai pas cessé de croiser Charles. Nous avons travaillé en échangeant le moins de mots possibles. Et dire qu'il y a deux jours, c'était le bonheur. Maintenant, nous ne sommes même plus amis.

Malheureusement, je ne peux pas le forcer à réagir autrement. Et comme si je n'avais pas assez de problèmes, lorsque je rentre au studio, je reçois un coup de fil très désagréable de ma mère. Elle est furieuse et elle hurle de colère dans le combiné :

— Je veux te voir à la maison dans l'heure qui suit, Kharidjatou. Ton pauvre père est dans tous ses états. Tu pensais qu'on ne serait jamais au courant ?

— *Yaay*, je ne sais pas de quoi tu parles.

— *Xanna*, tu es devenue folle ? Tu veux faire honte à mon éducation, c'est ça ?

— Mais de quoi s'agit-il ?

— *Walaye* ! Tu vas savoir qui je suis aujourd'hui !

— Mais *Yaay*...

— Ne joue pas à ça avec moi, Kharidjatou. Heureusement qu'Awa nous a tout raconté. Nous sommes maintenant au courant de tes manigances. Attends un peu...

— Awa ? Qu'est-ce qu'elle a encore dit celle-là !

— Viens, tout de suite ! Je suis fatiguée de parler dans le cellulaire. Viens, tout de suite, j'ai dit !

PARTIE 11

LE MENSONGE EST UN POISON

[CHARLY]

Les jours passent, mais la douleur de la trahison reste. Je suis psychologiquement atteint et j'ai l'impression d'être enfermé vivant dans un tombeau. Éteint, je travaille comme un robot, sans réfléchir, sans réagir. L'idée que je ne suis le fils de personne me hante, j'en fais même des cauchemars. La solution serait de discuter avec mes parents, mais j'ai peur de me confronter à leur vérité. C'est bête, je sais, mais je ne sais pas faire autrement. Je ne supporte plus la maison de mon enfance, ou plutôt la maison *de la trahison*. J'ai donc déménagé dans un studio en centre-ville.

Mon téléphone sonne, c'est encore Fatim. Cette pauvre folle m'appelle dix fois par jour. Si elle croit que je vais décrocher un jour, elle rêve. Pour moi, nos disputes étaient anodines, un peu comme celles de tous les frères et sœurs de la Terre. Ma sœur est morte le soir où elle m'a achevé.

Elle ne voulait pas d'un petit frère et elle n'en a plus !

J'aimerais revenir en arrière. Avant ce terrible week-end, j'étais bien dans mes baskets, je commençais même à être heureux. Il faudrait que je me reprenne, mais je ne me supporte plus. Je ne trouve pas le courage de me battre et d'affronter mon destin. J'ai parfois manqué d'humilité, je le sais. C'est peut-être la monnaie de pièce ? Désormais, je ne peux compter que sur moi-même. Et que faire de Kharidja ? Si je suis honnête avec moi-même, je dois avouer que je l'aime bien. Je crois même que je l'ai dans la peau.

Oui, moi, Charly, j'aime quelqu'un d'autre que moi-même. C'est dire à quel point je délire !

Kharidja obsède mes pensées. La pauvre a essayé de me contacter plus d'une fois, mais je me défile. Je me sens incapable de lui parler. Au bureau, je suis distant et désagréable. Je voudrais lui envoyer un SMS pour m'excuser, mais elle l'effacera avant même de l'avoir lu. Je décide donc de me rendre chez elle, ce sera plus simple de lui dire les choses en face. En arrivant devant l'entrée de son immeuble, je l'aperçois avec Mortala. Tous deux ont les bras chargés de cartons.

— Oh, Charles ! Content de te revoir, comment vas-tu ?

— Ça va, merci, Mortala. Ravi de te revoir aussi... Bonsoir, Kharidjatou !

Elle dépose son carton au sol et me sourit.

— Bonsoir Charles.

— Je vais vous laisser bavarder un peu. Kha, je t'attends dans la voiture, annonce Mortala.

— Tu déménages ?

— Waw.

— Mais pourquoi ça ? Ce n'est pas à cause de moi, au moins ?

— C'est à cause de ton ex !

— Awa ? Décidément...

— Elle a raconté des choses insensées à mes parents. Elle a dit que j'entretenais une relation inappropriée avec mon patron. Et que cet appartement me servait à recevoir des hommes... Enfin, tu connais Awa, hein ?

— Je crois surtout qu'elle n'a pas la lumière à tous les étages !

— Enfin, là c'est un simple résumé. Ce qu'elle a dit était bien plus sale que ce que je te raconte là. Du coup, mes parents se sont mis en colère. Ils ont même voulu que je quitte mon poste et que je rentre à Pikine.

— Eh ben !

— Heureusement, Aïcha est intervenue en ma faveur. Elle leur a dit que Mortala et elle se portaient garants pour moi. Donc je vais m'installer chez eux, maintenant. C'était ça ou j'arrêtais de travailler à UMD !

— Mais tes parents l'ont crue, comme ça ?

— Je ne sais pas trop comment Awa leur a servi l'histoire, mais ça devait être très pimenté. Ma mère était en transe, je ne te dis pas ! Aïcha n'a pas voulu palabrer. Elle leur a juste dit qu'ils se trompaient et que, me connaissant, c'était impossible. Au début, ils étaient trop fâchés pour l'écouter, mais elle les a convaincus qu'Awa avait extrapolé. Ils me laissent le bénéfice du doute, mais clairement, j'ai perdu leur confiance.

— Eh ben ! Je suis désolé pour toi. Ta cousine est trop jalouse.

— Visiblement, tu lui appartiens toujours !

— Elle est immature, *Wallaye* !

— Mais assez parlé de moi, que fais-tu par ici ?

— En fait, je venais te présenter mes excuses. Je n'ai pas été cool avec toi ces derniers jours.

— Ne t'inquiète pas, Charles, ça va.

— Tu ne m'en veux pas trop, au moins ?

— Bien sûr que si !

— Mais on mange quand même ensemble demain, et c'est moi qui m'invite pour me rattraper, n'est-ce pas ? ?

— Charles Sylla, je vois que tu vas mieux !

— Alors, c'est d'accord ou pas ?

— C'est d'accord ! Je suis désolée, je dois te laisser, Mortala est patient, mais il ne faut pas abuser.

— À demain, alors ?

— Ça marche ! À demain *Inchallah*.

Je suis soulagé. Parler à Kharidja m'a fait du bien. Étrangement, mon cœur se remet à battre normalement. Tout ça me confirme ce que je ressens. Cette fille est parfaite pour moi et je vais m'attacher à soigner notre relation.

Quant à Awa, il va falloir la tenir éloignée de nous. Elle est complètement cinglée. Elle ne nous lâchera jamais la grappe celle-ci. Ce qui est sûr, c'est que je ne la laisserai jamais plus m'humilier comme elle l'a fait. La prochaine fois qu'elle tentera, je la pulvériserai.

★

— On a trop dosé la petite Kharidjatou la dernière fois. J'espère qu'elle a compris qu'on ne s'attaque pas aux mecs des autres, déclare Amy.

— Moi, je ne crois pas qu'elle l'ait fait exprès, annonce Tessa. Elle est si naïve que ça ne m'étonnerait pas qu'elle n'ait pas su que c'était ton ex.

— Peu importe, j'ai définitivement réglé le compte de Kha ! Fini, la liberté. Elle doit déjà être rentrée chez ses parents à l'heure qu'il est. Elle sera bien encadrée comme ça. Ah ! Ah ! Elle n'ira plus jamais en soirée, maintenant !

— Mais au fait, comment as-tu su qu'elle avait un studio ? demande Amy.

— Par Jessica, elle en a discuté avec Hassan, et puis elle m'a balancé l'info.

— T'as pas fait ça, Awa, quand même ? T'es pas allée voir ses parents ? s'inquiète Tessa qui percute à peine.

— Et pourquoi pas ? À cause d'elle, je n'ai pas pu mettre mon plan à exécution. Le but, c'était de rendre Charly jaloux avec Alpha. Tout est tombé à l'eau à cause de Mademoiselle Diakhité, l'enfant chérie du pays ! Je ne sais pas comment elle a fait, mais on dirait que Charly lui mange dans la main.

— Mais peut-être qu'elle n'a rien fait et qu'il est juste amoureux ? Ça ne se commande pas, ce genre de chose, quand même ! réplique Tessa.

— Oh, mais si, ne t'inquiète pas, les sentiments se commandent.

— Réfléchis un peu Awa. Si ça se commandait, il serait toujours avec toi, Awa, me balance mon amie.

— Ah, mais justement... J'ai entendu parler d'un excellent marabout. Jusque-là, ça ne m'intéressait pas, mais apparemment, il obtient de bons résultats. Désormais, il aura une nouvelle cliente : moi !

— Non, Awa. Non ! Là, je ne suis pas d'accord avec toi.

— T'es qu'une mauviette Tessa !

— Ce sera sans moi. Hors de question que je participe à ça. J'ai horreur de tous ces trucs de sorciers, avoue Amy.

— Oh, mais il ne me fera rien d'autre qu'un philtre d'amour. Histoire de rendre Charles accro à moi, vous voyez ?

— Tu as déjà humilié cette pauvre Kha, insulté Charly, tu as aussi raconté des choses graves à leur sujet... Ça ne te suffit pas ? s'indigne Tessa.

— Oh la la ! ! Ce que vous êtes pénibles !

— Je te mets en garde, Awa. Ne fais rien contre ta cousine. Ça pourrait se retourner contre toi.

— Vous êtes froussardes deh ! Je veux juste récupérer mon mec !

— Tu devrais le reconquérir à la régulière, Awa.

— Il n'y a aucun risque, Tessa ! Je te dis que le Marabout Diaby est très fort !

— Cette histoire avec Charly vire à l'obsession et, sérieusement, tu commences à m'inquiéter, poursuit Tessa.

— *Bilay*[9] ! Tout ça, là, ce n'est pas pour moi, ajoute Amy. Je m'en lave les mains.

— Vous verrez que tout va bien se passer. Je sais ce que je fais, les filles.

---

[9] Interjection qui pourrait correspondre à « La vérité ! » ou « J'ai juré ! ».

Mes amies me lâchent, mais j'aurai le dernier mot dans cette affaire. J'irai voir le vieux Diaby pour récupérer Charly. À cause de lui, j'ai sacrifié ma virginité, il est hors de question que j'ai fait ça pour rien. Il n'aura pas le choix, il devra m'épouser. La seule personne qui risque de compliquer le processus est ma cousine.

Mon ex est amoureux d'elle, ça saute aux yeux. Ça m'a brisé le cœur lorsque je l'ai entendu l'appeler « Bébé » aux fiançailles. J'ai envie qu'il m'aime et, puisqu'il n'y arrive pas tout seul, je vais l'aider un peu. Il faut simplement que je réussisse à convaincre ma mère de m'emmener voir le marabout. Il faut que la proposition vienne d'elle, je vais devoir l'amadouer.

Hmm ! Charly Sylla, tu seras bientôt dans mes bras.

Alors que Ma' est en train de faire ses comptes sous la véranda, je la rejoins sans vraiment savoir comment lancer le sujet. Je veux qu'elle m'accompagne chez le marabout et pour ça, je dois lui servir un gros mensonge :

— *Yaay* ?

— Bonjour. Mais où étais-tu passée ? J'avais besoin de toi tout à l'heure !

— J'étais chez Tessa, pourquoi ?

— Tu es tout le temps chez Tessa. À croire que tu n'as pas de maison, *tchip* !

— Arrête un peu, j'ai le droit de voir mes copines, quand même.

— Hmm !

— Au fait, j'ai quelque chose à te raconter, tu ne vas pas en revenir !

— Raconte, *rek* !

J'invente une histoire pas loin de la vérité. Une histoire dans laquelle Kharidja est en train de me voler l'homme qui souhaite m'épouser. Je lui dis que celui-ci est riche et qu'il était prêt à sauter le pas avec moi, mais que, depuis que Kharidja est dans l'équation, il y va à reculons. Je poursuis en racontant la même histoire qu'aux parents de Kha, à savoir que ma cousine est une petite dévergondée qui cache bien son jeu.

— *Layilaaa* ! Awa ? C'est vrai, ou tu inventes sur place ? Parce que ça, c'est trop grave, *deh* !

— Non, c'est vrai !

— Donc la fille de Madame Seynabou, la parfaite, est une fille de rien ? Et ce garçon, pourquoi tu ne me l'as pas présenté s'il voulait t'épouser ?

— Il devait venir au mariage d'Aïcha, mais il est tombé malade. Tu sais, il pèse lourd, tu sais ?

— Voyez-vous ça ?

Ma mère aime l'argent et je sais exactement quoi dire pour la faire réagir.

— Uni Media Dakar appartient à son père.

— UMD qui conçoit les émissions et les feuilletons à la télé ?

— Waw, c'est l'héritier ! Je n'avais plus de nouvelles et j'ai découvert Kharidjatou en train de marcher sur mes plates-bandes. Elle est sans vergogne !

— Il fallait me parler de ça plus tôt. Allons voir le marabout Diaby, lui saura comment te rendre ton homme !

Trop bien. J'ai gagné ! Je savais qu'elle me conduirait à lui. Je le savais !

À l'intérieur, j'exulte, mais je ne lui montre pas ; sinon, elle pourrait changer d'avis.

— *Yaay*, ce n'est pas dangereux au moins ? Personne ne va mourir, n'est-ce pas ? Je veux juste récupérer Charly.

— Nous irons consulter le vieux Diaby et tu verras. Tout se passera en douceur. Cet homme est très fort. Mais n'en parle à personne ! Tu entends, Awa ? Silence sur cette affaire.

— Oui. Je serai discrète. Promis !

[KHARIDJA]

J'en veux à Awa. D'ailleurs, je trouve qu'elle ressemble de plus en plus à sa mère : belle à l'extérieur, mais pourrie à l'intérieur ! Ma' Sokna est une femme acariâtre. Elle n'aime pas que les autres soient heureux. Elle est jalouse comme pas permis et surtout, elle ne sait pas se tenir en plublic. Je me demande comment mon oncle fait pour la supporter. J'aurais aimé m'expliquer avec ma cousine, mais Aïcha m'a convaincue de ne pas le faire. Je vais simplement attendre que la roue tourne.

Alors que je suis perdue dans mes pensées, mon téléphone sonne et me ramène à la réalité. C'est Charly qui m'appelle en visio :

— Jolie Kharidja, quoi de neuf ?

— Ben, ça va. Par contre, toi, c'est pas trop ça, tu fais une de ces têtes... Waouh !

— Ça ne va pas fort, mais c'est trop long à expliquer ! Passons.

— J'ai tout mon temps, Monsieur Sylla.

Charly hésite, mais il finit par tout me raconter sur la façon dont il a appris son adoption. Il ne s'en remet pas et il souffre vraiment, le pauvre. Il me demande ce que j'en pense. Je n'ose pas tellement m'aventurer dans les conseils, mais il insiste pour que je lui donne mon avis.

— Ce que je vois, c'est que tes parents t'aiment. Tu dois parler avec eux, et si tu ne veux rien savoir, dis-leur. Ta sœur est seulement jalouse de l'intérêt qu'ils te portent. Je ne la défends pas, mais je peux comprendre que ce soit difficile d'exister à côté d'un numéro comme toi !

— J'étais son petit frère. À cause d'elle, je me sens différent. Je ne suis plus moi-même !

— Ça va passer. Va voir tes parents au moins.

— Je leur en veux... Parlons d'autre chose s'il te plait. Tout ça me stresse.

— Des nouvelles d'Hassan ?

— Me parle pas de lui !

— Charles ! Es-tu rancunier à ce point ?

— Dis-moi, Kharidja, pourquoi ne m'appelles-tu pas Charly comme tout le monde ?

— Parce que je suis « tout le monde » Charles !?

— Bien sûr que non. Toi, tu es ma petite *Go* sucrée au caractère bien trempé !

— Tu n'es pas en reste niveau caractère !

Nous discutons comme ça un bon bout de temps. Je retrouve le Charles que je connais : taquin, agaçant mais beaucoup moins arrogant. Je crois que les épreuves qu'il vit sont en train de soigner son ego surdimensionné. J'espère en

tout cas que nous parviendrons à avancer. Parce que moi, je
l'aime mon Malick Charles Sylla.

PARTIE 12

MARABOUT ? PAS MARABOUT ?

[CHARLY]

Je ne pensais pas me confier à Kharidja sur WhatsApp, mais j'en ai eu besoin. Je n'ai pas l'habitude d'étaler ma vie privée avec qui que ce soit. Avec elle, c'est différent. J'ai manqué de charisme, mais ça ne me perturbe pas plus que ça. À croire que la belle a transformé mon cerveau. Je dois me rattraper !

Je suis Malik Charles Sylla, tout de même !

J'ai pris quelques jours de congé histoire de me remettre des événements des derniers jours. Et comme j'ai du temps libre, j'ai proposé à Kharidja qu'on déjeune ensemble. Je vais donc la chercher au bureau. Je salue Soda qui ne manque pas de me faire la morale sur des choses que j'avais promis de faire avant de partir en congé. Elle me menace, je la taquine jusqu'à ce que Kharidja entre dans la pièce :

— Salut Bébé !

— En voilà une qui a plus de succès que moi, n'est-ce pas ?

— Oh, Soda, tu es trop vieille pour moi, mais je t'apprécie, tu sais ?

— Allez, filez, jeunes gens ! Et toi, Kharidja, reviens à l'heure, s'il te plaît. Nous avons un tas de choses à terminer.

— Entendu.

Cette fille est canonissime. Je n'en reviens pas qu'elle veuille de moi.

— Je te propose de venir manger à la maison. Nous serons tranquilles pour bavarder et, comme ça, tu ne te mettras pas en retard.

— Tu veux que je vienne chez toi ?

— En tout bien, tout honneur ! Il n'y a pas de piège, je te le promets, dis-je en levant les mains. J'ai cuisiné un repas rien que pour toi.

— Juste pour moi ? Voyez-vous ça !

— C'est pour te remercier d'avoir pris le temps de m'écouter hier.

— Je ne sais pas si c'est une bonne idée, Charly...

— Si ça t'embête, je comprends. On peut très bien aller à la cafétéria, ça ne me dérange pas.

— En tout bien, tout honneur, promis ?

— Pour sûr ! Je ne veux absolument pas profiter de toi. Enfin, je veux dire qu'elle n'est pas le genre de fille avec qui je fais ce genre chose-là ! Mais ça, elle n'a pas besoin de le savoir.

— Ok. Je te fais confiance, c'est juste que...

— C'est comme tu veux, vraiment...

— Allons-y !

★

Charles a l'air en meilleure forme aujourd'hui. Je suis touchée par sa gentille attention. Il a promis qu'il ne me sauterait pas dessus et je lui fais confiance, il m'a beaucoup aidée quand j'en ai eu besoin et je sais qu'il a du respect pour moi. Enfin, j'espère... On croit toujours connaître les gens et puis un jour... Patatra !

Dans l'appartement de Charles, tout est bien rangé. Son intérieur lui ressemble assez, c'est moderne et coquet.

— Installe-toi dans le canapé, si tu veux !

— Tu ne veux pas un peu d'aide ?

— Non merci. Tu es mon invitée. Qu'est-ce que je te sers à boire ?

— Si tu as de l'eau fraîche, je veux bien. Il fait une de ces chaleurs, en ce moment !

— C'est vrai qu'il fait chaud. Attends, j'allume la climatisation... Tiens, voici ton verre !

— Merci.

— Non, Kharidja. Ne fais pas ça, s'il te plaît !

— Quoi, « ça » ?

— J'ai vu ton sourire en coin. Te moque pas de moi.

Impossible pour moi de ne pas sourire. Il est trop mignon.

— Donc, elle se fiche de moi...

— Hey ! « Elle », elle s'appelle Kharidjatou !

— Ouais, ouais ! Bon, voilà ! Tout est installé. Tu peux venir à table. Il faudra juste que je réchauffe la sauce, le riz est déjà prêt.

— Ok. Où est-ce que je m'assieds ?

— Où tu veux.

— Et on mange quoi, Monsieur Sylla ?

— Ben, en entrée, une salade… J'y ai mis des œufs durs, de la laitue, du maïs, du concombre, et un peu de carottes râpées. La vinaigrette, elle est toute faite. Je l'ai achetée comme ça. J'espère que ça ira pour toi. Bon appétit !

— Merci, à toi aussi, Charles.

J'avale une première bouchée et je le félicite. En même temps, ce ne sont que des crudités, c'est pas avec cette salade qu'il a pris des risques !

— Arrête de sourire comme ça, Kharidja !

— Il a quoi mon sourire ?

— Je le trouve suspect.

— Je t'ai connu plus sûr de toi, Charles !

— Ça y est, tu as fini ? On peut passer à la suite, ou tu continues à rire toute seule ?

— Ok ! J'arrête. Alors, c'est quoi la suite ?

— J'ai cuisiné un poulet yassa !

— Eh bien ! m'esclaffé-je à nouveau.

— Mais qu'est-ce qui te fait autant rire, à la fin ?

— Oh ! Je suis désolée, Charles…

Cette fois-ci, j'ai un véritable fou rire. Charles me regarde, excédé.

— Attends ! Ouf ! Je respire…

— Mais goûte, au lieu de rire comme une baleine. Si j'avais su, je t'aurais emmenée à la cafétéria. *Tchip* !

— Te vexe pas, Sylla, c'est pas de ta faute si tu es drôle. Alors… Je goûte… Hmm ! Ce n'est pas mal du tout, c'est même très bon.

— Merci, lâche-t-il, toujours agacé.

— C'est délicieux, Charles, par contre ce n'est pas un yassa. C

'est plutôt un poulet aux oignons. La prochaine fois, on cuisinera ensemble et je te montrerai la « vraie » recette du yassa.

— Tu as raison. C'est bon, mais ça ne vaut pas le yassa de ma mère.

— Elle ne te manque pas ?

— Si, mais je suis tellement en colère...

— Tu sais ce qu'on dit sur la colère, elle est mauvaise conseillère. Appelle ta maman, et même si tu ne la revois pas tout de suite, dis-lui au moins que tu vas mieux. Elle doit se faire un sang d'encre !

— Je vais y penser... Et merci d'avoir été là pour moi hier soir.

— C'est normal.

— Et toi, des nouvelles de ta folle de cousine ?

— Oh, elle, moins je la vois, mieux je me porte. Je la savais caractérielle, mais là, ça dépasse tout ce que je pouvais imaginer. Je découvre une autre Awa.

— Elle est terriblement jalouse et elle va nous le faire payer. Crois-moi !

— Le problème avec Awa, c'est qu'on sait quand ça commence, mais on ne sait jamais quand ça va s'arrêter.

— Je suis certain qu'elle va encore essayer de s'attaquer à toi.

— Non, je ne pense pas. Elle a eu ce qu'elle voulait. Mes parents se sont fâchés... Elle n'a plus rien d'autre à raconter maintenant.

— Tu as déjà terminé ?

— Oui. Merci, Charles. C'était vraiment bon.

— Un dessert ?

— Non merci. Laisse-moi t'aider à débarrasser.

★

[CHARLY]

Puréeeeee ! Elle est sublime, j'ai du mal à ne pas la regarder. Elle me plaît vraiment, mais si j'essaie de l'embrasser, elle va croire que je l'ai piégée. Je n'ose pas l'approcher ; pourtant, ça me démange. J'espère juste que je ne le lui montre pas trop à quel point elle me rend fou. Je suis embrouillé, là !

C'est vraiment grave ce qu'il m'arrive ; en temps normal, je l'aurais déjà croquée.

— Charles, où est-ce que je range ça ? Eh, oh ! Tu m'écoutes ?

— Excuse-moi, j'étais perdu dans mes pensées. Tu peux le mettre ici. Au fait... Kharidja ?

— Oui, dis-moi ?

— Viens par là.

— Mouais...

— Écoute... Je... Waouh ! C'est difficile à dire... Je veux que tu saches que je suis bien avec toi et, pour la première fois de ma vie, je... En fait, je veux vraiment me mettre avec toi. Mais je ne sais pas si toi...

Je ne trouve pas mes mots, j'aimerais pouvoir lui expliquer ce que je ressens. Je m'avance doucement vers elle et comme pour notre premier baiser, je l'attrape par la taille, la soulève et l'embrasse.

Popopopopo ! C'est trop intense, j'ai le cœur qui bat la chamade. Je ressens tellement de choses !

— Eh bien, Monsieur Sylla !

— Tu as aimé ton dessert, Bébé ?

— Oh non, c'était tellement romantique ! Tu as tout gâché avec ton humour de macho !

— Tout ce que je fais est parfait, tu vas vite le savoir.

— Tu es si arrogant, Charles ! Il va falloir changer ça, mon coco !

— J'espère être à ta hauteur. Je ne veux pas te décevoir.

— Espérons !

— T'es dure en affaires, mais j'aime ça.

— Avec quelqu'un comme toi, il vaut mieux, je crois !

Après avoir tout rangé, je la raccompagne au bureau tranquillement. J'ai adoré ce moment en sa compagnie et je sais qu'elle aussi. Avec Kharidja à mes côtés, j'aborde désormais une nouvelle étape de ma vie.

[AWA]

— Awa, dépêche-toi ! Nous avons rendez-vous à quinze heures, nous n'y serons jamais si tu traînes autant.

— J'suis prête, Ma' ! Je descends.

Avant de nous rendre chez le vieux Diaby, Ma' me donne les dernières consignes. En réalité, je me fiche complètement de ses conseils inutiles ; moi, ce que je veux, c'est récupérer mon philtre d'amour et l'essayer sur Charly. Elle me fatigue avec son blabla.

— Tu me laisseras faire, et tu ne lui parleras que s'il t'interroge, insiste-t-elle. Par contre, je te mets en garde : personne ne doit savoir. Tu entends, Awa ? Personne ! Pas même ta sœur, ton frère ou ton père. Personne !

— Mais oui, j'ai compris et j'ai déjà promis ! On y va ou pas ?

Si Ma' savait que j'ai déjà parlé de ce rendez-vous au monde entier, elle me tuerait.

Nous entrons dans un quartier de Dakar dont j'ignorais l'existence. Nous nous arrêtons devant une maisonnette mal entretenue. En réalité, la bâtisse est plus proche d'une cabane que d'une maison. Je me dis qu'avec tout l'argent que le marabout se fait, il pourrait au moins se faire construire une demeure digne de ce nom. Comment peut-il vivre dans ce boui-boui en terre de rien du tout ?

— C'est bizarre ici, Ma', ça fait peur, *deh* !

— Ne commence pas, Awa !

— Et puis ça sent mauvais ! Je crois que j'ai plus envie d'être là. Beurk !

Sérieusement, je suis à deux doigts de vomir, l'odeur est nauséabonde !

— Awa, est-ce que tu peux te comporter en adulte, s'il te plaît ? Je te rappelle que si on est ici, c'est pour toi, donc ne commence pas à m'énerver !

— Mais Ma', c'est pas d'ma faute... Faisons vite, je ne supporte pas cet endroit.

Nous rentrons dans la cabane en terre. Le marabout Diaby est assis au sol et il regarde droit devant lui, sans bouger le moindre cil.

— Que me vaut votre visite ? questionne-t-il d'une voix éraillée.

— Nous venons pour ma fille, Grand Maître.

— Hmm !

— Elle avait un homme dans sa vie, mais celui-ci a été détourné par sa cousine germaine. On voudrait qu'il revienne à elle. C'est pourquoi nous sommes venues jusqu'à toi.

— Ôtez vos chaussures ! ordonne-t-il avec autorité.

Je vais mourir ! Cette pièce est tellement crade que même les microbes doivent être morts !

Mais comment faire pour poser mes pieds sur ce sol jonché d'immondices, de bougies, de taches de sang séché et de bibelots en tout genre ? C'est dégoûtant ! Je jure que je vais m'évanouir sur l'instant !

Ma' me jette un regard noir en même temps qu'elle me bouscule avec son coude. J'observe le vieux Diaby faire ses incantations, il est plutôt bel homme pour son âge. Assis torse-nu sur sa natte colorée, il est juste recouvert d'un pagne blanc. Sa voix rauque et profonde le rend irréel.

Layilaaa ! Pourquoi me suis-je embarquée là-dedans ?

Il ferme et ouvre les yeux comme un fétiche dans *Kirikou*. Je n'arrête pas de gigoter. Ma' me tape sur la main afin que je me tranquillise.

— Jeune femme ! Prends la coupelle devant toi et jettes-y tes trois cent mille.

Je n'y crois pas ! Ma' me tend une liasse de billets, je suis absolument choquée que ça ne lui fasse rien de donner tout cet argent.

— Trois cent mille ? Non, mais c'est trop ch…

— Dépêche-toi de faire ce que le Grand Maître dit, Awa !

— Trois cent mille francs CFA ? *Yaay*, sérieusement ?

— Exécute-toi, me presse ma mère, qui est visiblement sous tension.

À contrecœur, je balance les billets dans la coupelle. Si j'avais su que ça coûterait autant, je me serais débrouillée autrement.

— Maintenant, écris ton nom, ta date de naissance et le nom de celui que tu veux « *cadenasser* ».

Je m'exécute et je lui rends du bout des doigts le papier qu'il vient de me donner. Il crie dans un dialecte que je ne connais pas, puis il jette la feuille dans la coupelle. Ensuite, il ajoute une poudre blanche et y verse une petite fiole remplie d'un liquide jaunâtre. Tout ça en baragouinant toujours dans sa langue inconnue.

Ce type a l'air d'un sorcier, il me fait flipper !

Je commence à avoir chaud et ma tête tourne. Il me demande de prendre la coupelle et de la lever au-dessus de ma tête. J'hésite, mais Ma' me tape dans le dos et me pousse en avant. Je m'exécute, mais je me mets à tousser bruyamment. Je suis à deux doigts de répandre le contenu de mon estomac sur le sol. Ensuite, le vieux Diaby brûle le contenu de la coupelle. Il termine en prenant les cendres du papier sur lequel j'avais noté mon nom et celui de Charly. Il m'en met un peu dans le creux des mains, puis me demande de les frotter l'une contre l'autre. Une fois ceci fait, il crache dans mes paumes et prononce une longue incantation. Là, c'en est trop pour moi ! Je suis écœurée et je ne parviens plus à me retenir :

— Beurk ! Oh non, je vais vraiment vomir, Ma'.

Ma' me menace d'un brutal : « Tais-toi, idiote ! ».

Le marabout Diaby prend ensuite mes mains et essuie son visage avec. Je meurs sur place ! Je m'attendais à tout, sauf à ce genre de cérémonial. Je pleure de dégoût. Je voudrais déguerpir en courant. C'est là qu'il poursuit :

— Pendant trois jours, à minuit, tu te laveras avec le contenu de la fiole que je te remets à l'instant. Du haut vers le bas. Surtout, ne change pas de sens, insiste-t-il. Tu ne t'essuieras pas, tu sécheras à l'air libre. Tu ne mangeras rien de sucré pendant trois journées. Pas de viande et pas de riz non plus, seulement du poisson et des légumes. Au bout de ces trois jours, tu reviendras vers moi, et je te donnerai ce qu'il faut pour que l'homme soit définitivement à toi. Mais attention, ne parle jamais de ça à qui que ce soit ; sinon...

— Sinon quoi ? osé-je l'interrompre.

— Sinon, tu vas au-devant de terribles problèmes. Respecte mes recommandations, c'est tout.

— Merci, Grand Maître. Je connais votre puissance et je sais que c'est bon pour elle. Awa, dit merci au Grand Maître Diaby...

Je m'exécute du bout des lèvres et me précipite vers l'extérieur. Une fois à l'extérieur de cette affreuse cabane, je vomis tout ce que je peux vomir. Heureusement, j'ai toujours une petite bouteille d'eau dans mon sac. Je rince immédiatement mes mains et mes pieds.

C'est sûr, j'ai dû attraper une maladie !

Quelle horreur ! Pourquoi Ma' vient-elle ici ? Ce n'est pas un endroit pour nous ! En tout cas, si après tout ça, Charly ne me revient pas, j'étranglerai moi-même ce vieux fou.

— Ça y est, tu as fini ton cinéma ? s'énerve Ma'.

— Il est malade, ton type ! Il a craché sur moi, *deh* !

— Tu as intérêt à tout faire comme il faut. Ça m'a coûté trois cents mille, ce n'est pas rien !

— Je ne veux pas revenir et je ne reviendrai jamais ! Je te laisse récupérer ce qu'il me doit.

— Pauvre Awa, si seulement ça marchait comme ça... Ce n'est pas à toi de décider, donc si tu veux que ça fonctionne, tu reviendras.

— Ah non ! Jamais de la vie !

— Tu as les deux pieds dedans. Tu vas finir ce que tu as commencé, ou tu peux dire au revoir à ton fiancé.

★

[CHARLY]

J'arrive chez mes parents ; je pensais trouver Mariama, mais visiblement, elle est déjà partie. J'avance dans le couloir qui mène au séjour, je trouve ma mère allongée sur le canapé.

— Bonsoir Ma'.

— Mon Charly ! Si tu savais comme je suis heureuse de te voir, s'exclame-t-elle en se redressant.

— Te lève pas, Ma' !

Elle se pousse pour me faire une place près d'elle.

— Qu'est-ce que tu regardes ?

— Ma série préférée...

— Mais non, Ma', tu ne peux pas continuer à regarder tes séries sans queue, ni tête ? C'est nul ! Attends, je vais te montrer autre chose.

— Charles, n'ose pas changer de chaîne, je veux connaître la suite. J'ai attendu toute la semaine pour voir mon épisode. Repose-moi cette télécommande, s'il te plaît.

— Mais c'est pour les bonnes femmes frustrées, ta série, là !

— Surveille ton langage, Charly !

— Mais Ma'...

— Chut ! Je n'arrive plus à suivre.

Ma mère suit les épisodes des séries sénégalaises comme si sa vie en dépendait. C'est complètement inintéressant, ça ne parle que de niaiseries et d'histoires d'amour ridicules et improbables. Si elle ne m'avait pas autant manqué, je me serais barré. Je pose ma tête sur ses genoux et la laisse me caresser mes lobes d'oreilles.

J'adore quand elle me fait des papouilles comme ça.

Je me rends compte que le plus important, c'est que Ma' m'aime et qu'elle soit contente de m'avoir pour fils. Le reste ne compte pas.

— Oh, c'est déjà fini ? Je n'ai pas bien suivi mon émission à cause de toi !

— *Yaay* ?

— Oui, mon chéri ?

— Je ne veux pas savoir...

— Qu'est-ce que tu ne veux pas savoir ?

— Je ne veux rien savoir. Je sais que je suis votre fils et ça me suffit. Le reste ne m'intéresse pas !

— Comme tu voudras, mon fils. Et si un jour, tu changes d'avis, je serai là pour toi.

— C'est vrai que j'ai eu mal, mais ça va, maintenant.

— Tant mieux. Qu'est-ce qui t'a fait changer d'avis ?

— La question est plutôt : *qui* m'a fait changer d'avis ?

— Ne me dis pas que c'est cette jeune écervelée...

— Non, ce n'est pas elle. Tu ne l'aimais pas, hein ?

— Elle n'est pas de bonne famille. Ça se voit ! S'enfermer seule avec un garçon dans une chambre...

— Oh, ça va, tu es trop vieux jeu ! Plus personne ne fait attention à ce genre de détail, aujourd'hui.

— Peut-être que votre génération s'en fiche, mais de mon temps, les filles ne soulevaient pas leur pagne n'importe comment devant les hommes.

— Oh ! C'est vulgaire ce que tu dis, ça ne te ressemble pas.

— Mais c'est la vérité !

Ma ' et moi discutons longuement. Elle insiste pour que je pardonne à Fatim. Pour l'instant, c'est au-dessus de mes forces. Cette idiote a failli me tuer de chagrin. Je n'ai jamais été une priorité pour elle, alors elle ne le sera pas pour moi. Le plus important, c'est d'avoir renoué avec Ma' et Kharidja. Peu à peu, je redeviens moi-même.

Je suis Malick Charles Sylla et il n'y en a aucun autre comme moi !

★

Lorsque j'étais chez mes parents, j'ai cherché mon téléphone partout. Je pensais même l'avoir oublié dans la voiture, mais je viens de le retrouver sur la table de la salle à manger. Lorsque je l'allume, je vois qu'Hassan a encore cherché à me joindre. Je ne comprends pas pourquoi il insiste autant. J'écoute son dernier message :

« Charles, c'est encore moi.
J'ai besoin de te parler, mon frère ! On ne peut pas en arriver là. Encore une fois, je te demande pardon. Rappelle-moi, s'il te plaît ! »

Il me vire comme un moins-que-rien un soir, puis il veut me reprendre comme ami le lendemain. Perso, je ne l'ai jamais trahi et là, je lui en veux à mort. Il est peut-être temps qu'on se rencontre ; ce sera l'occasion pour moi de lui dire ses quatre vérités.

PARTIE 13

ENTRE ESPOIRS ET REGRETS

[KHARIDJA]

— Aïcha, j'ai besoin de toi, tu peux venir, s'il te plaît ?

— Oui ?

— Regarde.

Ma sœur prend mon téléphone dans ses mains et fixe attentivement l'écran.

— Mais qui t'a écrit ça ?

— À ton avis ?

— Toutes ces insultes, c'est vraiment... Elle exagère !

— Ça en devient ridicule, il faut vraiment qu'elle passe à autre chose, maintenant.

— Je crois qu'Awa devient folle.

— Je ne comprends pas pourquoi elle s'acharne sur moi. Qu'est-ce qu'elle cherche, encore ?

— Je ne le sais pas, mais je trouve son attitude inquiétante.

— Et comment sait-elle que je continue à voir Charles ? Nous sommes discrets, pourtant.

— Elle prêche le faux pour savoir le vrai, et elle en profite pour te menacer.

— Tu crois ?

— Je crois surtout qu'elle a perdu la raison, je vais en parler aux parents.

— Non, ne fais pas ça, Aïcha ; je ne veux pas qu'ils s'inquiètent.

— Ce n'est pas rien, Kha ! Elle menace de te réduire à néant et si elle peut le faire, elle le fera.

— Et dire qu'on est du même sang !

Aïcha a certainement raison, il y a trop d'épisodes dans cette histoire. Les fiançailles d'Hassan et Jessica ont eu lieu, il y a presque trois mois, et ma cousine continue à batailler inutilement. Que veut-elle exactement ?

Le pire, c'est qu'elle sait très bien que je ne lui ai pas piqué son copain, elle a juste décidé d'avoir le dernier mot et de faire de ma vie un enfer. Je ne comprends vraiment pas ce qui la rend amère, mais si c'est Charles qu'elle veut, elle doit absolument changer de stratégie.

Il faut reconnaître que ce dernier n'a pas été tendre avec elle, il s'est trop souvent comporté comme un goujat ! Mais comme il me l'a dit récemment : « Avec les filles du genre d'Awa, il n'y a pas le choix. Soit, tu t'imposes, soit tu te fais bouffer. »

Pour moi, Charles est autant responsable qu'elle dans l'échec de leur relation. Il ne s'est pas gêné pour passer du bon temps avec elle. Mais là où ça devient débile et inquiétant, c'est lorsque la guerre n'a plus de fin. Awa devrait passer à autre chose. Et si elle pense que je vais répondre à son message, elle se fourre le doigt dans l'œil.

Je n'ai pas son temps ! Ma Chère Cousine n'a qu'à se disputer toute seule !

★

[CHARLY]

J'ai recontacté Hassan et il est venu me rejoindre au studio. L'ambiance est un peu électrique, mais nous devons nous parler. Je lui sers un verre et nous nous mettons à discuter à cœur ouvert. Je déballe tout ce qui m'est resté en travers de la gorge. Je lui explique que je ne comprends toujours pas son attitude de ce soir-là. Je lui en veux, c'est clair. Notre discussion devient houleuse lorsque j'évoque sa bêcheuse de Jessica. Il avance des arguments que je réfute et vice-versa. Au plus profond de moi, je sais qu'Hassan est mon ami. Mons seul véritable ami. Il m'a toujours supporté. Il m'apprécie comme je suis et c'est le plus important. Comme me l'a conseillé Kharidja, j'accepte ses excuses, mais je ne m'emballe pas. Dieu seul sait comment Jessica peut à nouveau lui retourner le cerveau ! Nous décidons de nous revoir de temps en temps, entre potes seulement. Ça vaut mieux pour l'instant.

★

La chaleur de Dakar nous accable, heureusement, j'ai fait installer la clim dans mon studio. Je suis couché depuis plus d'une heure, mais je ne parviens pas à trouver le sommeil. Je n'arrête pas de penser aux menaces d'Awa. Lorsque Kha m'a lu les SMS qu'elle lui a envoyés je n'ai pas été surpris. C'est tout à fait son mode opératoire. Et puis je savais depuis le début qu'Awa chercherait à se venger.

193

Elle agissait comme ça avec moi. J'aurais peut-être dû la quitter plus tôt... En tout cas, cette histoire prend des proportions impossibles. La Miss Diakhité va trop loin. Il faut qu'elle accepte qu'elle et moi, c'est terminé.

★

[AWA]

— Awa, vient, ici s'il te plaît !

— Pa', je ne suis pas disponible. Je n'irai pas à Pikine.

— Je t'ai demandé d'aller à Pikine, moi ?

— Non, Pa' ! Mais à chaque fois que tu m'appelles, c'est pour me dire d'aller chez ton frère.

— Je ne sais pas ce qui se passe, mais je te trouve très insolente ces derniers temps. Il faudrait te calmer. Je te rappelle que je ne suis pas ton égal, Awa.

— Qu'est-ce qu'il y a ici ? demande Ma'.

— Tout ça, c'est de ta faute, Sokhna. C'est le fruit de ton éducation ! Corrige ta fille au lieu de poser des questions.

— Ah ; et toi, tu n'es plus son père, alors ? Adama, ne chauffe pas mon cœur, *deh* !

— Disputez-vous si vous voulez, mais moi, j'ai d'autres chats à fouetter. *Bye* !

— Quelle insolence ! se plaint mon père. Je crois que nous ne ferons rien de cette enfant, Sokhna.

Je n'en ai rien à cirer de leurs histoires de bonne ou mauvaise éducation, je ne me sens absolument pas concernée. Et pas besoin d'une bonne éducation avec ce que j'ai reçu du marabout Diaby. Ce truc est tellement puissant que je vais être indestructible, maintenant ! C'est vrai que j'ai eu beaucoup à faire pour obtenir ce que je voulais, mais là, ça y est, c'est presque terminé.

La petite Kha est foutue et mon Charly, cadenassé. Ah ! Ah !

Le vieux Diaby m'a dit que c'était plus simple d'agir sur Kha plutôt que sur Charly – histoires de liens du sang, il paraît... En fait, je dois parvenir à faire couler le sang de Kha afin qu'il puisse terminer son travail. Après ça, Charly ne verra que moi. Il sera obsédé par moi ! Il faut juste que je trouve un stratagème pour atteindre ma cousine, mais je ne m'inquiète pas, j'ai de la suite dans les idées. J'ai hâte que mon homme revienne dans mes draps !

En attendant, je vais rejoindre Amy et Tessa. Je descends du taxi et j'aperçois Tessa qui n'est jamais en retard. Cette pauvre fille passe sa vie à nous attendre.

— Tu es trop prévisible, Tessa ! fais-je lorsque j'atteins son niveau.

— Comment ça, prévisible ?

— Parfois, il faut savoir se faire désirer. C'est pas croyable d'être ponctuelle à ce point !

— Encore une de tes théories fumeuses, rit-elle de bon cœur.

Amy arrive à son tour, accompagnée de Jessica.

— *Hello* les filles !

— Ah, Jessica ! C'est cool que tu sois venue.

— C'est Amy qui m'a traînée jusqu'ici.

— Oui, j'ai décidé de sortir la future Madame Fall de chez elle ! En ce moment, ça ne va pas très fort avec son homme, elle a besoin de prendre l'air.

— À peine fiancée et déjà des problèmes ? *Ish* ! Faut cadenasser ton Hassan, ma jolie !

— Awa, arrête avec tes histoires de cadenas, c'est bon maintenant, s'offusque Tessa. Nous sommes là pour nous changer les idées, pas pour écouter tes histoires folles.

— *Walaye* ! confirme Amy, tout aussi consternée que notre copine

— Comme vous voulez ! Mais moi, je vous dis que j'ai une solution efficace et vous n'en voulez pas. Très bien.

— Mais ce n'est pas vrai, Awa, ça suffit !

— Bon ça va ! Jess, si ça t'intéresse tu, me fais signe. Les deux autres, sont trop peureuses ! Tu verras, Hassan te mangera dans la main et tu sauras qu'Awa avait raison.

— Elle saura surtout que tu es folle et inconsciente, reprend Amy.

— Laisse-moi te dire que tu n'es qu'une jalouse, ma chère amie.

— T'es cinglée, Awa. Complètement cinglée, rétorque-t-elle en riant.

Nous passons une superbe après-midi toutes les quatre. Nous formons un bon groupe, je trouve ; chacune a beaucoup de caractère, mais ça fonctionne. C'est ce que j'appelle de vraies amies, pas comme Kha qui trahit son propre sang !

Ce qui est sûr, c'est que notre séance de shopping m'a fait du bien. J'ai trouvé tout ce qu'il me fallait et ma garde-robe est renouvelée ! C'est important, car très bientôt, je serai une femme mariée !

★★★

PARTIE 14

L'AMOUR, L'AMOUR, TOUJOURS L'AMOUR | 1/2

[FATIM]

« Allô, Charly ? C'est Fatim.
Je n'arrête pas de tomber sur ta messagerie. Décroche, s'il te
plaît. »

J'ai conscience d'être allée trop loin avec Charly. Je n'avais pas à lui parler de son adoption et je m'en veux sincèrement d'avoir laissé ma colère me guider. Je voudrais lui dire combien je suis désolée, je voudrais qu'il m'écoute, même s'il ne me pardonne pas. Pa' a raison. Nos parents ont toujours pris soin de nous sans faire de différence. Je le sais, et pourtant, j'ai crié le contraire. Heureusement pour moi, Ma' me téléphone et prend des nouvelles régulièrement.

J'admets que je suis jalouse de Charles. Je suis jalouse parce que tout a l'air tellement facile pour lui. Il est intelligent, il est beau et surtout, il a confiance en lui. Ma' dit qu'en réalité, Charles est fragile et que sa prétendue confiance, lui sert de carapace... J'ai fait le vide autour de moi et maintenant que je suis dans une situation difficile, j'ai besoin de ma famille. Seulement, qui voudra me tendre la main après ce que j'ai fait ?

Pa' est toujours remonté contre moi et lorsqu'il apprendra que je suis enceinte, il le sera encore plus. Je n'ose même plus mettre un pied chez mes parents, parce qu'à la minute où Ma' et Mariama me verront, elles sauront.

Comment ai-je pu me mettre dans une telle situation ?

Si ça se trouve, ma colère est due à mon état. Tout le monde sait que les hormones de grossesse peuvent rendre les femmes ingérables. Je ne me dédouane pas, je dis juste que c'est une possibilité.

Je ne sais pas à qui me confier, si j'en parle à ma copine Fatou, elle ira tout raconter à Ma'. Elle ne voudra jamais garder un tel secret pour elle. Peut-être faut-il que je discute avec Badara ? Mais je l'ai aussi traité comme un moins-que-rien. En réalité, je n'ai plus qu'une seule solution : l'avortement. Ça ne m'enchante pas, mais je n'ai plus d'autre choix !

Après quelques jours à pleurer comme une madeleine, j'ai pris ma décision. Il m'est impossible de garder cet enfant.

Je ne sais même pas si après avoir avorté, mon cœur sera apaisé. Je crois que j'ai fait tellement de mal à Charly que le Ciel m'a punie. Je ferme les yeux et j'inspire longuement afin de me concentrer et retrouver du courage. Dans deux heures, tout ça sera terminé.

Je me prépare enfin à sortir, quand j'aperçois mon reflet dans la glace située à l'entrée de mon appartement. Mes yeux se posent sur ce ventre à peine rebondi. Je suis désespérée.

Désolée, petit ange. Je ne vais pas pouvoir te garder. Je te demande pardon mille fois...

J'ai honte de moi. Ma vie n'est qu'une succession d'erreurs. J'enfile mes sandales et j'attrape mon sac à main. Mon téléphone vibre. Qui que ce soit, ce n'est pas le moment. La personne insiste et je décroche nerveusement. En voyant le nom inscrit sur l'écran, je me dis qu'il faut vraiment que je traite mon impulsivité. *Merde !*
— Salut Fatim ! J'ai besoin de te parler.
— Je suis occupée, Badara, je t'appelle plus tard.
— Je sais déjà que tu es chez toi. Je vais monter.
— Je ne suis pas chez moi.
— Arrête, je viens de voir ta voisine, Binta. Elle me confirme que tu es là.
— De quoi elle se mêle, celle-là ?
— Je monte...
Quelques minutes plus tard, Badara sonne à la porte. J'hésite un instant, puis je finis par ouvrir. Alors qu'il apparaît dans le chambranle, mes larmes déferlent sur mes joues.
— Ça n'a pas l'air d'aller...
Ma seule réaction est de me jeter dans ses bras ; c'est exactement ce dont j'ai besoin à cet instant précis. Me sentir protégée et soutenue. On a toujours nos problèmes, mais pour l'instant, j'ai juste envie qu'il me prenne dans ses bras.

Au fur et à mesure, sa présence m'apaise et je parviens enfin
à me détacher de lui.

Je me rends compte que je suis heureuse de le voir. Faut-
il lui dire la vérité ? Et s'il refuse la paternité ? Non, je ne lui
dirai rien du tout. Je préfère encore son ignorance à son refus.
Tout est mélangé dans ma tête ! Je n'en peux plus !

— Tu t'apprêtais à sortir ?

— Waw.

— C'est à cause de moi que tu pleures comme ça ?

— Badara… Je veux que tu saches que ce n'était pas
intentionnel, et que j'aurais vraiment voulu que ça se passe
autrement.

— Que se passe-t-il ma Fatim ?

— C'est compliqué.

— Je t'écoute, dis-moi ce qui te tracasse.

Il prend ma main et la serre fort dans la sienne.

— Je suis enceinte !

La main de Badara se crispe autour de la mienne. En
mon for intérieur, j'espère qu'il va me dire qu'il assume ;
cependant, un silence de mort envahit l'espace. Ne
supportant pas son silence, je dégage sa main d'un geste
brusque et me lève en criant :

— Ne t'inquiète pas ! Je n'attends rien de toi. Tu n'auras
pas à t'en occuper, j'ai rendez-vous dans une heure à la
clinique. J'ai décidé de m'en séparer.

— Quoi ? Mais attends...

— Je vais avorter... Tu ne dis rien ?

— Comment peux-tu me balancer tout ça en moins de
trois minutes et attendre de moi une réponse réfléchie ?

— C'est comme ça, Badara ! Maintenant, laisse-moi y
aller. Je vais être en retard.

★

— Abdé ?

— Oui, ma chérie ?

— Je crois qu'il est temps que tu parles avec ta fille. Cette situation perdure, ce n'est pas bon.

— Laisse-la réfléchir à sa vie. Fatim ne mérite pas qu'on s'apitoie sur son sort.

— Tu es trop dur avec elle.

— Elle a finalement conservé son appartement et sa voiture. Je ne vois pas en quoi je suis dur. Je n'ai rien à lui dire. Si elle veut me parler, elle sait où me trouver.

— C'est notre enfant, Abdé. Je veux retrouver l'unité de la famille.

— Ah, les bonnes femmes !

— Il ne s'agit pas de bonnes femmes, mais de ta famille, Abdé ! La semaine prochaine, j'organiserai un dîner. C'est l'anniversaire de Charles, ce sera l'occasion de tous nous retrouver.

— Fais à ta guise, Bigué !

— Je veux juste faire avancer les choses. Tu verras, tout se passera bien. Je vais demander à Hassan de venir. Fatim n'aura qu'à prendre Fatou avec elle ou je ne sais quelle autre de ses amies. D'ailleurs, ils peuvent inviter qui ils veulent, tant que Charles ne me ramène pas sa petite dévergondée !

— Ton fils ne t'a pas dit ? Il est passé à autre chose.

— Ah bon ?

— Il fréquente la petite qui a eu des problèmes avec Keïta.

201

— Pourquoi ne m'en a-t-il pas parlé ?

— Je crois que ton fils grandit et, pour une fois, je trouve qu'il fait un choix sensé.

— Tu creuses ma curiosité, Abdé. Et toi, comment tu le sais ?

— Je les observe souvent de la fenêtre de mon bureau. Ils passent leurs pauses dans le parc. Je les trouve complices... Enfin, il me semble, hein...

— Mais pourquoi ne me l'a-t-il pas dit ? J'ai hâte de savoir qui elle est !

— Ton fils n'a plus cinq ans, Bigué, il a le droit d'avoir un jardin secret.

— Tu ne peux pas comprendre, Abdé !

— Ah, les bonnes femmes !

★

[CHARLY]

Ce soir, c'est la *fiesta*. Ça fait longtemps que je ne suis pas sorti avec mes amis. Ma' voulait qu'on fête mon anniversaire chez elle, mais la pauvre s'est fait devancer par Hassan qui avait déjà organisé une petite soirée entre potes. J'ai proposé à Kharidja de venir avec nous. Au départ, elle a refusé net. Elle m'a dit que les boîtes de nuit, ce n'était pas pour elle. Heureusement, sa sœur Aïcha a réussi à la faire changer d'avis.

Kharidja est tout l'inverse de moi, elle est discrète — parfois un peu coincée, quand même — et je crois que c'est pour cela qu'elle me plaît. Je passe la récupérer et comme d'habitude, elle est parfaite.

Cette fille a un corps... C'est de la folie !

C'est juste dommage que je n'aie pas le droit d'y toucher. Ce n'est pas l'envie qui m'en manque ! En fait, Kha est le genre de femme qu'on a envie de respecter. Avec elle, je ne peux pas me permettre de jouer.

— T'es toute belle, Bébé !

— Merci Charles, c'est gentil.

— Et moi, je suis comment ?

— Tu es très bien.

— « Très bien » ? C'est tout ? Tu sais combien vaut le costume que je porte, Kha ? Et cette chemise, tu sais ?

— Charles, Charles, Charles… Arrête de te la raconter. Ton orgueil est plus gros que Dakar tout entier !

— Waouh, Kharidja ! On ne m'avait jamais dit ça... Bien joué !

— Il y a un début à tout, mon ami. Dis-moi, as-tu vraiment besoin de tes lunettes de soleil ?

— Oui, ma chère, j'en ai besoin.

— Mais il fait nuit !

— Ça fait partie de mon style, Bébé !

— Faut grandir hein ! T'as plus quinze ans, là... Allez, démarre au lieu de frimer !

— Avoue que tu es pressée de faire la fête ?

— Pas vraiment, c'est pas mon truc. Alors, où est ton fameux club ?

— Je t'emmène à Ngor. On va au Nirvana Club. Tu vas voir, l'ambiance est top.

— Ok... Qui nous rejoint ?

— Hassan et Jessica...

— Wow ! Ça va être tendu, non ?

— Tout ira bien, ma jolie. Il y aura aussi Touré, Mass et leurs copines, Aïssata et Kéwé. Tu vas voir, on va s'éclater.

— Ok ! C'est parti !

— Ah, voilà, Bébé ! J'aime ton état d'esprit. Que la *fiesta* commence !

— Charles ?

— Oui, quoi ?

— Pas d'alcool à gogo, hein ? Promis ?

— Promis, ma chérie ! Je te ramènerai sobre et entière.

— Y'a intérêt !

PARTIE 14

L'AMOUR, L'AMOUR, TOUJOURS L'AMOUR | 2/2

[CHARLY]

La soirée est impeccable, tout se passe dans la bonne humeur. Notre petit groupe fonctionne bien et je vois que Kharidja s'amuse. C'est une sacrée danseuse, elle a bien caché son jeu. J'aime sa manière de s'y prendre avec moi. Elle ne me juge pas, elle m'accepte tel que je suis. Elle demeure persuadée que je n'ai aucun tact et que j'ai un égo large comme l'océan.

Ce n'est une question de point de vue !

J'ai hâte de la présenter officiellement à Ma'. Je suis certain qu'elles vont bien s'entendre, toutes les deux.

— Hey, Charly ! Tu viens danser ? me demande Kha.

— Je termine mon verre et je te rejoins, mon cœur.

La fête bat son plein, même Jessica y met du sien, ce qui est assez rare pour être souligné. Au début, j'étais réticent quant à sa présence. Je ne voulais pas qu'elle vienne. Mais

Hassan m'a convaincu de mettre peu d'eau dans mon vin. Je ne la porte pas tellement dans mon cœur, mais si c'est juste l'histoire d'un soir, je peux faire preuve de tolérance.

À ma grande surprise, le courant passe entre Jess et Kharidja. On dirait bien qu'elles ont enterré la hache de guerre. Ma copine revient de la piste de danse et me souffle à l'oreille qu'elle a chaud. Je lui propose d'aller sur la terrasse pour prendre l'air.

— Ça ira, Charles, je vais juste boire quelque chose de frais et m'asseoir.

— Ok ! Je ne savais pas que tu dansais aussi bien.

— J'adore danser, même si je ne vais jamais dans ce genre d'endroit !

— Me dis pas que c'est la première fois, Kha ?

— Et si ! C'est une première pour moi !

— T'es vraiment atypique, comme nana, mais je t'adore ! Surtout quand tu fais onduler ton corps sur la piste.

— Charles, tu as l'esprit tordu !

— Ben quoi ? J'ai le droit d'apprécier, non ? Je n'ai déjà pas le droit d'y toucher, si en plus, je ne peux plus regarder... Oh non ! Pas ça...

— Quoi ? Qu'est-ce qu'il y a ?

Mon corps tout entier se crispe dans le fauteuil moelleux sur lequel je suis assis.

— Charles, qu'est-ce qu'il se passe ? insiste Kha.

— Ma chérie, là, je pense que l'ambiance va se gâter. Ta chère cousine est dans les parages. Retourne-toi discrètement et regarde !

— Nous avons un problème, déclare Hassan qui a remarqué la présence d'Awa. Je vais aller lui parler. Elle m'écoutera, je pense.

— Laisse tomber, mec, elle va nous faire un scandale...
Mince, alors !

— Je vais y aller, moi. On parle bien ensemble, tu sais ?
propose Jessica.

— Attendons d'abord de voir ce qu'elle va faire. Si elle
nous tape un délire étrange, Charles ira lui parler, décide
Kha. Après tout, c'est lui qu'elle veut.

— Comme vous voudrez, mais j'avoue que sa présence
ne m'inspire rien de bon, répond Hassan, dépité.

— Moi non plus... Je ne parle pas avec cette folle. Allons-
y, on s'en va. Impossible que je reste une minute de plus dans
la même pièce qu'elle, affirmé-je.

— Mais on va où ?

— Je suis certaine que Ma' se fera un plaisir de nous
accueillir, même si c'est tard.

— Comme tu veux, mec ! Après tout, c'est ton
anniversaire, approuve mon meilleur ami.

★

[KHARIDJA]

Décidément, Awa ne nous lâchera jamais la grappe. Je
ne sais pas comment elle fait, mais elle trouve toujours le
moyen de venir troubler notre bonne humeur. À croire
qu'elle possède un radar !

Charles souhaite qu'on s'en aille et moi, je ne suis pas
pour, parce que nous n'avons rien à nous reprocher. Hassan
propose qu'on termine la soirée chez lui pour ne pas embêter
les parents de Charly. Finalement, toute l'équipe adhère et
nous nous levons pour partir. Nous terminons nos verres et

nous dirigeons vers la sortie. Je ne peux m'empêcher de jeter un regard à Awa. Je ne la reconnais presque pas, elle a l'air un peu shootée. Ma cousine fait pitié. Son maquillage est sans finesse et sa tenue trop vulgaire lui donne l'air d'une fille de joie ! Je pourrais avoir de la peine pour elle, mais elle a été tellement méchante avec moi que je lui flanquerais plutôt une bonne gifle. Charles a raison, l'allure d'Awa ne me dit rien qui vaille, il vaut mieux qu'on s'en aille !

— Tiens, tiens, tiens ! Mais quelle jolie surprise ! Le monde est petit, dites-moi.

— Awa, nous n'avons pas le temps, peste Charles.

— Dans tout Dakar, il a fallu que je vous trouve ici…

— Qu'est-ce que tu veux ?

Awa me désigne du doigt, en ignorant Charles.

— Je veux parler à Kha ! Pas à toi, Malik Charles Sylla !

Son comportement est plus qu'étrange. Je ne suis pas certaine qu'Awa soit en pleine possession de ses moyens.

— On y va ! Kha n'a pas de temps à perdre avec elle ! s'agace mon petit ami.

— Je ne t'ai pas sonné, Charly. Je m'adresse à elle !

— Nous n'avons plus rien à nous dire, Awa.

— Je n'en ai pas pour longtemps. Promis ! Cinq minutes, tout au plus, et ensuite, je te laisserai tranquille. Il faut qu'on parle toutes les deux, quémande-t-elle d'une voix mielleuse.

Awa a toujours été spéciale, mais là, elle devient carrément louche !

— Hors de question ! réplique vigoureusement Charly.

— Laisse, Charles. Cinq minutes et on en parle plus, ok ?

— Alors je viens avec toi, Bébé.

— Allons devant l'entrée. On sera tranquilles, dit Awa.

— Je viens avec toi, me répète Charles.

— Je veux parler à ma cousine seule à seule. Je te la rends après, pas la peine de jouer les chevaliers servants !

— Non. Pas question. Tu ne bouges pas d'ici, Kharidja, sinon je viens avec toi !

— Charles, c'est bon. Ce ne sera pas long. Finissons-en !

— Au moindre pépin, tu reviens, ok ? Je ne serai pas loin.

— T'inquiète pas !

— Tu veux qu'on t'accompagne ? Entre filles, ça devrait le faire, propose Kéwé.

— Ça ira. Je règle ça et on y va.

— Je t'aime, Kha, me dit Charly avant de me laisser partir.

— Je t'aime aussi, mon chéri. À tout de suite !

— Comme c'est charmant, il sait dire « je t'aime », maintenant. C'est la meilleure ! s'exclame Awa en roulant les yeux au ciel.

Je laisse ma cousine passer devant moi et je la suis. Nous sommes à l'extérieur, à l'entrée du club. Il y a du passage et les gars de la sécurité sont là ; ça me rassure un peu. Au moins, ici, elle n'osera pas m'attaquer.

— Bon, Awa, que veux-tu me dire ?

— Rassure-toi, je ne serai pas longue. Je veux juste que tu quittes Charly et que tu me laisses une chance de le reconquérir.

— Mais je croyais que tu avais tourné la page ! N'est-ce pas toi qui disais que c'était un sale égoïste et qu'il t'avait fait souffrir ?

— Je l'aime.

— Ok, et après ?

— Et après, tu as jeté ton dévolu sur lui, alors même que je suis ta sœur de sang !

— Awa, tu n'étais plus avec Charles quand je l'ai connu. Et je ne savais pas que tu étais son ex. Tu le sais très bien !

— Écoute-moi bien, je vais te le redire gentiment parce que je crois que tu n'as toujours pas compris : quitte Charly et je te ficherai la paix !

— Tu me fais rire, Awa. C'est de ça que tu voulais qu'on discute ? Bon, je vais m'en aller...

— Je ne rigole pas, Kha ! Si tu continues à jouer l'imbécile, je me chargerai de toi. Il y a d'autres mecs dans Dakar, non ? Tu es obsédée par lui, ma parole !

— Je te retourne la question, Chère Cousine : pourquoi lui seulement ? Awa, je n'ai pas le temps.

— Sépare-toi de lui ou je vais faire de ta vie un enfer. Crois-moi, tu ne sais pas ce qui t'attend, Kha !

— Tu ne te rends même pas compte de ce que tu dis.

— Tu veux insinuer que je suis folle, c'est ça ?

— En tout cas, on dirait bien que tu le deviens, Awa. Désolée, mais ton discours n'a ni queue ni tête.

— La folle ici, c'est toi ! Espèce de voleuse de mari ! Catin !

— Depuis quand Charles est-il ton mari, Awa ? C'était à la mosquée ou à l'église ce mariage ? À la mairie ? Avec de la Kola[10] ou des bonbons ? Ma foi, tu es pathétique, je croyais que tu voulais discuter, mais je me rends compte que tu veux seulement palabrer.

— Pétasse ! Voleuse de mari !

— Tu dépasses les bornes, Awa. Cette fois-ci, je m'en vais !

---

[10] La noix de Kola est donnée à la famille de la femme quand la dot est payée. C'est ce qui scelle le mariage coutumier.

— Tu n'iras nulle part, espèce de sorcière !

En moins de temps qu'il n'en faut pour le dire, Awa m'attrape par les tresses. Elle me frappe avec une violence inouïe. Les agents de sécurité réagissent immédiatement, malheureusement, cette folle m'a déjà asséné plusieurs coups. Je hurle de douleur lorsque je sens la lame froide de son couteau me lacérer le bras. L'équipe de sécurité parvient finalement à la dégager. Ça s'agite autour de moi. J'essaie de rester consciente, mais je sens que je m'en vais...

[CHARLY]

Un cri strident se fait entendre ; apparemment, il faut des secours. Avec Hassan, nous nous précipitons dans le patio. C'est terrible de le dire, mais je crois que c'est Kharidja.

Je n'aurais jamais dû la laisser avec cette folle !

Je suis dans tous mes états. Je ne peux pas croire ce que je vois. Il y a du monde autour d'elle. Je bouscule les badauds pour m'approcher. Kharidja est allongée dans une mare de sang. Elle est presque inconsciente. Je regarde Awa qui se tient debout, toute tremblante. Ses mains et sa robe sont couvertes de sang !

— Espèce de folle ! Qu'est-ce que tu lui as fait ? Qu'est-ce que tu lui as fait, nom d'un chien ?

Je deviens fou. Ma Kharidja, ma beauté ! Je n'ai pas su la protéger.

— Mon Dieu, qu'est-ce que j'ai fait ? Je ne voulais pas !
Ça ne devait pas se passer comme ça. Pardon... Pardon...
Pardon... scande-t-elle frénétiquement.

— Ferme-la, Awa ! Ne t'approche pas.

*Kharidja ! Kharidja ! Reste avec moi Bébé ! Ne m'abandonne
pas ! Reste avec moi, s'il te plaît. Ne t'endors pas, Bébé !*

— T'es une grande folle, *Walaye* ! Faut te faire interner !
Regarde ce que tu lui as fait, panique Jessica.

— Ne pleure pas, mec ! Elle va s'en sortir. Quelqu'un a
appelé les secours ? demande Hassan.

— Oui, ils arrivent ! La police aussi, répond l'agent de
sécurité.

— Je dois prévenir sa sœur ! Mon Dieu, tout est de ma
faute, je n'aurais jamais dû la laisser seule avec Awa. Je
savais... Je vous l'avais dit... J'aurais dû rester avec elle !

L'ambulance arrive assez rapidement. Les soigneurs
mettent Kharidja sur un brancard après avoir vérifié ses
constantes. Je monte avec elle. Mortala et Aïcha me
rejoignent à la clinique. Ses parents aussi. J'ai peur qu'ils
m'en veuillent. J'ai appelé les miens également. Je ne veux
pas être seul face à cette famille. Quelques minutes après
notre départ, je reçois un message d'Hassan qui m'indique
que les policiers ont embarqué Awa au commissariat. Alors
que le véhicule roule à grande vitesse vers la clinique, je me
sens perdu, dévasté. La seule fille que j'aie jamais aimée est
entre la vie et la mort. Par ma faute. J'ai été négligent et
maintenant, elle lutte pour sa vie.

★★★

PARTIE 15

UN REVEIL DIFFICILE

[CHARLY]

Kharidja est au bloc opératoire depuis des heures déjà. Sa famille m'a rejoint dans la salle d'attente. Ses parents ont été très compréhensifs avec moi ; une chance qu'ils aient immédiatement compris la situation. Je me suis senti à la fois soulagé et honteux lorsque sa mère m'a serré dans ses bras. Mes parents arrivent à leur tour, l'émotion se lit sur le visage de ma mère qui remarque tout de suite mes vêtements imbibés de sang. Je la rassure, mais très franchement, j'aurais préféré que tout ça m'arrive plutôt qu'à Kharidja.

Debout dans la salle d'attente, je fais les cent pas.

— Mais que font-ils, bon sang ? Ça fait un siècle qu'elle est là-dedans !

— Calme-toi, Charly.

— Je deviens fou, Ma' !

Aïcha essuie ses larmes et attrape ma main pour m'apaiser.

— *Inchallah*, ça ira. Allez, viens t'asseoir un peu. Tu es épuisé, me supplie-t-elle.

213

— Je ne peux pas.

Au même moment, le docteur Faye vient nous trouver afin de nous partager les dernières nouvelles, qui, malheureusement, ne sont pas bonnes. Lorsqu'il nous explique la situation, la mère de Kharidja s'effondre et sa sœur laisse échapper de puissants sanglots. Moi, je suis accroupi, incapable de dire ou faire quoi que ce soit. Ma' vient me relever et me serre dans ses bras. Elle me glisse quelques mots d'encouragement, avant de me demander d'être fort en désignant du menton la famille de ma petite amie. Ma' a raison. Pour eux, cela doit être plus difficile que pour moi, je dois les soutenir plutôt que de m'apitoyer sur mon sort.

Le temps passe et la situation de Kharidja ne s'améliore pas. La seule chose positive dans cette histoire est que nos mamans sont devenues amies. D'ailleurs, c'est bien dommage qu'elles ne le soient pas devenues plus tôt, parce qu'aujourd'hui, tout ça ne sert à rien. Kharidja est partie.

Bon ok, vous ne comprenez pas. J'en ai peut-être trop dit, ou pas assez. Voilà ce qu'il s'est réellement passé : L'hospitalisation de Kharidja a duré des semaines sans que les choses n'évoluent vraiment. Ses blessures étaient bien plus graves, que nous le pensions. Elle avait des entailles à la tête, au niveau des jambes et la blessure la plus importante se trouvait sur son avant-bras gauche.

Par chance, Kha a eu le réflexe de se protéger, si ça n'avait pas été le bras, elle n'aurait certainement pas survécu.

Sa folle de cousine a bien calculé son coup. Awa s'est complètement défoulée elle.

Malheureusement, Kharidja a dû être amputée de son avant-bras gauche. Trois semaines en soins intensifs et une dizaine d'opérations plus tard, l'état de Kharidja a empiré. Et, malgré les compétences de l'équipe médicale, il y a eu des complications. Les médecins ont décidé que leur travail à Dakar s'arrêtait là. Kharidja a dû poursuivre ses soins à l'étranger. Elle a eu le choix entre l'Allemagne et les États-Unis, et elle a finalement choisi de rejoindre Philadelphie. Mortala a payé une partie des frais, le frère jumeau du père de Kharidja une autre et j'ai aussi participé. Je le lui devais. Elle ne le sait pas et je ne souhaite pas qu'elle le sache. Parce que c'est certain, elle n'aurait jamais accepté mon aide. Sa famille a compris et a conservé ce secret.

Je n'ai pas pu la voir avant son départ. Kha a catégoriquement refusé que j'entre dans sa chambre. Et ça a été comme ça du moment où elle a repris connaissance jusqu'à son départ. Aïcha a bien essayé de la faire changer d'avis, mais son refus était systématique. J'ai longtemps pensé qu'elle m'en voulait, mais sa sœur dit que c'est autre chose. Kha lui aurait dit qu'elle ne m'en veut pas, mais qu'elle me sait porté sur le physique. Elle ne veut pas m'entendre lui dire qu'elle est magnifique et que je l'aime comme elle est. Elle ne veut ni que je culpabilise ni que je me sente obligé de rester à ses côtés. Elle pense que son handicap ne lui permet pas d'être aimée. Elle dit que je finirai par la laisser tomber. Elle veut que je m'éloigne d'elle et elle veut s'éloigner de moi.

Cette tête de mule de Kharidjatou Diakhité ne veut rien entendre. Elle est partie sans que je ne puisse la tenir dans mes bras, sans que je puisse l'embrasser une dernière fois. Et ça, c'était il y a un an, et depuis elle me manque. Je lui écris, mais je n'ai jamais de retour. Je n'ai plus aucun contact avec elle. Les seules nouvelles que j'ai viennent de sa famille. Aïcha et Mortala sont des gens bien. Ils essaient de faire le lien entre Kha et moi, mais la miss fait la sourde oreille. Finalement, je ne veux plus m'acharner, elle a le droit de m'oublier. Oublier cette maudite histoire loin de Dakar ! Et puis je n'ai pas à m'inquiéter, elle n'est pas seule là-bas, il y a son petit frère Amidou. Il veille sur elle et en profite pour étudier.

Je dois l'oublier...

Pour cacher mon chagrin, je me réfugie dans le travail. Remarquez, ça a payé, car aujourd'hui, je suis directeur associé. J'ai obtenu ce que je voulais, c'est vrai ; j'ai enfin le poste à responsabilités qui me faisait rêver, mais ma vie n'est pas remplie. Il y a un vide, et ce vide s'appelle Kha !

Je me rends compte que mon obsession du beau a fait fuir la seule femme que j'aie jamais aimée. Si j'avais été moins porté sur le physique, peut-être qu'elle m'aurait rappelé ? Peut-être aurais-je pu la revoir ? Mais à cause de moi, il n'y a plus d'espoir. Si Kharidja est persuadée que son apparence est plus importante que les sentiments que j'ai pour elle, c'est entièrement de ma faute. Je n'ai pas su lui montrer que je l'aime pour ce qu'elle est. Voilà ce que m'a coûté mon égocentrisme. Pourtant, je me fiche qu'il lui manque un bras, moi ! C'est elle que je veux. C'est elle que j'aime !

Et s'il vous plaît, ne me demandez pas de vous parler d'Awa. Je n'en ai absolument pas envie. Elle me dégoûte à un point... Rien que le fait d'évoquer sa personne me file la nausée ! Qu'elle aille au diable ! Ne me parlez plus jamais d'elle. Pitié !

★

— Allô ?

— Oui, Charly, c'est moi. Ça va ? Ça fait un moment que je ne t'ai pas eu.

— Ça va, Hassan ! Tranquille.

— Dis-moi, mec, tu viens toujours au mariage, c'est demain hein ? Parce qu'on compte sur toi Jessica et moi !

— Oui ! Je suis prêt. Je viendrai avec mes parents.

— Sans Fatim ?

— Tu sais, avec le bébé, c'est un peu compliqué.

— Ok. Ok. Comment va la petite Bigué ?

— Elle pleure en permanence, mais ça va.

— OK. Je te laisse. À demain, alors ?

— Oui, à demain. Ne t'inquiète pas, je serai à l'heure, mon pote.

— J'espère bien, t'es mon témoin !

Depuis l'incident, Charly n'est plus le même. Il refuse de sortir, il travaille vingt-quatre heures sur vingt-quatre et sept jours sur sept. Il m'inquiète. J'essaie de lui remonter le moral, mais rien à faire. Il se terre dans le silence. C'est un autre homme. Charly, l'orgueilleux a fait place à Charly le malheureux !

La seule chose positive, c'est qu'avec la naissance de sa nièce, il a retrouvé le sourire. Il dit qu'il ne laissera aucun

« petit con » s'approcher d'elle. C'est fou de voir à quel point il a changé.

J'espère que demain ça ira. Je sais qu'il sera là pour nous faire plaisir, mais en réalité, il préférerait rester seul chez lui. Avec Jessica, les relations sont plus cordiales. Seule chose, on ne parle pas d'Awa en sa présence. C'est un sujet tabou. Cette folle a eu de la chance de ne pas terminer au cachot ! Tout ça parce que Kharidja a refusé de porter plainte contre sa cousine. Elle a juste demandé à son oncle de s'occuper du cas de sa fille. Il paraît que ce dernier a infligé à sa fille la pire sanction au monde. Il l'aurait envoyée vivre au village avec sa mère. En fait, je ne sais pas ce qui est le pire : la prison ou le fin fond de la campagne ? En tout cas, si c'est vrai, tant mieux, parce qu'elle mérite vraiment d'être punie. Personne n'a le droit de faire ce qu'elle a fait. C'est ignoble et immature. Mais assez parlé d'Awa !

Le plus important, c'est que demain, j'épouse mon âme sœur. Je suis heureux qu'avec Jessica, tout se soit arrangé. On se comprend mieux. Il y a eu du chemin depuis nos fameuses fiançailles... Plus d'une année s'est écoulée et je suis pressé de confirmer notre union.

[AWA]
Région d'Anambé, Sénégal

Je suis fatiguée. Fatiguée de la vie que je mène depuis des mois. Pa' nous a renvoyées, Ma et moi, dans la famille de ma mère. Nous sommes à la frontière du Sénégal et de la Guinée dans une contrée reculée. Maintenant, je sais pourquoi Ma' ne nous a jamais emmenées ici, il n'y a rien à part des cultures agricoles. Pa' a voulu nous punir, nous priver de tout. Mais surtout, nous éloigner de lui et du reste de la famille. Il est resté seul avec Mina, ma petite sœur, et Thierno, mon frère aîné. Il n'a pas supporté d'apprendre la vérité. D'un, le mariage de mes parents est détruit, et de deux, il ne veut plus entendre parler de nous. Mon propre père m'a traité de *sheitan* !

J'ai honte qu'on ait découvert mon secret. Je regrette d'avoir été si loin sans prendre mes précautions. Sur le coup, j'ai eu peur, j'ai pensé l'avoir tuée. Si j'avais su, je me serais enfuie, mais j'étais sonnée. Je n'ai pas pu bouger. Je n'aurais pas dû parler comme je l'ai fait. Le marabout me l'avait pourtant interdit... De toute évidence, je n'étais plus moi-même, j'étais comme possédée. C'est Jessica et Tessa qui m'ont trahie en racontant toute l'histoire aux autorités. Amy n'était pas présente ce jour-là, mais si elle l'avait été, elle aussi aurait témoigné contre moi, c'est certain.

Je les déteste toutes autant qu'elles sont. Bonjour l'amitié !

Je m'y suis mal prise et j'en paie le prix fort. Je n'ai pas respecté les consignes du marabout Diaby et me voilà piégée ici. Je continue pourtant de croire qu'avec Charly on aurait pu être heureux. On formait un beau couple, quand même. Il y avait quelque chose de fort entre nous. Mais Kha a tout gâché. Je n'aurais pas dû l'agresser, c'est vrai, mais elle n'avait qu'à pas me chauffer, cette imbécile ! Elle est trop têtue. Il suffisait juste qu'elle me dise : « Oui, j'arrête », et je passais à autre chose. Mais non, elle a préféré faire sa grande dame et voilà où nous en sommes aujourd'hui...

Quelle garce !

Le pire, c'est qu'elle savait très bien ce qu'elle faisait en refusant de porter plainte contre moi. Elle savait très bien que Pa' nous chasserait. Elle le savait ! Elle le connaît parfaitement. Maintenant, je me retrouve coupée du monde, alors qu'elle se pavane, je ne sais où... J'ai la rage. Le pire dans toute cette affaire, c'est que je suis obligée de travailler dans les champs comme une vulgaire paysanne. Il n'y a pas d'eau courante ici et pas d'électricité non plus. Et il fait un soleil de damnés ! Je n'en peux plus, je veux retrouver ma vie d'avant.

Et comme si je n'avais pas assez de problèmes, Ma' n'est pas en forme. Elle est allongée en permanence. Elle est tombée malade peu après notre arrivée. Et ça fait maintenant, quelques jours qu'elle ne parvient même plus à parler. Le guérisseur que nous avons consulté dit qu'il ne peut rien faire. Il affirme que c'est une histoire de contrat. Je suppose que ça a un rapport avec le vieux Diaby. Franchement, il m'énerve, celui-là, aussi ! Ce vieux crado, avec tout l'argent qu'on lui a laissé... Était-il obligé de lui supprimer la santé en plus de tout ce que nous subissons déjà ?

Charlatan, va !

Je n'ai aucun médicament pour soigner ma mère. Et je n'ai rien pour appeler Pa' et lui dire qu'ici, rien ne va. On est en train de crever ! Il faudrait que je fasse au moins douze kilomètres pour trouver un téléphone. Mais comme je ne connais rien dans ce trou, je n'ai pas envie de me perdre. J'en ai marre de tous ces villageois. J'en ai assez. Je sens que je vais craquer. Quand je pense que Pa' nous a abandonnées au milieu de nulle part, j'ai envie de l'insulter !

Nous n'avons même pas de famille directe dans ce village. Juste un vieux cousin de Ma'. Pa' a dit à ces gens qu'il ne voulait plus jamais entendre parler de nous, que nous étions deux folles sans éducation et que notre place était ici désormais. Il a déclaré que nous n'étions ni de sa famille ni de son sang, et depuis, nous sommes coincées ici. Et ici, personne ne nous respecte. La plupart des femmes nous toisent. Très peu viennent voir si tout va bien. Quand je pense à ce que je pourrais être en train de faire à Dakar, mon cœur se serre. Ici, mon avenir est verrouillé. Je suis prisonnière pour l'éternité.

[FATIM]

— Hello, ma fille ! Ça y est, tu te réveilles enfin ?

— Pourquoi ne la laisses-tu pas dormir, Fatim ? Il ne faut pas réveiller un bébé à tout bout de champ !

— Oui, Ma', mais c'est elle qui se réveille seule. Regarde comme elle est belle !

— Mais c'est normal ! C'est mon homonyme.

— *Ish* ! Je sais pourquoi Charly est si fier : il tient de toi !

— Ne sois pas impolie. Même mariée, je peux te corriger, Fatim !

— Mais où est passé ton humour, Ma' ? On dirait que devenir grand-mère ne t'arrange pas, hein !

— *Tchip* !

— Et dire que j'ai voulu... Je ne sais pas ce qui m'a pris !

— N'y pense plus. Elle est là et c'est le plus important. Vous ne pouvez pas imaginer ce que je ressens quand je vois Ma' avec sa petite-fille. Je suis heureuse et, en même temps, j'ai un pincement au cœur. Que serait-il arrivé si Badara ne m'avait pas arrêtée ce jour-là ?

Je remercie Dieu chaque jour d'avoir fait en sorte qu'il m'aime assez pour me pardonner et m'épouser.

Ce jour-là, il m'a fait asseoir et m'a dit qu'il ne me laisserait pas tomber. Ça n'a pas été facile, mais avec Badara, nous sommes allés voir mes parents. C'est lui qui leur a exposé la situation. Il en a profité pour demander ma main. Et Papa la lui a accordée. Le week-end d'après, nous étions mariés. Les parents de Badara ont été mécontents, car dans nos traditions, un homme n'est pas censé épouser une fille enceinte. Mais nous avons fait ce choix qui me convient parfaitement. Lorsque la petite est née, tout s'est arrangé avec ma belle-famille et avec mon frère aussi. J'essaie de me rattraper et je prends soin de ce dernier.

D'ailleurs, mon frère m'inquiète beaucoup en ce moment. Je pense qu'il aimait sincèrement cette fille, je crois même qu'il l'aime toujours. À cause d'elle, Charly a perdu sa joie de vivre et son assurance. J'espère qu'il va remonter la pente. Ça dure depuis presque un an, il faudrait qu'il tourne la page à présent. Sa vie ne s'arrête pas à cette Kharidja ; lui aussi a le droit d'être heureux. En tout cas, c'est tout le mal qu'on lui souhaite.

★★★

PARTIE 16

ET LA VIE CONTINUE

[CHARLY]

Aujourd'hui, c'est le grand jour pour mon pote Hassan. Après tout ce que notre amitié a traversé, je suis fier d'être son témoin. Mon cœur n'est pas vraiment à la fête, mais pour Jess et lui, je ferai l'effort de m'amuser un peu. Ils ont été incroyablement disponibles et encourageants ces derniers temps. Même Jess, que je trouvais hostile, s'est transformée en une parfaite petite sœur. Sincèrement, je crois que nous sommes tous traumatisés. Mass, Touré, Aïssata et Kéwé... Ce qui s'est passé nous a profondément marqués. Mais le passé est le passé. Kharidja a bien fait comprendre à Aïcha qu'il ne fallait pas que je l'attende.

Elle ne reviendra pas sur sa décision. Je suis triste. Je l'ai aimée dès l'instant où je l'ai vue. Je l'ai respectée. J'ai tout fait pour qu'elle sache qu'elle est spéciale pour moi... Mais visiblement, tout ça ne compte pas. Je n'arrive pas à tourner la page ; pourtant, je dois avancer. Ma' veut absolument me présenter la fille d'une de ses amies ; Mariama et Soda aussi. Je vous jure que les femmes ne me disent plus rien.

Je vais prendre mon temps, maintenant. La prochaine, sera séléctionnée avec le plus grand soin. *S'il y en a une prochaine, bien sûr, parce que ce n'est pas gagné !*

★

La salle des fêtes est pleine. Jess et Hassan échangent leurs vœux devant l'édile. On demande les alliances et le couple se tourne vers moi.

— Pourquoi vous me regardez comme ça, tous les deux ?

— Les alliances, Charly ! me presse Jessica.

— Les alliances ? Quelles alliances ? Tu ne m'as jamais parlé d'alliance, Hassan !

— Non, c'est pas vrai ! T'as quand même pas oublié... ? Charly ! chuchote nerveusement Hassan.

— Mais oui, elles sont là ! Tiens, les voilà ! Je vous ai bien eus, hein ?

— Grandis Charly ! souffle Jessica.

La cérémonie civile prend fin et nous filons prendre le vin d'honneur. Pendant que les invités savourent les amuse-bouches, les mariés prennent des photos. Tous deux respirent le bonheur, ils font plaisir à voir. Jessica est entre le rire et les larmes, et Hassan fier comme un coq. Je me rends compte que Ma' insiste du regard pour attirer mon attention. Je lui fais un signe de la tête pour lui demander ce qu'il se passe. Elle s'approche et me dit :

— C'est elle... C'est elle, la fille de Tantie Fama !

— Je ne suis pas intéressé, Ma'. Je te l'ai déjà dit, non ?

— Mais as-tu vu comme elle est jolie ?

— Oui, mais je ne suis pas intéressé, je te le répète !

224

— Tu ne vas quand même pas rester seul toute ta vie, mon fils ?

— Je ne vais pas rester seul, Ma', ne t'inquiète pas. C'est juste qu'elle, elle ne m'intéresse pas.

— Je ne comprends pas ! Elle est comme tu aimes : belle, grande, le teint noir...

Ma mère va me rendre fou, Walaye ! Quand elle a une idée derrière la tête, elle ne lâche rien ! Je suis certain qu'elle va me poursuivre toute la soirée pour essayer de me caser avec l'une des filles de ses amies ! La pauvre ne comprend pas que mes critères ont changé. Je me fiche qu'elle soit la plus belle, la mieux foutue, la plus tout ce que vous voulez. Je souhaite une femme qui sache ce dont j'ai besoin. Je ne veux plus de psychopathe obsessionnelle et surtout plus d'incidents graves dans mon couple. Quelqu'un que j'aime par-dessus tout. Une personne en qui je peux avoir confiance. Quelqu'un qui soit en mesure de me conseiller, me supporter, me remettre à ma place lorsque c'est nécessaire... J'avais ça avec Kharidja, mais elle ne veut plus de moi.

Et Ma' qui insiste avec la fille de sa copine... Ce qu'elle peut être embêtante !

— Mon chéri, je te présente Rokhya. La fille de Tantie Fama. Je t'ai déjà parlé d'elle, tu te souviens ?

— Salut, Rokhya. Enchanté !

— Enchantée également. Tu m'as bien fait rire avec le coup des alliances !

— Bon, les enfants, je vous laisse discuter ! Hmm ? chuchote Ma' Bigué.

— Excuse ma mère, elle est incorrigible. Elle veut absolument me caser. Aujourd'hui, c'est tombé sur toi. Désolé.

— Ah, mais ne le sois pas ! Moi, ça ne me déplaît pas.

— Ah....

— Oui, elle m'a beaucoup parlé de toi et j'étais d'accord pour te rencontrer ! Elle m'a dit que tu serais là.

— Voyez-vous ça ?

— Dis-moi, tu y vas comment à la salle de réception, Charly ?

— À pied !

— Ah bon ?

— Mais non, j'y vais en voiture, évidemment ! réponds-je, un brin agacé.

— Ça ne te dérange pas si je monte avec toi ? Comme ça, on pourra faire connaissance pendant le trajet.

— Ok, ok. Il y aura aussi mon beau-frère avec moi, mais pourquoi pas ?

— D'accord, je reviens dans cinq minutes, je vais juste saluer quelqu'un et j'arrive, d'accord ?

— Oui ! Mais dépêche-toi, parce que je suis le témoin d'Hassan et je voudrais arriver un peu avant lui.

— Je ne serai pas longue ! Promis.

— Mouais...

Ma' est maline comme tout, elle avait déjà *briefé* cette fille. Par contre, la Rokhya en question parle tellement... Je n'ai absolument pas envie de me la coltiner toute la soirée. Elle me parle comme si on se connaissait depuis des lustres. Elle se croit arrivée à destination, ou quoi ? J'ai pas l'temps, moi ! J'envoie tout de suite un SMS à ma sœur pour qu'elle parle à sa mère, mais elle ne décroche pas :

« Par pitié, Fatim. Dis à ta mère de me laisser tranquille. Qu'elle arrête de jouer les entremetteuses. Je sens que je vais péter les plombs ! »

La réponse de Fatim ne se fait pas attendre :

« Débrouille-toi tout seul, Charly ! Où est passée ta grande bouche ? Je suis en pleine crise avec le bébé. T'as qu'à l'envoyer balader. »

Je comprends que je n'ai aucun allié dans cette affaire et qu'il va falloir semer Rokhya. Nous avançons vers la salle des fêtes. Tout est magnifique. Hassan et Jess entrent dans la salle de réception. L'ambiance est magique ! Je suis installé à la table d'honneur avec les trois autres témoins. Je suis heureux, car cela m'a permis de me débarrasser de Rokhya la bavarde. Parce qu'en plus de trop parler, c'est un véritable pot de colle. Elle m'a tellement saoulé que j'ai menacé Ma' de lui mettre une honte monumentale si sa protégée n'arrêtait pas de piailler.

Après un repas raffiné, les mariés ouvrent le bal. Quelqu'un me tapote sur l'épaule, je me retourne aussitôt et je découvre un petit bout de femme bien apprêtée devant moi. Son visage me dit quelque chose... Mais je ne sais pas d'où je la connais.

— Oui ?

— Bonsoir, je suis Sarama ! Tu ne me reconnais pas ?

— À vrai dire, je n'en sais rien ! Tu me dis quelque chose, pourtant.

— J'étais assistante juridique dans l'entreprise où tu as fait ton stage de fin d'année.

— Oh, c'est pas vrai ! Miss cata ?

— Euh… Si tu pouvais éviter de m'appeler comme ça, ce serait bien !

— Mais oui, je me souviens très bien de toi ! T'as de la mémoire, dis donc !

— Oui, je suis plutôt physionomiste ! Ça te dit de danser ?

— D'accord, si tu ne me marches pas sur les pieds ! Je n'oublie pas que tu es Miss Cata !

— Eh bien, je vois que tu n'as pas changé. Toujours aussi moqueur !

— Et toi, tu te débrouilles pas mal pour l'instant !

— Alors, que deviens-tu, Monsieur le stagiaire qui se la pète ?

— Je travaille chez UMD.

— Ah oui, je connais. Et qu'est-ce que tu y fais ?

— Je suis directeur associé. Je gère le service commercial.

— Ah, mais tu as réussi à faire ce que tu voulais ! Ça te plaît ?

— Ça va ! Je suis plutôt content de moi. Et toi ?

— Je suis juriste, maintenant. J'ai mon propre cabinet.

— Toi ? Un cabinet ? Bon, pourquoi pas ! dis-je en riant.

— Ah, ton arrogance te colle à la peau, à ce que je vois !

— Dis donc, tu es venue me chercher pour danser ou pour me juger ?

— Je vois que tu es toujours célibataire, enchaîne-t-elle.

— Mais ce n'est pas le sujet. Qu'est-ce que ça peut bien te faire ?

— Et il est agressif, avec ça ? Hmm !

— Dites donc, ma petite dame, faudrait pas trop me chercher, hein !

— Bon, reprenons depuis le début. Parce que là, je crois que nous sommes mal partis : « Bonjour jeune homme, je suis Sarama et vous ? »

— Non, mais elle s'y croit ! Ah ! T'es vraiment marrante. Miss, la musique est terminée, t'es gentille, mais je vais retourner m'asseoir. À plus tard ! Ça m'a fait plaisir de te revoir !

— Bonne soirée. À bientôt, peut-être !

— C'est ça, à bientôt !

Non, mais ce soir, elles me veulent toutes... Hassan me suit du regard, alors que je reviens à ma place.

— Toi, t'as la cote, mon Charly !

— Laisse tomber, frère ! Que des relous !

— Fais pas le difficile ! En plus elle, est mignonne Sarama Faye.

— Tu ne vas pas t'y mettre toi aussi ! La fête a bien commencé, je voudrais continuer à en profiter en paix.

— D'accord ! Je te laisse faire le tri. Mais tu as de la chance d'avoir le choix... Sinon, ma préférée pour toi, c'est Sarama !

— Hassan Fall, va t'occuper de célébrer ton union et fiche-moi la paix, je t'en supplie.

Mon ami sourit avant de rejoindre sa jeune épouse sur la piste.

★

[FATIM]

Aujourd'hui, mes copines viennent passer l'après-midi à la maison. J'ai préparé un bon thiep avec Ma' et des gâteaux pour le dessert. Je suis contente de les retrouver pour passer un moment entre amies. Je suis surtout contente de leur présenter ma fille.

— J'ai terminé, Fatim. Je rentre vite, Tata Amalia va passer et je ne veux pas qu'elle trouve la maison vide !

— Ok, Ma' ! Merci pour ton aide. Je vais me débrouiller pour le reste, enfin, si la petite me laisse faire !

— Je t'appelle ce soir, bye ma fille !

— Bisous, Ma' !

Mes amies arrivent par vagues. Il y a aussi deux de mes belles-sœurs, Dina et Dalia. Je ne les connais pas bien, c'est l'occasion de mieux les découvrir. Avec mes beaux-parents, ça commence à aller mieux, mais avec les sœurs jumelles de Badara, c'est le froid polaire. C'est même glacial ! J'espère tout de même qu'on finira par s'entendre toutes les trois.

Nous sommes en plein repas, lorsque quelqu'un frappe à la porte.

— Laisse, Fatim, je vais ouvrir ! dit Fatou.

— Ok ! Merci.

— Regardez qui va là !

— Charly ? Mais entre, viens !

— Toutes ces femmes sont pour moi ? C'est ça ?

— Ne faites pas attention à ce qu'il dit. Mon petit frère s'est toujours pris pour le centre du monde.

— Merci pour le compliment, sœurette ! Je suis le centre du monde, de toute façon.

— Tu viens manger avec nous ?

— Oh, je ne voulais pas déranger. J'étais juste passé voir ma nièce.

— D'accord, mais maintenant, que tu es ici, viens manger. Ne reste pas là ! lui propose Fatou.

— J'arrive, je vais me laver les mains.

— C'est ton petit frère ? s'étonne mon amie Sarama.

— Oui, pourquoi ? Tu le connais ?

— Mais, Fatim, c'est de lui dont je te parlais quand je travaillais chez C&O Associés ?

— Ah bon ?! Mais je ne savais même pas qu'il avait fait son stage là-bas !

— Tu ne sais pas ce que fait ton frère dans sa vie ? me balance froidement Dina, la sœur de Badara.

— Tu sais, Charly est spécial. Il raconte ce qu'il a envie de raconter, dis-je pour couper court à la polémique.

— Ben dis donc ! renchérit-elle, dubitative.

— Il te plaît, Sarama ? l'interroge ma collègue Marième.

— Chut ! Il arrive !

— Viens t'asseoir à côté de Tata Fatou, mon grand !

— Fatou, calme-toi ! Ne commence pas à me chercher. Je sais que tu m'aimes, mais doucement ! Où est Badara ?

— Au travail ! réponds-je. Mangez pendant que c'est encore chaud et Bon appétit !

— Miss Cata ? Mais qu'est-ce que tu fais là ?

— Peux-tu arrêter de m'appeler comme ça ?

— Décidément, tu connais tous les gens que je connais. Comment ça va depuis la dernière fois ?

— Bien et toi, Charly ?

— Tu danses toujours aussi bien ? lui lance-t-il d'un air moqueur.

— *Tchip* !

— Sois pas vexée ! Je suis certain que tu as d'autres qualités.

— Mais pourquoi tu l'appelles « Miss Cata » ? demande Fatou.

— Fatou, t'es trop curieuse, *deh* ! Sarama et moi, on sait pourquoi. Hmm, Miss Cata ?

— Il est infernal, ce mec ! Il y a des claques qui se perdent, se vexe Sarama.

Nous passons un agréable moment avec Charly qui fait sa comédie. Il a passé le plus clair de son temps à taquiner la pauvre Sarama. Mais bon, elle ne s'est pas tant plainte que ça. Je pense que quelque chose se passe entre ces deux-là. Peut-être que je me trompe, mais je ne serais pas étonnée si on me disait qu'ils se voient.

[CHARLY]

— Allô, Charly ?

— Oui, à qui ai-je l'honneur ?

— C'est moi, Sarama !

— Hey ! Mais c'est la Miss Cata ! Comment ça va depuis la semaine dernière ?

— Ça va, merci. Ça te dirait d'aller au restau ce soir ?

— Tu m'invites ?

— Est-ce que ça t'arrive d'être sérieux ? Tu peux essayer juste deux minutes ?

— Euh... Oui ! Je vais essayer ! Mais au fait, comment t'as eu mon numéro ?

— Ben, par ta sœur... Alors, un restau, ça te dit ou pas ?

— Ok ! Ok ! Donne-moi l'heure et je passe te récupérer.

— On dit chez moi, ce soir, à 19 heures ?

— Ok !

— Je t'envoie mon adresse par SMS ! Et s'il te plaît, sois à l'heure, Monsieur Parfait !

— Mouais, c'est ça ! On vous connaît, vous, les filles… T'as intérêt à être prête quand je klaxonnerai ! Sinon, je m'en irai plus vite que mon ombre.

— Tu veux toujours avoir le dernier mot, n'est-ce pas ?

— C'est bien, tu as compris ; tu apprends vite, petite. Allez, Miss ! À ce soir alors !

C'est mon premier rendez-vous depuis plus d'un an, mais Sarama est une jeune femme plutôt sympa. Je l'aime bien. On se cherche, on se taquine, je pense qu'avec elle, au moins, je peux essayer. Je la trouve franche et bien dans sa peau. Elle ne se prend pas la tête et surtout, elle vit au jour le jour. J'ai envie de mieux apprendre à la connaître.

Je sais bien que je suis en train de tourner une page malgré moi et j'ai un peu mal au cœur. Parce que, dans ma tête, dans mon âme, c'est *forever Kharidja*. Je n'arrive pas à l'oublier. Pourtant, la réalité, c'est que Kha et moi, ce n'est plus ça depuis douze mois. Je dois me faire une raison. Cette fois-ci, c'est terminé !

PARTIE 17

SARAMA

[CHARLY]

Décidément, cette Sarama Faye n'a pas froid aux yeux ! J'apprécie son audace et sa spontanéité. Elle a osé m'inviter à dîner, peu de femmes le font. Perso, j'adore ! En revanche, je me demande bien ce que nous allons pouvoir nous raconter va pouvoir se raconter. Je ne connais quasiment rien d'elle et elle, rien de moi. Ça me fait plaisir de sortir, ça va me changer les idées. Ça m'évitera de broyer du noir et de penser à qui-vous-savez... Je ne sais pas trop quoi porter, je ne voudrais pas avoir l'air trop coquet ou trop intéressé. J'opte finalement pour une tenue décontractée.

Une petite veste et des lunettes de soleil viennent parfaire mon look.

Y'a pas à dire, je suis au top !

Après quinze minutes de trajet, j'arrive chez Sarama. C'est incroyable comme nous sommes synchronisés ; elle sort de chez elle au moment où je gare mon véhicule. Sarama marche élégamment jusqu'à ma voiture. Elle me salue d'un ton enjoué. Immédiatement, je démarre. Il y a un moment de flottement, le silence est assourdissant. J'en suis presque gêné. Lorsque je m'arrête au feu tricolore, j'en profite pour la zieuter discrètement. Je la trouve très mignonne, cette demoiselle, par contre qu'est-ce qu'elle est courte ! Moi qui ai l'habitude des grandes femmes, ça me fait tout bizarre. Enfin... Ce n'est pas un problème... C'est juste que je n'ai pas l'habitude.

Je me demande surtout pourquoi je n'ai pas remarqué ça avant !

Les effluves de son parfum vanillé me chatouillent agréablement les narines. Rien qu'avec ça, j'ai déjà une bonne impression d'elle. La voiture roule et la radio déverse son flow. Finalement, c'est elle qui entame la conversation :

— Alors, on dit quoi, Monsieur Sylla ?

— Euh... On dit qu'on est là, hein !

— Je me trompe ou tu as l'air intimidé ?

— Moi, intimidé ? Arrête un peu de me faire rigoler !

— Avoue que tu es un peu intimidé, Charly !

— Alors, excuse-moi de te couper, mais tu te fais des idées, mon p'tit chou !

— Mon p'tit chou... D'accord... Et sinon, comment se fait-il qu'un beau garçon comme toi soit encore célibataire, hmm ?

— C'est un choix ! Et toi ? Que fais-tu toute seule ?

— Le prince charmant m'a oubliée.

— Ah, c'est pour ça que tu m'invites, alors ! Tu sais, je te comprends : si j'avais été une femme, je me serais choisi aussi.

— Mais toi, *Dal* ! Tu as une très haute opinion de toi-même !

— Petite joueuse, va !

— En fait, je cherche juste à te connaître un peu mieux. Le feeling passe bien à chaque fois qu'on se revoit... Même si c'est un peu par hasard ! Et puis tu me fais bien rire.

— Une femme entreprenante, hein... Ça me plaît bien !

— Sacré Charly ! Tu me fais rire, déclare-t-elle en secouant la tête.

— Tu sais ce qu'on dit sur les hommes qui parviennent à faire rire une femme ?

— Je ne sais pas du tout, Charly. Dis-moi !

— « Femme qui rit, à moitié dans ton lit ! »

— *Ish* ! C'est tellement réducteur.

— Oh non, ne me dis pas que tu es féministe !

— Je ne le suis pas. Mais avoue que tu y vas fort ! Donc, comme je ris avec toi, tu me vois presque dans ton lit ? C'est bien ça ta théorie ?

— Ah, Sarama, Sarama, Sarama ! Ne t'offusque pas, mais dans mon lit, tu y es déjà !

— *Thiéééééééé* ! Mais ça ne va pas, non ?

— Ne fais pas semblant d'être offusquée, Sarama, tu es bien plus maline que tu en as l'air. T'as de la suite dans les idées, ma belle ! Je te félicite pour ça... Bravo, fais-je en tapant trois fois sur le volant.

— T'es sûr que tout est connecté dans ton cerveau ? Parce que là...

— Dis donc, on dirait que ça démarre fort entre nous. Et le dîner n'a même pas commencé !

— En effet, ça promet. Donc, c'est à ça que ressemble un rendez-vous avec Charles Sylla ?

— Oui, c'est comme ça. Je te promets que tu ne t'ennuieras jamais. Tu vas voir, on va bien s'amuser !

★

[SARAMA]

Cette soirée, les amis... C'était magique ! Je le trouve génial ce Charly. J'ai ri tout le long du dîner. Et je n'ai surtout pas terminé dans son lit ! Trêve de plaisanteries ; il a beaucoup d'humour. Et bien qu'il soit parfois arrogant, il reste accessible et super intéressant.

Déjà, lorsqu'il était en stage dans mon ancienne boîte, je le trouvais drôle. C'est vrai qu'il se la racontait, mais on voyait très bien que ce n'était qu'une façade. Je crois qu'il est sorti avec une bonne dizaine de filles de cette entreprise. Il se débrouillait toujours pour qu'elles lui courent après. Moi, il ne m'a jamais regardée. En tout cas, pas comme une de ses proies potentielles. C'est vrai que je n'ai pas le physique d'un top model ; je ne mesure qu'un petit mètre cinquante-neuf, autant dire que je n'étais pas vraiment son genre !

À cette époque, nous nous sommes souvent croisés dans les couloirs et bureaux du cabinet pour lequel je travaillais. Malheureusement pour moi, il m'arrivait toujours une bricole. Du coup, il m'a surnommée « Miss Cata ».

Je n'ai jamais su si c'était moqueur ou affectueux. Peut-être était-ce les deux ? Toujours est-il qu'après cette superbe soirée, j'espère le revoir très vite. Il ne se prend pas la tête, il est drôle. Seul bémol : il n'a pas souhaité parler de ses ex. Je n'ai pas insisté, car j'ai senti que c'était un sujet tabou. Je ne cherchais pourtant pas à l'indisposer, c'était juste histoire de savoir comment il avait vécu ses relations précédentes. En tout cas, Charly m'intéresse beaucoup. Je ne sais pas encore si c'est réciproque, mais j'espère en secret qu'on va très vite se revoir.

★

[PA' ADAMA]

— Allô, Adama ? Comment vas-tu ? Je ne t'entends plus ces derniers temps, me demande mon jumeau.

— Ça va, mon frère, par la grâce de Dieu ! Mina et ton homonyme prennent bien soin de moi, mais les nouvelles ne sont pas bonnes.

— Quelles nouvelles ?

— Sokhna est décédée la semaine dernière. Je viens juste de l'apprendre. C'est son cousin du village qui nous a informés. Les enfants sont un peu perturbés, mais ça va. Ils se gèrent. Ils sont grands, maintenant !

— *Layila Mouhamadou Rassouloulahi*[11] ! Que comptes-tu faire ?

— J'ai envoyé l'argent pour couvrir le coût de la sépulture et pour régler les frais qu'ils ont engagés. C'était quand même la mère de mes enfants...

---

[11] Oh mon Dieu !

239

— Quelle histoire ! Et Awa ? Tu la laisses là-bas ?

— Elle a demandé pardon et j'ai accepté.

— Je te comprends...

— Je lui pardonne, mais sa punition reste. Je ne veux pas d'elle ici ! Qui sait ce qu'elle pourrait encore tenter de faire ? Je n'ai plus du tout confiance en elle. Son oncle maternel va trouver un homme à qui la marier. Elle, qui a voulu tuer sa propre *cousine* pour un homme, aura enfin le sien.

— Je te comprends parfaitement, mais je la plains de tout mon cœur ! Toute cette histoire me dépasse, Adama.

— Ne la plains pas. Awa était parfaitement consciente de ce qu'elle faisait. Si tu savais comme j'ai honte aujourd'hui. Bilay *!*

— Il ne faut pas !

— Bien sûr que si ! Nous sommes jumeaux et mon enfant en a voulu à la vie de ta fille.

— Personne chez moi ne t'en veut. Tu es victime autant que nous. Si ce n'est plus ! Ne te torture plus l'esprit avec tout ça. Tu as fait ce qu'il fallait et tu as réagi avec dignité. Si c'est à cause de nous que tu t'inquiètes, alors arrête. N'y pense plus, je te prie !

— Merci, Thierno... Tu sais, j'aimais sincèrement ma femme, lâché-je, démoralisé. Je lui ai tout donné ! Et Awa reste ma fille, même si nous ne pouvons plus lui faire confiance. Je suis obligé de la tenir éloignée. J'en souffre beaucoup, mais ce serait irresponsable de faire autrement. Bon... Je passerai pour vous voir demain. Mina sera avec moi, s'il plaît à Dieu.

— Oui, on vous attend ! *Inchallah* !

— Alors à demain, si Dieu le veut !

★

— Oh, Kha, ma chérie, ça me fait plaisir de te voir ! Comment ça va ? Et Amidou ?

— Je vais bien, merci. Amidou est à son cours d'anglais. Il ne devrait plus tarder à rentrer. Alors, ça pousse ?

— Oui. Bientôt cinq mois !

— Heureusement qu'il y a WhatsApp pour que je voie ton évolution.

— Oui, c'est une chance ! J'ai pris du volume, n'est-ce pas ?

— Ah ça ! Ton bébé va être gros, *deh* !

— Mais ça ne veut rien dire ! Il y a des femmes qui ont des gros ventres et qui accouchent de tout petits bébés, et vice-versa !

— Ça te va bien, en tout cas, tu es toute belle !

— Comment se passe ta rééducation ?

— Disons que c'est épuisant, mais c'est nécessaire.

— Ta cicatrice sur le visage a bien été travaillée. On ne la voit quasiment plus !

— J'ai eu une bonne surprise en enlevant les bandages. L'opération a bien fonctionné. Je retrouve une tête presque naturelle. Je suis contente.

— Moi aussi.

— Pa' et Ma' vont bien ? Et Mortala ?

— Toute la famille va bien. Avant-hier, on a mangé avec Pa' Adama, Mina et Thierno, c'était chouette ! Vous nous manquez tous les deux !

— Vous nous manquez aussi !

241

— Au fait Kha, rien à voir avec tout ça, mais j'ai une information pour toi.

— Oui, dis-moi ?

— Charles va mieux aussi...

— N'insiste pas, Aïcha. C'est mieux comme ça.

— Tu es méchante avec lui, Kha. Tu pourrais au moins lui envoyer un message. Tu pourrais lui dire un mot, même si c'est le dernier, et aussi lui dire que tu ne lui en veux pas. Ça ne se fait pas Kha ! Ce gars pense qu'il est fautif.

— Non !

— Tout ça pour une histoire d'orgueil mal placé. Il s'en fout de ton moignon, je t'assure. Il préfère ça plutôt que de venir visiter ta tombe, tu sais ?

— J'ai dit non. Ne m'en parle plus. De toute façon, je ne reviendrai pas à Dakar. Je pense m'installer ici.

— Tu ne verras pas mon fils, alors ?

— Oh, c'est un garçon ? Mais tu ne me l'avais pas dit !

— Oui, un p'tit mec. Nous sommes aux anges.

— Vous viendrez me rendre visite aux États-Unis ! Comme ça, je le verrai un peu.

— Ne fuis pas Dakar à cause de Charles. Tu te rends compte que ça fait un an et demi ? Il va passer à autre chose si tu ne réagis pas. Il ne t'attendra pas éternellement !

— Je ne fuis pas à cause de lui et je ne veux pas qu'il m'attende.

— Et s'il venait te voir à Philadelphie, tu accepterais de lui parler ?

— Je viens de te dire que non. N-O-N ! Je ne veux plus de contact avec Charles !

— Ta tête est dure comme un caillou, *deh* ! J'espère seulement que tu reviendras sur ta décision.

— Absolument pas, Aïcha !

— C'est dommage, Kharidjatou ! Vraiment dommage !

— Et me parle plus de Charles. S'il te plaît.

PARTIE 18

DILEMME

[CHARLY]

J'ai l'impression d'être quelqu'un d'autre depuis cet événement tragique. Bientôt deux ans. J'avance, mais je n'oublie rien. Je parviens tout juste à reprendre le dessus. grâce à Sarama.

Je l'adore, cette nana !

Elle est espiègle, drôle et spontanée. Je l'apprécie, mais j'avoue ne pas avoir la force de l'aimer autant que Kharidja. Ces derniers temps, mes sentiments se mélangent. J'ai besoin d'y voir plus clair. La seule capable de m'aider est Ma', je décide donc de lui en parler. Dès que j'ouvre la porte d'entrée du domicile familial, ma mère m'accueille avec bonheur :

— Ah, mon Charly ! Tu es déjà là ? Tu as mangé ou pas ?

— Non. Mais je n'ai pas très faim. *Yaay* ?

— Qu'est-ce qu'il y a ? Tu as l'air préoccupé.

— Ma', c'est Kharidja... Elle me manque !

— Je sais, mon fils. Je sais...

— Dans une semaine, ça sera fera deux ans. Elle m'a oublié Ma'. C'est vraiment terminé.

— Je sais que c'est difficile, mais tu en trouveras une autre, mon fils.

— Justement, il y a cette Sarama. C'est une chouette femme, je sais qu'elle attend patiemment que je m'investisse, mais... Ma', j'e n'y arrive pas. Je ne fais que penser à Kharidja !

— Tu sais, l'amour, c'est parfois compliqué. Je crois savoir que Kharidja a peur. J'ai parlé avec sa maman il y a quelques jours et elle m'a dit que c'est très difficile pour elle. Elle est lourdement handicapée. Elle craint pour plus tard. Tu sais comment tu es... Exigeant, perfectionniste... Ça peut la freiner ! Moi, à sa place, je réagirais de la même façon, Charly. Trouve un moyen de lui prouver que tu l'aimes. Ou alors, oublie-la ! Je ne vois pas d'autre solution, mon chéri.

— Elle m'énerve ! Elle a trop de chichis. Pour ça, par contre, elle n'a pas changé ! Ma', si elle ne veut plus de moi, qu'elle me le dise, au moins. Mais là, elle fuit. Elle refuse le dialogue, elle ne veut pas que j'aille la voir. Kharidja est complètement hermétique !

— Elle te fait savoir les choses à sa façon. Ce n'est pas agréable, c'est certain, mais c'est comme ça. Elle a besoin de se refaire loin de tout. Maintenant, de deux choses l'une : soit, tu l'attends encore, en sachant qu'elle ne reviendra peut-être jamais, soit tu laisses une chance à Sarama. C'est à toi de voir, mon fils.

— Je suis perdu...

— Je crois surtout que tu es amoureux. Amoureux de Kharidja, et tu commences à l'être aussi de Sarama. Tu les aimes toutes les deux, mais différemment.

— Oui, mais tu en penses quoi Ma'?

— Moi, je crois que l'amour véritable ne se trompe pas, Charly. Tôt ou tard, tu sauras ! C'est lui qui choisira.

— Pour l'instant, je tourne en rond. Je vivais bien mieux avant de tomber amoureux de Kha.

— *Massa,* mon fils ! Ça ira. Tu feras ce que ton cœur te dictera.

— Alors prie pour qu'il me dirige là où il faut.

— Moi, je prie pour que tu choisisses vite, *deh* ! J'ai trop besoin de mes petits-enfants ! Faut pas trop tarder, hein, Charly ?

— Ma' ! Ce n'est pas drôle !

Parler avec Ma' n'a pas réglé mon problème. Et mon dilemme est plus grand quand j'en parle à mon meilleur ami. Hassan me conseille d'accélérer avec Sarama, tandis que Jessica ne jure que par Kharidja.

J'aurais mieux fait de ne rien dire. C'est bien ma veine !

— Charly, tu ne vas pas l'attendre toute ta vie ! On comprend tout à fait ce qu'elle traverse, mais il ne faut pas qu'elle nous prenne pour des imbéciles, s'agace Hassan.

— Décidément, tu ne comprends jamais rien, toi ! Le problème, c'est qu'elle ne veut pas que tu aies pitié d'elle, Charles. Tu comprends ça, ou pas ?

— C'est n'importe quoi ! Vas-y, mon gars, fonce ! Sarama est là ; elle, au moins, elle sait ce qu'elle veut. Une petite *Go* pimentée comme tu les aimes, il ne faut pas la laisser filer Frérot !

— Hassan, pitié ! Ne dis pas n'importe quoi. Tu vois bien que Sarama aime plus Charly qu'il ne l'aime. Un jour ou l'autre, ça va péter.

— Stop ! Laissez tomber ! Je ne sais pas ce qu'il m'a pris de vous demander votre avis.

— Prends ton avion et va voir Kharidja. Je suis sûre qu'elle t'écoutera, renchérit Jessica.

— Sa sœur m'a assuré que c'était mort. Qu'est-ce que tu veux que j'aille faire à Philadelphie ?

— Mais bats-toi un peu, Charly ! Je ne sais pas, moi. Sers-toi de ton arrogance à bon escient pour une fois. Viens avec moi, nous allons te réserver un billet.

— Pour aller où ? lui demande son mari. Charly ne va pas traverser les océans pour se prendre un vent. Elle ne veut pas lui parler ! Tu piges ou pas ?

— Mais est-ce qu'il a essayé au moins ? Quand on aime, la distance ne se calcule pas.

— Je ne suis pas d'accord, mais comme tu veux, mec. Sérieusement, tu vis en sursis depuis le jour où elle est partie. Elle ne veut rien savoir, alors laisse tomber ! Excuse-moi, ma chérie, mais l'amour, ce n'est pas ça.

— Sur ce point, tu n'as pas tort mon pote !

— Comment ça, il n'a pas tort ? Hassan, c'est pas bien ce que tu fais ! *Walaye,* on va se *fighter* !

— Mec, laisse ! Elle est jalouse parce que je suis sorti avec la sœur aînée de Sarama. Elle n'est pas du tout objective.

— Oh mais je ne veux pas savoir, hein ! Ne me mélangez pas à vos histoires, tous les deux !

— Je ne suis pas jalouse. Je m'en fous complètement ! Je me mets juste à la place de Kharidja. Si ça avait été moi, j'aurais aimé que mon homme me surprenne. Qu'il m'étonne pour que je me dise : « Waouh, il m'aime vraiment, il n'y a pas de doute. » Il n'y a pas d'amour sans preuve d'amour. Et là, tu pleurniches au lieu de te bouger ! Sache que je n'ai pas dit mon dernier mot, Charly ! Parole de Diop, je vais vous étonner !

— Tu t'appelles Fall, maintenant. F-A-L-L ! Jessica Fall, se vexe Hassan.

— *Pschitt* ! Dégage Hassan. Tu m'énerves ! Et cesse de te faire l'avocat du diable, je te prie !

Avec ces deux-là, je suis encore plus divisé. N'empêche que tôt ou tard, il va falloir décider !

[SARAMA]

— Ça va, mon chéri ? Dis donc, t'es pas bavard, ce soir ! On te fait trop travailler chez UMD ?

— Non, ce n'est rien. Je suis juste fatigué.

— Un massage ? me propose-t-elle en agitant ses petits doigts devant mon visage.

— Non merci. T'es gentille !

— Tu te rends compte qu'on est ensemble depuis... depuis... depuis presque neuf mois. Ça me paraît fou !

— ...

— Charly ? Charly, Tu m'écoutes ?

— Oui ! Excuse-moi, j'étais ailleurs, tu disais ?

— Je disais que je ne pensais pas que ça marcherait aussi bien nous deux. Je suis super contente !

— Hmm !

— Hé, oh ! Cache ta joie ! Tu ne sais plus parler ou bien ?

— Je suis fatigué, ma belle ! Je pense que je vais rentrer, je ne suis pas de bonne compagnie ce soir.

— Oh, non ! Reste, s'il te plaît !

— Je vais y aller, ma chérie, je suis HS.

— Dis-moi ce qu'il y a. Je vois bien que quelque chose ne va pas, je te dis que ça fait neuf mois qu'on est ensemble et toi, tu sembles faire la tête !

— Mais non, ma chérie ! Je suis juste crevé.

— T'es content d'être avec moi ?

— Mais oui, Sarama. Pourquoi ne le serais-je pas ?

— Alors, pourquoi tu ne me réponds pas ?

— Saramaaaaaa !

— À chaque fois que je te propose de rester, tu veux t'en aller. Je veux savoir ce qu'il y a.

— Je suis bien avec toi, ma chérie, mais là, je suis fatigué. Y a rien d'autre !

— Je suis frustrée ! Je me donne à mille pour cent et toi... Est-ce que j'ai fait quelque chose de mal ?

— Tu es parfaite, ma petite chérie ! Mais j'ai besoin de me reposer.

— Repose-toi ici, alors !

— Tu sais très bien ce qu'il se passerait et je ne veux pas que ça arrive.

— Mais je te répugne à ce point ?

— Vous, les femmes, vous êtes compliquées *deh* ! Quand on veut absolument coucher avec vous, vous nous traitez de tous les noms, et lorsqu'on veut vous respecter jusqu'au bout, vous commencez à tortiller des fesses !

— Moi, je tortille des fesses ? Je tortille des fesses, Charly ?! hurle-t-elle, hystérique.

— Sa-ra-maaaa !

— Tu ferais mieux de rentrer.

— Te fâche pas, chérie !

— Il n'y a pas de « chérie » qui tienne.

— Bon... À demain alors ?

— C'est ça, à demain !

Charly s'approche de moi, me colle un bisou sur le front avant de s'en aller.

Non, mais il se fout de moi, celui-là ! Comment ça, je tortille des fesses ?

Cette relation ne peut pas continuer comme ça. J'aimerais comprendre pourquoi il ne veut pas s'investir davantage ? Peut-être que Fatim pourrait m'expliquer. Parce que là, je nage dans l'inconnu !

[Le week-end suivant, chez Fatim et Badara...]

— Ta petite Bigué a tellement grandi ! Elle crapahute déjà, cette petite canaille !

— Oui, et moi je suis obligée de la suivre partout. Elle a un sacré caractère.

— Il faut dire qu'elle a de qui tenir, n'est-ce pas ?

— Eh, Sarama, je ne te permets pas ! répond-elle dans un éclat de rire.

— Je t'admire ! Ce n'est pas évident de reprendre son emploi avec un enfant en bas âge.

— Heureusement que Ma' et Mariama sont là, sinon, je ne m'en sortirai pas. Mais je crois que bientôt, ce sera à ton tour, *deh* ! Mon frère va te faire plein de bébés.

— Je ne crois pas !

— Quoi, ça ne va plus ? Je pensais que tout était parfait entre vous deux.

— Ça va, mais Charly ne s'investit pas. En tout cas, pas autant que je le voudrais. Je ne sais pas ce qu'il a. On dirait qu'il s'ennuie avec moi.

— Charly ne s'ennuie jamais, tu sais ?

— Ça ne se voit pas. J'en ai assez d'être la locomotive de ce couple. Si je ne lui propose pas des choses à faire, il ne s'en inquiète pas. Il me traite bien, mais j'ai l'impression qu'il est avec moi sans être avec moi. Je ne sais pas comment t'expliquer.

— C'est un peu compliqué pour lui, tu sais, depuis l'histoire avec son ex.

— Mais ça fait presque neuf mois que nous sommes ensemble. Le passé, c'est le passé, non ?

— Oui, sauf que Kharidja était la femme de sa vie. Je ne devrais pas te le dire comme ça, mais c'est la réalité. Elle est partie sans qu'ils ne puissent se parler. Donc, je pense qu'il a cette sensation d'inachevé. Pour autant, je pense qu'il t'apprécie sincèrement. Sinon, il ne se serait pas encombré avec toi. Fais-moi confiance !

— Je comprends mieux maintenant... Il est encore amoureux d'elle.

— Je ne sais pas si « amoureux » est le bon terme, mais de toute évidence, elle tient encore une place importante dans sa vie. Mais c'est avec toi qu'il sort, ne l'oublie pas !

— Moi, je crois qu' elle compte encore beaucoup pour lui. Je vais devoir m'imposer si je ne veux pas le perdre.

— T'inquiète pas ! Charly sait faire la part des choses. S'il ne tient pas à toi, il te le dira.

—Tu sais, quand je lui dis que je l'aime, il répond « moi aussi » sans conviction.

— Ah ça, c'est du Charly tout craché ! Il n'a jamais aimé quelqu'un d'autre que lui avant Kharidja.

— Mais qu'est-ce qu'elle lui a fait pour qu'il tienne encore à elle après tout ce temps ?

— Je ne t'en dirai pas plus. C'est à lui de t'en parler s'il le veut. Je peux juste te dire qu'elle est partie et qu'elle a laissé un vide. À toi de faire en sorte que ce vide soit comblé. Si tu veux rester avec Charly, reste pétillante et vraie ! C'est ce qu'il apprécie chez toi !

— Je comprends surtout que je suis dans une compétition qui ne dit pas son nom !

— Mais non ! *Relax* ! Tout va bien.

— J'espère...

★

[*AÏCHA*]

Mortala travaille beaucoup moins ces derniers temps afin d'être présent à mes côtés. Ce dernier a été très patient avec moi. Je ne sais pas par quel miracle il y est arrivé, mais il a su me rendre heureuse et amoureuse. Aujourd'hui, nous sommes sur le point d'avoir un bébé. Mes parents sont très heureux et c'est ma plus grande fierté. La seule ombre au tableau est l'absence de Kha.

Nous nous faisons tous du souci pour elle. Ma sœur campe injustement sur ses positions. Parfois, je me dis que cette idiote d'Awa a réussi son coup. Elle voulait les séparer et elle y est trop bien arrivée. J'ai tout tenté pour la raisonner,

253

mais rien n'y fait. Peut-être que Charles et elle n'ont pas d'avenir ensemble, après tout ?

La sonnerie de mon mobile retentit et me tire de ma léthargie :

— Allô, Aïcha ? Je suis Jessica, la femme d'Hassan, le meilleur ami de Charles. Je ne sais pas si tu te souviens de moi, nous avons déjeuné ensemble aux Almadies avec ta sœur, Tessa et les filles.

— Bien sûr. Bonjour Jessica !

— J'ai eu ton contact par Tessa. Écoute, je voudrais parler à Kharidja, pourrais-tu me communiquer son nouveau numéro s'il te plait ?

— Si tu arrives à discuter avec elle, dis-le-moi. Elle ne veut rien savoir de personne. Je ne la comprends plus. Je tente de la convaincre de discuter avec Charles depuis presque deux ans, et elle ne veut rien entendre.

— Justement. Charles est sur le point de passer à autre chose.

— Je le comprends. Qui pourrait lui en vouloir ? Elle le fait poireauter depuis deux ans !

— Je pense qu'ils vont avoir des regrets tous les deux. Je n'ai rien contre sa nouvelle copine, mais je suis convaincue que Charly est avec elle par dépit.

— Qu'est-ce que tu proposes ?

— Je ne sais pas, je voudrais au moins discuter.

— Elle ne veut rien savoir. Elle ne veut même plus revenir à Dakar !

— Mais comment peut-on faire, si elle ne veut pas revenir ? Ça va être compliqué, *deh* !

— Écoute, j'ai une idée. Passe quand tu veux et nous trouverons un moyen de les rabibocher. Et si, après tout ce qu'on fait, ça ne marche pas, alors on les laissera poursuivre leurs vies.

— Je suis d'accord. Forçons le destin.

PARTIE 19

DAKAR BABY !

[SARAMA]

— Charly ? J'ai un souci !

— Ah oui ? Et lequel ?

— J'ai un gros souci avec toi.

— Qu'est-ce que j'ai encore fait ?

— Tu veux savoir ? On vient de manger. On regarde la télé et, comme d'habitude, tu ne me dis rien.

— C'est que je n'ai rien à dire, ma chérie.

— Charly, j'aimerais que tu me proposes des choses à faire de temps en temps. Si je ne te propose rien, il ne se passe rien. Là, par exemple, on a mangé et maintenant, on est calé devant la télé.

— C'est vrai, mais tu as toujours plus d'idées que moi, alors je te laisse faire, me répond-il en souriant.

— Ok. Mais promets-moi de faire un effort.

— Un effort pour quoi faire, Sarama ?

— Un effort pour être plus investi, plus démonstratif ! Plus impliqué...

— J'essaierai.

— Promets-moi que tu vas essayer.

— Sans vouloir te vexer, Sarama, je ne suis pas ce genre de gars.

— Mais je ne te demande pas quelque chose d'exceptionnel, Charly ! Je veux juste que tu t'engages.

— Ce n'est pas vraiment dans ma nature, de faire des promesses !

— Charly...

— Sarama, je suis là, avec toi. On se voit tous les jours ou presque. On sort, on parle, on est bien ensemble. C'est quoi ton problème ?

— J'ai besoin que tu te projettes. Moi, je me projette avec toi, tu sais ?

— Mais arrête de te prendre la tête ! Je suis bien avec toi. Te tracasse pas comme ça.

— Tu ne veux pas te projeter ? Tu ne m'aimes pas, c'est ça ?

— Mais bon sang Sarama ! Pourquoi tu chipotes ? Je suis avec toi, un point, c'est tout.

— Un point, c'est tout. C'est trop facile.

— Laissons-nous du temps. Tout ira bien.

— Tu es encore amoureux d'elle, c'est ça ?

— Mais de quoi me parles-tu ?

Le ton monte et Charly perd patience.

— Tu aimes encore ton ex ! Parce que si ça n'était pas le cas, tu ne serais pas là à tergiverser. Avoue-le !

— Je peux savoir qui t'a donné l'autorisation de parler de mon ex ?

— Tu aimes toujours ton ex, Charly !

— *Arrête ça !*

— Je jure que je vais me tirer !

— Évidemment ! Fuir, c'est bien mieux.

— Si tu veux que je reste, cesse de jacasser pour rien.

— Je ne jacasse pas, j'essaie de comprendre. Est-ce que, oui ou non, tu aimes toujours Kharidja ?

— Ne prononce pas son nom, enrage-t-il.

— Et pourquoi pas ? Parce que, visiblement, c'est elle le problème entre toi et moi.

— On passe une bonne soirée, tout va bien, et il faut que tu viennes tout gâcher ! Tu parles de choses que tu ne maîtrises pas Miss Cata. Cette fois-ci, je m'en vais !

— Donc c'est bien ça... Tu l'aimes toujours ! Mais qu'est-ce qu'elle a de si spécial ? Dis-moi !

— Laisse-moi passer. Je n'ai plus rien à faire ici !

— C'est tout ce que tu sais faire : fuir ! C'est pas juste, Charly !

Furieux, il se lève, enfile sa veste et claque la porte.

[CHARLY]

Sarama et moi sommes brouillés depuis des jours. Je n'ai pas apprécié sa façon d'agir et je ne comprends toujours pas son besoin de fouiller mon passé. Je refuse de lui parler de Kharidja, parce que si je commence à le faire, elle va être jalouse ; et va ensuite me questionner sans arrêt. Elle est comme ça, Sarama.

C'est une juriste, que voulez-vous ? Poser des questions et obtenir des réponses, c'est son métier !

J'admets que j'ai toujours des sentiments à l'égard de Kharidja, mais j'estime l'avoir assez attendu la Princesse. Et Sarama, bien que trop curieuse, ne mérite pas que j'agisse comme un goujat. Je vais me faire pardonner. À mon tour de lui montrer un peu plus que de la sympathie. Demain, je l'emmènerai dîner pour me faire pardonner. Il est temps de nous donner une véritable chance.

★

[KHARIDJA]

Nous volons au-dessus de l'océan et je n'ai qu'une pensée : fouler le sol de Dakar ! Aïcha vient d'accoucher et je suis toute excitée à l'idée de voir mon neveu. Vous devez vous demander pourquoi j'ai changé d'avis. Eh bien, tout simplement parce qu'il y a quelques jours, Jessica et Aïcha m'ont téléphoné. J'ai apprécié qu'elles prennent le temps de comprendre mon point de vue. Je souffre dans mon âme et dans ma chaire. Je suis différente de celle que j'étais. Cette agression a presque anesthésié mes sentiments. J'ai peur d'aimer et surtout peur de ne plus être aimée. Je souffre de voir mon image dégradée. Et je n'aime pas percevoir la pitié dans le regard des gens. Ça me met en colère ! Et Charles aura pitié de moi. Il ne pourra pas faire autrement, je le sais.

Je refuse qu'il ait pitié de moi. D'ailleurs, tout le monde a pitié de la « pauvre petite » Kharidja. Les médecins, mes amis, mes parents... Jessica m'a indiqué que Charles était sur le point de se recaser. J'admets avoir eu un pincement au cœur. Je ne suis pas parvenue à retenir mes larmes pourtant, je préfère qu'il soit heureux avec une autre, plutôt que malheureux avec moi. Je ne corresponds plus à ce qu'il attend d'une femme. Et s'il est heureux avec une autre alors tant mieux.

De toute façon, que pouvait-il faire d'autre ? M'attendre indéfiniment ? Non ! Il a été très patient. Désormais, je vais faire comme Charles. Je vais aller de l'avant pour essayer d'être heureuse.

PARTIE 20

LA BAGUE AU DOIGT

[FATIM]

— Bonsoir mon amour !

— Bonsoir Badara ! Tu as fini tard, aujourd'hui. J'ai essayé de te joindre et je suis tombée sur le répondeur sans arrêt.

— Oui ! Je m'en suis douté. J'étais chez mes parents. Ils souhaitent me voir.

— Rien de grave, au moins ?

— Oui et non. En fait, ils veulent qu'on se marie correctement.

— Parce que nous sommes mal mariés ?

— Mais non ! Je me suis mal exprimé, mon cœur.

— Alors choisis bien tes mots !

— Tu sais que, normalement, on ne se marie pas si la femme est enceinte. Tous les deux, nous avons choisi de nous marier malgré ta grossesse. Alors pour ma famille, notre union n'est pas valable.

— Vous n'allez pas me fatiguer avec vos histoires de tradition.

— Ce n'est pas la tradition, Fatim, c'est la religion. On ne peut pas changer ça.

— Comme tu veux, c'est pareil ! Je ne vois pas en quoi ça les dérange. Ça nous concerne. Je n'ai jamais dit être pratiquante. Donc, à mes yeux, ce n'est pas gênant. Je n'ai fait de mal à personne. Je ne vois pas où est le problème. Et si Dieu m'en veut, il me le dira lui-même au moment opportun !

— Attention Fatim ! Tu es en train de dépasser les bornes.

— C'est ta famille qui dépasse les bornes.

— Écoute ma chérie, faisons comme ils veulent et nous serons en paix.

— Ah ! Mais moi je suis en paix, Badara ! Et puis que je sache, personne n'est dans mon cœur pour juger si je suis droite ou pas. J'assume le fait d'avoir eu un enfant dans des conditions « reprochables » aux yeux de la société. J'aimerais qu'on me fiche la paix.

— Je comprends ton raisonnement, ma chérie. Et tu sais que je t'aime comme tu es. Tu es franche et directe, et ça me plaît. Mais je te demande seulement de faire ça pour moi. Pour nous. S'il te plaît, mon amour.

— Moi qui pensais qu'ils m'avaient acceptée… Pas grave… Je vais en parler à mes parents. Mais je te préviens, ta famille paiera tous les frais. Je ne demanderai rien à mon père et je ne sortirai rien de ma poche. Nous, on a déjà fait ce qu'il fallait. Pour ma part, je suis déjà mariée.

— Ok ! Mais tu te souviens de ce que ton père nous avait conseillé ?

— Oui, il voulait qu'on attende que j'accouche, mais je n'ai pas voulu.

— Nous aurions dû, Fatim !

— Bien sûr que non !

— Nous irons voir tes parents, nous verrons ensuite comment faire, d'accord ?

— Laisse-moi avec tes « d'accord ? ». Je suis en colère et pas d'accord du tout. Un an après, j'apprends que tu ne me considères pas comme ta femme. C'est Merveilleux !

— Tu fais semblant de ne pas comprendre, Fatim. Il faut acheter la paix. Faisons ça pour qu'on nous laisse tranquilles !

— Oui, c'est ça, soyons hypocrites pour être bien vus aux yeux de la société. Il n'y a pas de problème ! J'ai bien compris. Le repas est prêt. Tu n'auras qu'à le réchauffer. Moi, je vais aller me coucher. Bonne nuit !

— Fatim !

— Bonne nuit, Badara.

★

[PA' ABDÉ]

— Et donc, vous allez vous remarier ? questionne mon épouse.

— Oui, ce serait bien qu'on le fasse, dit Badara.

— Quand tes parents t'en ont-ils parlé ?

— Hier soir.

— Je vous avais prévenus ! Fatim, je t'ai conseillé d'attendre. Et comme d'habitude, tu n'en as fait qu'à ta tête. Voilà où nous en sommes maintenant. Ta belle-famille ne te considère pas !

— Tout le monde n'a pas le même degré d'implication dans la religion, Abdé. Ils peuvent aussi comprendre ça. Non ?

— Personnellement, je m'en fiche complètement. Mais je veux que ma famille considère la femme que j'aime. S'il faut passer par là, je le ferai. Et puis ça ne me dérange pas de me remarier. Ce n'est qu'une confirmation, Fatim reste la femme de ma vie !

— Moi, ça m'embête, mais s'il n'y a que ça pour les faire taire… On doit le faire.

— Fatim ! Vivre en société, c'est aussi ça. Tout ne nous satisfait pas, mais il y a des us et coutumes sur lesquels il est difficile de faire une croix. Badara, conviens d'une date avec tes parents. On s'y tiendra. Mais j'exige deux choses.

— Oui, lesquelles Pa' Abdé ?

— Ils veulent un mariage dans la pure tradition, très bien. Que tes émissaires viennent me voir, alors. Et la dot sera à nouveau versée, puisque la première fois, c'était pour un mariage qui n'a pas compté. Pour le reste, je m'en occupe. C'est nous qui recevrons. Notre fille n'est pas un vulgaire paquet que l'on accepte ou que l'on refuse. Il y aura un mariage selon la tradition et nous donnerons une grande réception en votre honneur. Ta mère et moi, on aurait dû faire comme ça dès le départ, au lieu de suivre vos caprices !

— Tout ça me dépasse ! se plaint Fatim.

— Après ça, que je n'entende plus parler de ces histoires de mariage au rabais. Vous entendez, les enfants ?

— D'accord, Pa' Abdé.

— Quant à toi Fatim, il faut que tu apprennes à écouter les conseils qu'on te donne. Nous ne serons pas toujours là pour rattraper les bêtises que tu fais.

— Pa' a raison, Fatim ! Tu es devenue mère, aujourd'hui. Comment vas-tu assurer l'avenir de ma petite-fille si tu ne sais pas prendre les bonnes décisions pour toi-même ? Il faut grandir !

— Bon, je crois avoir tout dit. Je vous laisse. J'ai rendez-vous chez mon médecin. On ne vous met pas à la porte, mais presque ! dis-je, agacé.

— Merci pour tout. On vous laisse vous préparer, répond Badara, surpris par ma rudesse soudaine.

— À plus tard, Pa' !

— Ah, mais vous pouvez rester. Je suis là, moi. C'est lui qui part.

— Ok, Ma', on va rester un peu, ne t'inquiète pas !

[CHARLY]

C'est ce soir que j'emmène Sarama dîner. Il faut bien que j'essaie de me rattraper. À croire que je n'attire que les filles de caractère ; le sien est particulièrement trempé. Elle n'a presque rien dit depuis que je l'ai récupérée. Nous arrivons enfin au restaurant, je la provoque pour la faire réagir. J'ai envie de la voir me sourire, mais elle reste crispée.

— Tu es resplendissante ce soir, ma chérie !

— Flatteur !

— Mais quoi ? C'est vrai, tu es très en beauté. Et j'aime beaucoup cette petite robe bustier, tu as du goût, *deh* !

— Flatteur parmi les flatteurs !

— Mais arrête de faire la tête, quand même !

— Je ne fais pas la tête, Charly !

— Ah bon ? On dirait... Tant mieux, alors.

— Tu es très élégant aussi. Et moi au moins, je suis sincè-re, quand je le dis !

— De toute façon, tu ne peux qu'être sincère, c'est *Armani.* C'est évident que je suis élégant.

— Qu'est-ce qui est *Armani* ?

— Mais mon costard, c'est un *Georgio Armani !* On ne peut pas ne pas être élégant en Armani, Sarama !

— Mais qu'est-ce que t'es vantard, ma parole !

— Ce n'est pas de la vantardise. Je suis élégant de nature et quand j'enfile ce méchant costume, je deviens carrément divin ! Je suis au-delà de l'élégance, ma chérie !

— T'es complètement dingue ! Tu te trouves beau à ce point, et puis tu le dis comme ça... Tu me fais rire, Charly.

— Enfin, tu ris ! Je préfère ça !

— Tu es très orgueilleux, mais très drôle. Il n'y en a pas deux comme toi !

— Ça, c'est évident ! Je suis le seul et l'unique. Je suis Malik Charles Sylla !

— Tu craques complètement Charly !

Sarama a fini par se détendre et nous dînons dans cette ambiance décontractée. Je m'excuse encore pour mon attitude passée, mais je lui confirme que je ne parlerai pas de Kharidja avec elle. De toute façon, mon ex ne vit pas ici et elle n'a donc aucune inquiétude à avoir. Sarama n'est pas complètement rassurée, mais elle décide de me faire confiance. Le serveur dépose nos desserts sur la table et s'en va. Je me lève et fouille frénétiquement mes poches, avant d'en sortir une petite boîte.

— Wow ! J'ai flippé, je pensais l'avoir perdue !

— Mais qu'est-ce que tu cherches comme ça ?

— Je cherche ça !

Je lui présente un bel écrin noir dans lequel est posée une jolie bague en or blanc.

— Oh mon Dieu, Charly !

— Je tiens à toi, Sarama et j'ai pu te paraître désintéressé, mais ce n'est absolument pas le cas. Parfois, je me concentre un peu trop sur moi-même et j'oublie les autres. Je te remercie pour ta patience. Donc, voilà...

— Elle est magnifique, j'adore ! Merci, mon chéri !

— C'est pas grand-chose, mais je voulais juste te l'offrir pour te dire que je vais faire des efforts. Ce n'est pas une demande en mariage, *deh* ! Et il ne faut pas me chauffer la tête avec une date, une cérémonie et compagnie... Ça signifie juste que je suis bien avec toi, et que j'aimerais que ça fonctionne entre nous.

— Je crois que je vais pleurer.

— Tout va bien, ma belle, dis-je en attrapant ses mains dans les miennes.

— Je suis super heureuse, tu sais. J'ai pensé que tu ne voulais pas de moi et que tu n'allais jamais t'investir. Je suis contente, mon chéri !

— Heureux que ça te plaise. L'addition, s'il vous plaît ?

[SARAMA]

Charly m'a surprise avec ce magnifique bijou. Je suis très heureuse de l'avoir quand même. J'avais vraiment besoin de l'entendre me dire ces mots. Charly est à moi et je suis à lui.

Cette bague, c'est bien plus que ce que j'attendais. Ce soir, je suis une femme comblée !

★

[KHARIDJA]

Nous avons atterri à Dakar hier soir. Amidou et moi sommes crevés, mais heureux d'être chez nous. Nos retrouvailles ont été joyeuses et bruyantes. Je ne cesse de serrer Pa' et Ma' dans mes bras, ils m'ont beaucoup trop manqué. En réalité, Personne ne savait qu'on venait, à part Mortala. La surprise a été grande au point que mon père a pleuré ! Dès qu'il a appris mon retour, mon Oncle est venu me voir. Il n'a pas cessé de s'excuser pour tout ce que sa fille a fait, mais je lui ai dit que tout ça est derrière moi à présent et qu'il n'a pas à s'excuser. Il m'a informé du décès de Ma' Sokhna. Personne ne m'en avait parlé. Ils pensaient tous que ça m'affecterait. C'est triste pour Thier et Mina, mais que faire ? Ce qui importe, c'est que notre famille soit réunie.

Ce qui me trouble encore plus, c'est de voir ma sœur avec son bébé. Je porte mon neveu dans les bras et je ne parviens pas à le quitter des yeux. Il est incroyablement minuscule.

— Aïcha, ton fils ressemble tellement à son père ! Tu as admiré Mortala pendant toute ta grossesse ou quoi ?

— Tu trouves ?

— Oh, oui ! Ils ont exactement la même tête !

— En même temps, c'est son père, hein ?

— Je dis juste que tu aurais pu lui donner un peu de Diakhité.

— Oulalala ! Elle est bel et bien de retour, celle-là. Elle va nous fatiguer ici ! Laisse mon bébé tranquille ! râle ma sœur aînée.

— Mais c'est mon fils aussi, non ?

— D'ailleurs, en parlant de ton fils ! Je t'annonce que tu es sa marraine.

— Oh ! Aïcha. Je suis touchée.

— Tu as choisi ta sœur pour marraine ? Mais c'est déjà sa tante, non ? se plaint Ma'.

— Ce n'est même pas mon idée à la base. Tu dois ce choix à Mortala.

— Mais qui est le parrain ?

— C'est Kamil. L'ami d'enfance de Mortala.

Ma' me prend le bébé des bras et l'observe avec fierté.

— Plus que quelques jour avant ton baptême mon bébé. Ce sera une grande fête ! Il y aura du monde, *deh* !

— Pas trop non plus, hein ! proteste Aïcha.

— Mais s'il n'y avait que toi, il n'y aurait personne, Aïcha ! Sur la liste que tu m'as donnée, il n'y a que trente-cinq invités. Qu'est-ce que je vais faire avec trente-cinq invités, moi ? C'est mon premier petit-fils, pas question que son baptême se passe à huis clos.

— *Yaay*, tu ne vas pas ramener tout le quartier, quand même ? s'inquiète Kha.

— Tu ne connais plus ta mère, Kharidjatou ? Elle en est capable...

— Vous ne savez rien des baptêmes. Laissez-moi faire, vous deux. Eh ! Aïcha, prends ton enfant, on dirait qu'il cherche à téter, dit-elle en le remettant dans les bras de sa mère. Mais change-le, d'abord. Sa couche a l'air d'être pleine.

— Ok Chef ! Je vous laisse papoter. Je vais m'occuper de mon fils.

[AÏCHA]

Je suis heureuse de revoir Kha et Amidou. Ils m'ont tellement manqué ! Avant cette tragédie, on n'avait jamais été séparés. J'espère en secret que ma petite sœur aura l'occasion de croiser Charly dans Dakar. Ça va peut-être provoquer un déclic en elle. Même si elle ne le dit pas, je sais que ça lui fait mal de savoir qu'il a quelqu'un d'autre dans sa vie. Je ne sais pas comment ils font pour rester amoureux l'un de l'autre tout en s'ignorant. Jessica a raison : c'est un beau gâchis ! Maintenant, on peut juste espérer qu'ils soient heureux chacun de leur côté.

★★★

PARTIE 21

AU CŒUR DES SENTIMENTS

[MORTALA]

— J'ai entendu ta conversation de l'autre jour sur WhatsApp. Celle avec Jess et Kha.

— Mon chéri, tes oreilles sont partout, *deh* !

— Oh, mais ce n'est pas de ma faute, Aïcha, vous n'êtes absolument pas discrètes !

— Et que voulais-tu me dire à ce sujet ?

— Écoute, je ne sais pas si tu vas aimer ce que j'ai fait, mais j'ai invité Charles pour le baptême.

— Tu as fait *quoi*, Mortala ?

— J'ai invité Charles pour le baptême. C'était avant de savoir que Kharidja serait présente. Je ne savais pas comment te l'annoncer et je ne peux pas lui dire de ne pas venir maintenant.

— *Layilaaa* ! Charles est en couple avec quelqu'un d'autre maintenant. C'est gênant !

— Oui, il me l'a dit.

— Mais comment va-t-on faire ?

— Je ne sais pas toi, mais personnellement, je trouve que Kharidja est dans un bon état d'esprit. Et je crois que s'il vient, tout se passera bien.

— Tu penses ?

— Elle accepte les choses comme elles sont et elle assume. Il l'a attendue et il est passé à autre chose. Ils ont pris chacun leur décision et c'est clair dans leurs têtes.

— Oui, mais la tête, ce n'est pas le cœur, Mortala ! Ces deux-là s'aiment vraiment et ça va se voir ! Tu imagines l'épreuve pour la pauvre copine ?

— Je doute que ça crée un incident.

— Et pourquoi tu ne le rappelles pas pour lui dire qu'elle est là ? *Liiiiii*, Mortala ! Faut pas gâcher le baptême de mon bébé, *deh* ! Ma mère va t'arracher la tête, sinon ! Et moi aussi, par la même occasion.

— Laissons les choses comme elles sont. Et ne dis rien à Kharidja, ni à Jessica, ça la mettrait en porte-à-faux devant Charles et son mari. Nous serons les seuls au courant.

— Je ne sais pas, Mortala, c'est délicat ! Et son amie, la pauvre...

— Mais la pauvre de quoi ? Il ne va rien lui arriver. S'il vient avec elle, nous l'accueillerons convenablement. Kha a déjà accepté que Charles soit recasé, donc pas de problème. Fais-moi confiance.

— Je suis stressée, maintenant.

— Il n'y a que des gens civilisés ici. Kharidja n'est pas Awa. Et, d'après ce que Jessica disait, la copine de Charles est une fille bien.

— Oui, il paraît...

— Alors je compte sur toi pour la mettre à l'aise si jamais il vient avec elle. Et Jessica en fera autant, j'en suis certain. Et puis ce n'est pas Kharidja qui va nous déclencher un scandale.

— *Che*[12]*tetet* ! Ton histoire est risquée !

— Ce sera un bon test pour eux. Ils sauront s'ils s'aiment toujours ou pas. Ce sera bénéfique, tu verras !

— Je ne suis pas tranquille.

— Fais-moi confiance Aïcha. Tout va bien se passer !

[CHARLY]

— Ça y est, tu es prête ?

— Je ne serai jamais prête. On va voir ton ex belle-famille, Charles ! Avoue que ce n'est pas commun.

— Tu vas voir, ce sont des gens bien.

— J'imagine. Mais ça me gêne. Charly, je suis stressée ! Et pourquoi as-tu accepté ?

— Parce que Mortala m'a invité. Il est cool, comme gars, tu verras.

— Ok ! Mais tu ne me laisseras pas toute seule, hein ?

— Mais non, je ne vais pas t'abandonner, ma chérie. Allez ! Dépêche-toi, je ne veux pas être en retard.

— Allons-y... Je ne sais pas pourquoi, je ne le sens pas.

— Regarde-moi, ma chérie ! Tout va bien se passer. Et puis je suis là, moi.

---

[12] Exclamation utilisée pour marquer la stupéfaction la plus totale.

— Bon, Ok, hésite-t-elle à nouveau.

— Un bisou, s'il te plaît, Miss Cata !

Elle me dépose un baiser furtif sur les lèvres.

— Et sinon comment tu trouves mon nouveau *boubou* ?

— T'es Magnifique, comme toujours, sourit-elle.

—T'es pas mal non plus, tu sais !

★

Nous arrivons devant la maison des Thiam et il y a énormément de monde Sarama est super stressée. Avant de descendre du véhicule, je tente de la rassurer du mieux que je peux.

— Oh ! Les grands esprits se rencontrent. Quel *timing* ! crie Hassan qui arrive en même temps.

— Ça va, mec ?

— Si on avait voulu le faire exprès, on n'y serait pas arrivés ! dit Jessica.

— Sarama, en forme ? Tu es toute belle, dis-moi ! la complimente Hassan.

Elle offre un sourire crispé à Hassan pour le remercier.

— Je ne savais pas si tu viendrais, mon frère. T'as plus le temps de me parler ou quoi ?

— C'est vrai. Faut qu'on essaie de se faire un truc.

— En tout cas, je suis contente que vous soyez là, je connais au moins trois personnes.

— Ne t'inquiète pas, Sarama. Ils sont très sympas, tu verras.

Mortala se tient devant la porte d'entrée et nous regarde arriver.

— Charles, mon frère ! Hassan ! Ça va ?

— Ça va, on est à l'heure ? demande mon meilleur ami.

— Oui parfait. Nous allons bientôt commencer.

Nous échangeons quelques mots alors que Mortala nous accompagne jusque dans le grand salon ouvert sur un immense jardin. Leur maison est spacieuse et aérée. C'est magnifique ! J'aimerais beaucoup quelque chose de ce style plus tard...

— Ça va, ma chérie ?

— Ça va, répond Sarama toujours nerveuse.

— Cette maison est juste incroyable ! s'extasie Hassan.

— Ah, mon amour, il faut bien travailler pour m'en offrir une comme ça un jour.

— Un jour, si Dieu le veut, ma poupée ! répond-il à sa femme.

★

[AÏCHA]

J'entends des bruits provenant du rez-de-chaussée ; c'est certainement ma mère, mes tantes et leur groupe de copines. Je me demande bien pourquoi ces femmes ont l'obsession des fêtes grandioses. Mon pauvre bébé ne sait même pas que c'est pour lui. Ça aurait été plus simple de faire quelque chose d'intime. Mais Ma' a déjà tout organisé avec les griots, les musiciens et compagnie !

Sacrée Ma' !

Mon époux entre dans notre chambre, le sourire aux lèvres.

— Alors, ma petite femme est prête ?

— Un peu anxieuse, mais bon...

— Tout ira bien. Et comment va mon fils ?

Mortala avance vers le berceau et prend notre enfant dans ses bras.

— Merci, Aïcha.

— Merci de quoi ?

— Merci de m'avoir donné le plus beau des cadeaux.

Et dire que je ne voulais pas de ce mariage !

Mortala me dit que tout le monde est déjà là et qu'il est temps de rejoindre nos invités. Ma cousine Mina – la petite sœur d'Awa – et Kha descendent avec moi. Je passe ma tête dans la cuisine ; les femmes s'activent pour la préparation du repas et de la bouillie de mil. L'imam attend seulement le bébé pour commencer la cérémonie. Nous activons le pas, pour ne pas trop le faire patienter. Il y a un de ces mondes... Ma' a vraiment vu grand. Je remets mon fils à sa marraine qui le regarde avec beaucoup d'affection. Mon regard s'élève et se pose directement sur Charles Sylla. Le temps d'un instant, je l'avais oublié. Mon cœur bat à cent à l'heure. Kha ne l'a pas encore vu, elle est accaparée par le bébé.

Eh, Dieu ! Faites qu'il n'y ait aucun incident !

Ça y est, il l'a vue... Charles la fixe sans jamais détacher son regard.

C'est trop intense. Je vais mourir sur place !

L'imam entame la cérémonie. Je n'entends même plus rien tant je suis perturbée. Je sors de ma torpeur, lorsque l'Imam prononce à voix haute le nom de mon enfant :

— L'enfant s'appelle « Thierno, Adama, Issa Thiam ».

Mon bébé est baptisé !

★

[CHARLY]

J'hallucine. Cela ne peut être vrai. Ce n'est pas elle... C'est impossible ! Confus, je ne sais plus où poser mes yeux, si ce n'est sur elle. Aurait-elle changé d'avis ? Mon Dieu, mon cœur va cesser de battre ! Hassan et Jessica me jettent des œillades interloquées.

— Charles ? Tu vois ce que je vois ?

— Mec, je ne sais pas quoi dire...

Elle est là. Ma Kharidjatou est en face de moi ! Je la cherche depuis si longtemps et elle est là, devant moi. Ça y est, elle vient de me repérer. Elle répond à mon sourire par le sien. J'ai l'impression de perdre pied. La cérémonie prend fin et les gens se saluent et discutent. Kharidja s'approche de Jessica après avoir rendu Bébé Thierno à Aïcha.

— Viens dans mes bras, petite cachottière ! Tu m'as trop manqué. Mais quand es-tu arrivée ? Pourquoi n'as-tu rien dit ?

— Je suis désolée Jess. Il n'était pas prévu que je vienne. Amidou et moi, on s'est décidés tardivement. Nous sommes arrivés avant-hier soir. C'était une méga surprise !

— Ah, ça, pour une surprise...

— On n'allait quand même pas rater le baptême du bébé ! C'est le premier chez nous, je ne pouvais pas faire ça à Aïcha. De toute façon, Amidou n'aurait pas accepté que je reste seule à Phila, il m'aurait embarqué de force ou de gré, sourit-elle.

— Je suis trop contente. Et puis tu es toute belle ! Il faut absolument qu'on se voie toutes les deux, ajoute Jessica.

— Oh, oui ! Nous avons trop de choses à nous raconter.

— C'est incroyable ! dit Hassan.

— Et comment vas-tu, Hassan Fall ?

— C'est à toi qu'il faut demander ça, Miss Diakhité !

— Je vais bien, merci. Ça se voit, non ?

Kharidja tourne sur elle et rit de bon cœur.

— Salut...

Je sens la main de Samara se crisper dans la mienne.

— Salut Charles !

— Charly ? Tu ne nous présentes pas ? demande nerveusement Sarama.

— J'allais le faire ! Sarama, je te présente Kharidja. Kharidja, je te présente mon amie, Sarama !

— Enchantée, Sarama !

— Enchantée également !

— Si ça ne te dérange pas, j'aimerais te parler, Kharidjatou. On peut se voir cinq minutes en privé ?

— Euh... Oui... D'accord ! Je vais juste voir avec Mortala si nous pouvons utiliser son bureau. Ce sera plus simple. Je reviens !

— Je t'attends.

Sarama me jette un regard plein de doutes.

— Ne t'inquiète pas ma puce. J'ai simplement besoin de lui parler.

— Je te fais confiance, Charly.

Je sais qu'à cet instant, Sarama me ment. Elle est plus inquiète que jamais.

Kharidja me fait signe de loin. Je m'empresse de la rejoindre. Nous entrons dans le bureau et restons un bon moment sans savoir quoi nous dire, alors nous échangeons des banalités :

— Tu as l'air en forme.

— Toi aussi, Charles ! Tu as bonne mine.

— Je ne sais pas par où commencer.

Un silence de mort s'installe à nouveau. Nous n'osons pas nous regarder. Finalement, je décide de briser la glace :

— Kharidja, pourquoi nous as-tu fait ça ?

— Mais Charles...

Sa voix est toujours aussi douce. Je pense à tout ce temps perdu...

— Parle Kharidja ! Explique-moi ! Je n'attends que ça !

PARTIE 22

L'AMOUR, C'EST POUR LES NIAIS ?

[KHARIDJA]

— Alors ? Pourquoi nous as-tu fait ça ?

— C'était mieux ainsi, Charles ! Regarde-moi !

Il s'approche et je retiens mon souffle.

— Tu as souffert, ok, mais tu n'avais pas le droit de faire ce que tu as fait. Sérieux, Kha ! Je suis en colère contre toi. Deux ans ? Tu te rends compte ? Deux années entières !

— Mais tu ne me comprends pas... Regarde-moi bien !

Il m'observe, pose sa main sur ma joue et parcourt mon visage de ses doigts.

— Je te regarde et je te vois. Je ne sais pas ce que tu veux que je voie d'autre.

— Charles !

— Je t'assure, t'es toujours aussi parfaite !

— Et pour mon bras ? Tu dis quoi ? Il est toujours aussi parfait ?

— Tu as une prothèse, et alors ? Ta vie ne se résume pas à ton bras, Kharidja !

— Charles Arrête, s'il te plaît. C'est différent. Toi et moi, savons très bien que c'est ainsi !

— C'est n'importe quoi ! Je ne vois pas en quoi c'est différent.

— Je vais t'assommer avec mon bras, et tu vas voir si ce n'est pas différent !

Il éclate de rire.

— Trouve un autre argument, ma jolie.

— Je suis sérieuse, Charles. Tu vois bien que ce n'est pas pareil !

— Ah, ma Kharidja, tu ne changeras jamais. Tu veux toujours avoir le dernier mot. Viens par-là !

Charles me serre fort contre lui. Son odeur, son regard, sa voix, tout en lui me plaît.

— Tu m'as trop manqué. Je voulais juste te parler, Kha ! T'aurais jamais dû nous faire ça ! Voilà, maintenant...

— Je ne pouvais pas faire autrement. Je ne pouvais pas... Je te le jure !

— Eh ! Eh ! Je vois que tu vas bien et c'est le plus important. Pleure pas, Kha !

— ...

— Si tu savais comme j'ai rêvé de ce moment. Juste de te prendre dans mes bras ! Franchement... Quel gâchis !

Je me retire de son étreinte et j'essuie mes yeux rougis.

— Il faut y aller. Je ne voudrais pas que ton amie s'imagine des choses.

— Ouais...

— Elle est très jolie, en tout cas.

— Oui, c'est vrai ! Mais j'ai toujours eu du goût pour ça, t'es au courant, je crois !

— Comme il est modeste ! Alors, on y retourne ?

— Oui. Mais avant, je veux un dernier câlin. Tu me promets que ça va ?

— Voilà, ton câlin.

— Dis-moi que tu vas bien !

— Je vais bien. Ne t'inquiète pas pour moi.

Il me reprend dans ses bras et me laisse un baiser sur le front.

— Ah ! Ma Kharidja ! Tu restes définitivement ?

— Je suis là pour quinze jours seulement. Ensuite, je rentre à Phila.

— Ok ! Je suis heureux de te voir.

— Moi aussi.

— On y va, ma jolie ?

— Vas-y, je vous rejoins.

— Tu es certaine que ça va ? me demande-t-il une dernière fois en m'attrapant la main.

— Oui, Charles. Vas-y, j'arrive !

J'ai besoin de mettre de l'ordre dans mes idées. Il y a eu comme un courant électrique qui a parcouru mon corps lorsqu'il m'a serrée dans ses bras. Mon cœur bat à mille à l'heure et j'ai senti que le sien aussi tambourinait fort aussi. Je n'imaginais pas nos retrouvailles aussi pacifiques et intenses.

Honnêtement, il m'a manqué. Mais dans ma tête, il n'y a plus de doute possible. J'ai remarqué la bague au doigt de sa copine. Je confirme que désormais, entre Charles et moi, il n'y aura de place que pour une belle amitié.

Mon Dieu, que d'émotions !

Il faut que je redescende, ils doivent tous se demander ce que je fabrique là-haut. J'ouvre la porte et je retourne dans le grand salon en masquant ma contrariété.

— Enfin, te voilà ! On te cherchait pour les photos !
Dépêche-toi ou ça va se faire sans toi !

Nous nous installons devant l'objectif. Charles est là,
avec Hassan et les autres. Il me fixe sans arrêt. J'essaie
d'éviter son regard. Je ne veux absolument pas que Samara
soit mal à l'aise ou qu'elle s'imagine, je ne sais quoi.

C'est compliqué !

— Hassan, Jess, Samara, Charles, venez, photo souvenir,
s'il vous plaît !
— Aïcha, tu aimes trop les photos. Nous sommes
fatigués, *deh* !
— Ma chère Kha, ce jour doit être immortalisé. Quand
bébé Thier sera grand, je les lui montrerai.
— Elle se plaint de Ma' Seynabou, mais elle est
exactement comme sa mère ! râle Mortala.
— *Wallaye* ! Elle est comme Tata en plus jeune ! dit Mina.
— Venez plutôt prendre des photos au lieu de bavarder,
vous autres !

[AÏCHA]

La fête a été grandiose. Mémorable, comme le dit si bien
mon époux. Même les retrouvailles de Charles et Kha se sont
déroulées sans incident. En revanche, je ne sais pas pourquoi
ils essaient de se convaincre qu'ils sont juste amis. Ils sont
amoureux l'un de l'autre et ça se voit comme le nez au milieu
de la figure ! C'est évident pour tout le monde, sauf pour eux.

Que voulez-vous ? Ils ont choisi la raison plutôt que le cœur. Espérons qu'ils n'aient pas à le regretter.

★

[KHARIDJA]

— Salut ma beauté ! On fait comment pour ce soir ? Tu viens manger chez moi, ou on sort un peu ? me demande Jessica au téléphone.

— Ah, je viens chez vous, c'est mieux. Je ne veux pas être dehors trop tard !

— Ok ! Pas de problème, mais tu pourrais passer maintenant ? J'ai hâte que tu me racontes votre conversation d'hier après-midi !

— Là, je ne peux pas, j'ai une petite course à faire, mais promis, je te raconterai ce soir, Jessica.

— Waw d'accord. Alors à ce soir ! Je suis impatiente.

— Tu es trop curieuse, Jess !

— Je sais !

Ce midi, je me rends à UMD. J'ai rendez-vous avec Ma' Soda qui m'a tellement manquée ! Parcourir les couloirs de l'entreprise me rend nostalgique. J'arrive à la porte de mon ancien bureau :

— Salut Ma' Soda! C'est moi !

— Oh, ma fille ! Comme je suis contente ! Ça fait longtemps, *deh* ! [13]*Namoon naa lool* !

— Tu m'as manqué aussi Ma' Soda !

____

[13] Namoon na lol signifie « tu m'as beaucoup manqué ». Littéralement : « J'ai eu ta nostalgie ».

— Alors l'Amérique, c'est comment ?

— Il fait froid là-bas, mais je m'y plais bien. Et puis pour mes soins, c'est le top du top.

— *Layilaaa* ! Qu'est-ce que j'ai pu m'inquiéter pour toi ! Heureusement que ta maman m'informait. Pourquoi ne m'as-tu pas donné de nouvelle, ma chérie ?

Je lui montre ma prothèse et mes cicatrices.

— Ma fille, ce n'est pas une raison.

— Ma' Soda, comprends-moi !

— Tu es en vie, c'est le plus important. Et Charly ? Tu as donné des nouvelles à Charly depuis que tu es ici ?

— Oui. Je l'ai vu hier au baptême de mon neveu. C'était un peu bizarre !

— Il a eu beaucoup de peine, tu sais ? Mais bon, assez discuté de tout ça ! Allons manger quelque chose à la cafétéria. Tu vas me parler de toi et de ta vie là-bas !

Ma' Soda est toujours de bons conseils. Elle me fait la morale sur mon silence et m'ordonne de ne plus jamais la laisser sans nouvelles. Je promets de lui téléphoner de temps en temps et elle m'offre un large sourire.

Notre déjeuner prend fin et je souhaite partir. Tête en l'air que je suis, je me rends compte que j'ai oublié mon foulard et mes lunettes de soleil dans son bureau.

Nous prenons l'ascenseur pour y retourner. Et qui monte au même niveau que nous ? Malick Charles Sylla !

— Bonjour vous deux ! Kha ? Quelle surprise ! Je te vois deux fois en deux jours, ça relève du miracle !

— Bonjour ! Mon grand, rit Ma' Soda.

— Ah, ce Charles ! Toujours le sens de la formule !

— Tu as vu comme elle est radieuse, Charly ?

— Elle est sublime, comme d'habitude ! déclare-t-il en plantant son regard dans le mien.

L'ascenseur monte et s'arrête au niveau de l'étage de Ma' Soda, Charles bloque la porte.

— Tu t'en vas déjà ?

— Je récupère mes affaires chez Soda et je m'en vais.

— Et tu ne comptais pas me voir ? Mais tu es grave, toi ! S'il te plaît, viens discuter avant de t'en aller. Je suis au cinquième. Porte 501-B.

— Ok...

Les portes de l'ascenseur se referment.

— Celui-là, il est toujours amoureux !

— En tout cas, pas de moi !

— Pourquoi dis-tu ça ?

— Il est déjà fiancé !

— N'importe quoi. Je ne crois pas !

— Si, je t'assure ; je l'ai vue hier, sa fiancée !

— Ah, mais ça alors ! Tu m'apprends quelque chose.

— Ma' Soda ! Ne fais aucun de commentaire, Je te prie.

— D'accord, ma fille ! Repasse me voir, avant ton retour aux États-Unis, ok ?

— Oui, promis !

J'arrive devant le bureau de Charles. Ma foi, il a réussi à devenir ce qu' il voulait. Sur la plaque collée à sa porte, est inscrit :

« Malick Charles SYLLA - Directeur Associé »

Je suis contente pour lui, il a tenu le coup et a grimpé les échelons sans passe-droit. Connaissant l'oiseau, on peut dire que c'est un exploit. J'inspire profondément avant de frapper à sa porte.

— Entre, Kharidja ! Je pensais passer ce soir chez ta sœur pour discuter. Ça tombe bien que tu sois ici...

— Je vois que Monsieur Sylla est directeur associé, c'est génial !

— Tu peux t'en féliciter ! C'est grâce à toi.

— Grâce à moi ? Comment ça ?

— Tu m'as sauvagement abandonné et je me suis réfugié dans le travail, pour ne pas avoir à penser.

— Je t'ai déjà dit que j'étais désolée. Je t'ai expliqué pourquoi. Ça ne te suffit pas ?

— Pourquoi tu le prends comme ça ? Je dis juste que c'était un mal pour un bien !

— Hmm ! Si tu veux... Mais je n'aime pas le ton que tu emploies !

— Pourquoi es-tu sur la défensive ? Ça serait plutôt à moi d'être mécontent. Est-ce que je peux te poser une question ?

— Je t'en prie !

— Quand as-tu cessé de m'aimer ?

— Quoi ?

— Tu as très bien entendu ! Quand est-ce que tu as cessé de m'aimer, Kharidjatou ? Parce que je ne vois pas ce que j'ai pu faire pour que tu me traites ainsi.

— Mais Charles ! On en a déjà parlé...

— Non, Kha ! Hier, on ne s'est rien dit. J'ai besoin de comprendre. Tu te rends compte de ce que tu nous as fait ?

— Mais c'est que...

— C'est que quoi ? Je pensais que c'était moi le plus égoïste de nous deux, mais finalement, peut-être que c'est toi !

— Pardon ?

— Tu n'as pensé qu'à toi ! Sans te demander comment j'allais. Sans te demander comment je vivais tout ça.

Il se tait un instant et reprend de plus belle :

— Je n'ai plus eu de nouvelles depuis le jour où tu t'es réveillée. J'ai vécu l'horreur. Et toi, la seule chose que tu sais faire, c'est revenir deux ans après la bouche en cœur en disant : « *Désolée, mais je ne pouvais pas faire autrement* » ? Même prendre ton téléphone pour envoyer un SMS, tu n'as pas pu ! C'est ta sœur qui s'est chargée de me transmettre les informations. Notre très chère princesse Kha ne voulait pas parler ! Tu trouves que c'est normal ? Est-ce que c'est normal ?

Silence...

— Pourtant, la dernière chose que tu m'as dite, c'est que tu m'aimais aussi. Alors, je veux comprendre, Kharidjatou ! Explique-moi, maintenant. J'ai tout mon temps. Il n'y a pas d'invités, pas de baptême, juste toi et moi.

Charles se place devant moi et croise les bras. Je sens qu'il ne me laissera pas partir sans sa réponse.

— Je ne sais pas par où commencer. Je...

— Par le début, Kharidja ! J'attends...

— J'ai eu peur...

— Mais encore ?

— Mais rien, laisse-moi ! De toute façon, tu es fiancé maintenant. Alors, à quoi bon remuer le passé ? La page est tournée. Donc, cette discussion n'est pas nécessaire et...

— Mais tu rigoles…

— Laisse-moi finir, Charly ! Je t'ai écouté, alors écoute-moi ! S'il te plaît... Je ne veux pas qu'on se fâche. On peut rester en bons termes ! Je ne vois pas l'intérêt de remuer le passé.

— Je tiens à te signaler que je ne suis pas fiancé !

— Et la bague, alors ?

— *Roooh* ! Avec vous, les filles, c'est toujours ça. Ce n'est pas une bague de fiançailles ! Je te répète que je ne suis pas fiancé ! Je t'écoute : dis-moi pourquoi, Kharidja ?

— J'ai eu peur, Charles. J'ai eu peur ! Et puis peu importe, tu es en couple de toute façon !

— Tu n'as rien compris ! lâche-t-il en colère. Tu me parles d'être amis ! Mais je ne veux pas être ton ami, Kharidjatou ! Je veux être l'homme de ta vie !

— Arrête de crier sur moi !

— Alors ?

— Mais attends...

— Non ! Non ! Je n'attends plus, je n'ai fait que ça, attendre ! Je suis fou amoureux de toi. Et toi, tu fais semblant de ne rien comprendre, tu fais semblant de ne rien voir. Je meurs d'amour pour toi et toi, tu fais l'idiote. Regarde ce que tu nous as fait, Kharidja ! Regarde dans quelle situation nous sommes ! Je t'aime, Kharidjatou Diakhité. Est-ce que tu comprends ça, au moins ? J'en ai assez de tes conneries. Assez de tous tes chichis !

Je n'ai pas le temps de répondre, car Charles se saisit de mon visage et m'embrasse fougueusement. Je refuse de le laisser s'emparer de moi :

— Je ne veux pas créer de tort !

— Je sais ce qu'il me reste à faire.

— Ne la quitte pas !

— Si tu promets que tu ne m'aimes pas, je n'en ferai rien !

— Je ne peux pas, Charles ! Je ne peux pas ! sangloté-je.

— Bébé !

— Je ne veux pas causer de tort !

— Laisse-moi faire ce que j'ai à faire... Il faut que tu comprennes que je t'aime sincèrement, Kharidja. Imprime ça dans ta tête et dans ton cœur : je t'aime !

[CHARLY]
Une heure plus tard...

— Et donc, tu l'as embrassée ? me questionne Hassan. Mais t'es fou, ma parole ! Et que vas-tu dire à Sarama ?

— La vérité !

— *Popopopopo* ! Ah, mec ! Là, t'es dans la merde ! s'inquiète mon ami.

— Et que veux-tu que je fasse d'autre, Hassan ? Sarama ne mérite pas ça, je le sais.

— C'est pas possible !

— Qu'est-ce qu'il y a ? demande Jess en voyant son mari s'agiter au bout du fil.

— Mais il l'a embrassée !

— Qui ça, Kharidja ?

— Mais oui, qui veux-tu que ce soit d'autre ?

— Cool ! Elle est en route pour chez nous. Elle va tout me raconter. Oh la la !, je le savais !

— Mec ! T'es toujours là ? vérifie Hassan.

— Oui. Je suis arrivé devant chez elle. Souhaite-moi bonne chance !

— Tu vas en avoir sacrément besoin, mon pote !

Sarama, est toute heureuse de me voir, m'offre un large sourire en ouvrant la porte.

— Salut mon chéri ! Ça va ?

— Oui et toi ?

— Oula ! T'as l'air fatigué, toi. T'as eu beaucoup de travail aujourd'hui ?

— Pas plus que d'habitude !

— Je me suis mise sur la terrasse. Il fait bon ce soir. Tu viens ?

— Hmm !

— Moi aussi, je suis fatiguée. Tu vois, je crois qu'on a vraiment besoin de vacances. Alors j'ai réfléchi, et j'ai enfin trouvé notre future destination ! Tu vas adorer : regarde !

— Sarama ?

— Oui ? Ben, pourquoi fais-tu cette tête, Charly ?

— Aujourd'hui, j'ai embrassé Kharidjatou.

— Ah...

— Je veux être honnête avec toi. Je sais que ce n'est pas agréable à entendre, mais je l'ai fait.

— Tu l'aimes toujours, n'est-ce pas ?

— ...

— Charly, tu l'aimes toujours, c'est ça ? Oh mon Dieu... Pourtant, hier, tu m'as encore rassurée !

— Je sais, mais je me mentais à moi-même, Sarama ! Je...

— Oh, non !

— Je te demande pardon, Sarama !

— J'ai vu comment tu la regardais...

— Pardonne-moi !

— Tu l'aimes, c'est évident et elle aussi, lâche-t-elle en sanglotant.

— Sarama, je...

— Tu sais, Charly, je sais distinguer l'amour véritable de l'amour tout court. Je suis sûre que tu m'aimes et je sais que tu es sincère. Mais ce n'est pas assez face à Kharidjatou... Ça transpire dans ton regard, dans ta façon de lui parler. Tout s'explique pour moi ! Tu dois t'écouter. Ne t'en fais pas pour moi. Ça ira.

— Sarama, je ne sais pas quoi te dire. C'est vrai que je t'aime. Je te jure que je t'aime.

— Je le sais. Mais avec elle, c'est différent.

— Hmm…

Sarama colle sa tête contre ma poitrine.

— En tout cas, je te remercie d'avoir été honnête. Ça prouve au moins que tu me respectes.

— Je te devais ça ! Tu es une fille extra.

— Oui... Extra, mais pas assez bien pour toi !

— Ne dis pas ça !

— C'est dur, tu sais. Parce que j'ai voulu y croire. Au fond de moi, je le savais. C'est de ma faute, j'ai insisté.

— Ne pleure pas, s'il te plaît !

— Veux-tu récupérer ta bague ?

— Bien sûr que non. Elle est à toi. Je l'ai choisie pour toi.

— Hmm...

— Je te demande sincèrement pardon, ma belle !

— Bon... Merci d'être passé me voir, Charly. J'ai besoin d'être seule maintenant.

— Ok... Je m'en vais.

Je lui dépose un baiser sur le front avant de partir.

— Au revoir, ma Miss Cata. Prends soin de toi.

— Au revoir.

J'ai mal. Sarama ne méritait pas ça. Je l'aime, mais je me rends compte que ce n'est pas du même amour qu'avec Kharidja. Et j'ai merdé avec cette affaire de bague, un bracelet, un collier ou des boucles d'oreilles auraient largement suffit. Je lui ai donné de grands espoirs sans vraiment m'en rendre compte.

À quoi, je pensais sérieux ?

Je dois admettre que malgré tout, je me sens soulagé. Je vais pouvoir reprendre ma relation avec Kharidja. Je vais tout faire pour la rendre heureuse. J'ai trop patienté, trop galéré, trop souffert pour laisser filer à nouveau. Je sais ce que vous pensez : « Charly ne disait-il pas que l'amour c'était pour les niais ? ». Mais oui, l'amour rend niais. Je confirme que je suis niais ! Je suis devenu l'homme le plus niais de Dakar. Et je dirais même plus : je suis niais, et j'assume au-delà de tout ce que vous pouvez imaginer !

PARTIE 23

KHARIDJA & MOI

[CHARLY]

— Allô Hassan ?

— Salut mec !

— Ça y est, je sors de chez Sarama. Je lui ai dit !

— Waouh ! Tu lui as avoué ?

— Oui, tout.

— Oh, la pauvre Sarama ! Elle était folle de toi.

— Mais elles le sont toutes, tu le sais bien !

— Toi et ton égocentrisme, là... *Tchip* !

— Non, mais c'est vrai ou pas ? Elles me veulent toutes, Hassan ! La seule qui fait des chichis, c'est celle que je veux absolument. C'est à n'y rien comprendre !

— Je t'avais bien dit que tu tomberais sur un os.

— *Walaye* ! Un os très dur, même ! Maintenant, il faut que je la voie.

— Si tu la cherches, elle est ici.

— Comment ça ?

— Elles ont prévu un dîner entre filles ce soir. J'ai même été chassé du séjour, Jessica m'a condamné dans notre chambre. Dieu merci, il y a la télé !

— J'arrive ! Comme ça, je la ramènerai chez elle.

— Ah, ça m'arrange, mon pote ! Viens vite, je t'attends !

★

[SARAMA]

J'en étais sûre ! Dès que j'ai vu son regard se poser sur elle, j'ai su. J'ai su qu'entre ces deux-là, ce n'était pas encore terminé. Pourtant, en sortant du baptême de ce petit, nous avons beaucoup discuté, Charly et moi. Il m'a dit que c'était terminé entre eux. Qu'il n'y avait plus rien à faire et que, quoi qu'il arrive, Kharidja repartirait aux États-Unis. Il m'a dit de ne pas m'inquiéter.

J'ai voulu y croire, mais au fond de moi, je savais déjà que ça se finirait comme ça. Je ne lui en veux pas, je lui souhaite d'être heureux, mais en attendant, moi, j'ai mal ! Je pensais vraiment pouvoir faire son bonheur. J'aurais préféré qu'elle ne revienne pas. J'ai envie de la détester, mais je n'y arrive pas. Qu'est-ce qu'elle y peut, si Charly l'aime autant ? Mon téléphone sonne et me sort de ma torpeur. Je réponds à Fatim, j'ai besoin de parler :

— Salut future belle-sœur ! On dit quoi ?

— Il m'a quittée, Fatim ! Ton frère m'a quittée !

— C'est pas vrai ?

— Je te jure, Fatim !

— Mais non ! Il ne peut pas avoir fait ça ! Il y a quelques jours encore, il me disait que tout se passait bien avec toi.

— C'était vrai jusqu'au retour de son ex.

— Alors là, je suis sans voix. Et depuis quand est-elle revenue celle-là ?

298

— ...

— Te mets pas dans cet état Sarama. Ne pleure pas, on va arranger ça. Je t'aurais bien proposé de venir te voir, mais il se fait tard. Et avec le bébé...

— Ne t'inquiète pas, ça va passer. Il me faut juste le temps d'encaisser la nouvelle. Ton frère vient à peine de me l'annoncer !

— Sinon, viens dormir à la maison. Ce n'est pas bon de rester seule, dans cette situation.

— C'est gentil, Fatim, mais je préfère rester chez moi ce soir. Je passerai demain, *Inchallah* .

— Tu en es sûre ?

— Oui.

— *Massa* ! Essaye de dormir un peu.

— Ok.

— À demain Sarama. *Bye* !

★

[PA' ADAMA]

— Thier ? Mina ? Pouvez-vous venir, s'il vous plaît ?

— J'arrive, Pa' ! Je termine juste d'étendre le linge, répond Mina.

— Pa', que se passe-t-il ? Tu me fais peur avec ton air sévère !

— Attendons d'abord ta sœur !

— D'accord !

— J'arrive ! J'ai presque fini.

Quelques minutes plus tard, Mina nous rejoint dans le salon.

— Voilà... Votre sœur Awa attend un enfant de son mari.

— Ah ! Parce qu'elle est mariée ? Eh ben, tant mieux pour elle.

— Ne m'interromps pas Thierno. S'il te plaît ! Je disais qu'elle attend son premier enfant et que la grossesse se passe mal. Le cousin de votre défunte mère m'a appelé pour me dire que son cas est compliqué. Elle a besoin de soins appropriés. Elle voudrait venir se faire soigner à Dakar. Mais...

— Je t'arrête tout de suite, Pa' ! Awa est ta fille et tu as le droit de faire tout ce que tu veux pour elle. Personne ici ne t'en voudra. Mais personnellement, sa vie ne me concerne plus. Elle n'a jamais eu de remords pour tout ce qu'elle a fait à Kha ! Kha est notre sœur, notre propre sang ! Je n'ai plus aucune confiance en elle, et qui sait ? Elle a peut-être une dette envers ce sorcier de Diaby... Je ne voudrais pas être sacrifiée.

— Je comprends Mina. Mais...

— Sans vouloir te couper la parole Papa, Awa n'est pas fiable, sœur ou pas, je ne veux pas d'elle ici. Puisqu'elle a un mari, qu'il prenne soin d'elle !

— Mina, il faut que tu comprennes Pa'. C'est sa fille. Il demande seulement...

— Excuse-moi, c'est son enfant chérie qui lui a gâché la vie ! Elle a choisi le mal. Qu'elle reste avec son mal là-bas !

— Donc toi, Mina, tu ne veux pas qu'elle revienne ?

— Sa place est là-bas ! Dans le village de sorciers de sa mère. *Tchip* !

— Reste polie ! Il s'agissait de ta mère aussi !

— Mais oui, défends-les tant que tu y es ! J'en ai assez entendu. Tu n'es pas intervenu pour ta femme, alors n'interviens pas pour sa fille ! Et, sache que si tu la fais revenir dans ta maison, je m'en irai vivre chez ton frère, hors de question que je reste ici. Je ne veux plus jamais la revoir. Enceinte ou pas, elle reste Awa. Elle ne changera pas.

— Pa' ? Pourquoi veux-tu la faire revenir ? m'interroge Thierno.

— Je voulais surtout votre avis. J'hésite...

— Même si Mina est dure dans sa manière de dire les choses, elle n'a pas tort. En plus, on n'a rien fait quand on a appris que Ma' était malade. Alors pourquoi agir pour Awa ?

— Je ne vous ai pas tout dit. Il faut que vous sachiez que j'ai envoyé de l'argent pour les soins de votre mère et elle a été aidée. J'ai aussi pris les frais des obsèques à ma charge. Seulement, il aurait fallu faire plus et l'envoyer dans un hôpital. Mais votre mère était trop faible pour supporter un long transport. J'ai souvent été en contact avec le médecin de leur dispensaire. Il m'a confirmé qu'à part soigner la douleur, il n'y avait plus rien à faire. Elle était condamnée. Mais Awa ne l'est pas. C'est pourquoi je voudrais l'aider.

— Très sincèrement, je ne sais pas si Dakar est la bonne destination. Je pense qu'on pourrait envoyer Awa dans l'hôpital d'une ville voisine, mais pas ici. Elle est trop dangereuse !

— Tu as peut-être raison, je vais y réfléchir mon fils. Et tu as raison, il y a d'autres villes que Dakar pour son suivi.

— Et puis elle a un mari. C'est lui qui doit gérer ça pour elle. Elle n'est plus sous ta responsabilité.

— Ah ! Thier ! Quand tu auras des enfants, tu comprendras qu'avoir un enfant, c'est une responsabilité à vie !

★

— Ah, te voilà enfin Charly ! Tu en as mis, du temps !

— Je ne savais pas que tu m'attendais avec autant d'impatience, Hassan ! Elles te martyrisent ou quoi ?

— Oui, et maintenant que tu es là, je vais enfin pouvoir sortir de la chambre, dit-il en sautillant.

— Charly ? Toi là, tu es impatient comme jamais ! rit Jessica. Tu n'as pas pu attendre un peu.

— Moi, impatient ? Mais c'est une blague Madame Fall ? Je l'ai attendue deux ans. Maintenant qu'elle est là, je la piste. Je ne veux pas qu'elle disparaisse à nouveau.

— Pourquoi es-tu si bête, Charles ? souffle Kha.

— Jessica, tu pourrais m'inviter à entrer au lieu de me bloquer sur le palier comme un indésirable !

— C'était une soirée entre filles ! Pas une soirée entre couples. Vous êtes énervants, franchement. Hassan, c'est toi qui lui as dit de venir, n'est-ce pas ?

— Ah, mais ne t'inquiète pas, on va vous laisser tranquilles. Quand vous aurez fini de bavarder, dites-le-nous. Nous allons dans la chambre d'amis.

— Non ! Je préfère que vous alliez dans le salon et nous dans la chambre. Nous n'avons pas fini de discuter !

— Je peux ?

— Tu peux quoi ? me demande Jess.

— Juste la prendre dans mes bras avant que vous ne partiez vous cacher pour vous raconter vos secrets, comme deux ados ?

Je serre fort Kharidja contre moi. Et je l'embrasse dans le cou.

— Bon, ça y est ? Tu as eu ce que tu voulais, non ? Laisse-nous passer, *Ish* !

Une fois les filles parties, nous nous retrouvons entre potes.

— T'es un grand malade ! Donc, tu vas l'embrasser et la serrer dans tes bras à chaque seconde ?

— Je suis raide dingue de cette meuf ! C'est un truc de fou. Il faut que je l'épouse !

— Mais ne dis pas de conneries ! J'ai manqué de m'étouffer, râle-t-il en toussant... Tu veux l'épouser ? T'as jamais voulu épouser qui que ce soit !

— Elle, si. J'avais dit que je ne croyais pas en ces choses-là, mais Kha m'a fait mentir, Hassan.

— Non, mec, t'es sérieux ou pas ?

— On ne peut plus sérieux ! Il faut que je l'épouse. Il faut que je la garde près de moi. Il faut que je lui fasse plein d'enfants. Il faut que je fasse ma vie avec elle, elle m'obsède !

— Mais elle est au courant ? Non, mais Charles, arrête... Tu me fais rire !

— Ne ris pas, Hassan ! Elle et moi, on n'a pas besoin de se parler tant que ça. Elle le sait. Je ne peux pas t'expliquer comment, mais elle le sait. C'est comme si nous étions connectés.

— Charles est amoureux... On marche sur la tête, là ! C'était inespéré. Et donc maintenant, tu comprends ce que je te disais sur l'engagement ?

— Pire ! Je *vis* ce que tu me disais. Par contre, je ne sais pas comment je vais faire pour calmer mes ardeurs, elle me fait un effet monstre. Donc, avant que je ne lui saute dessus tel un lion affamé, vaut mieux que je fasse les choses dans les règles. Il faut que je la demande en mariage. Je ne sais pas encore comment, mais je dois le faire vite. Je veux la respecter jusqu'au bout. C'est ma reine, Hassan !

— Ta reine ? T'as de la fièvre, Charly ? se moque mon meilleur ami.

— Je vais très bien.

— T'es sûr ? Parce que je ne te reconnais pas du tout.

— Je suis fait comme un rat, mon frère ! Elle m'a pris au piège.

[Pendant ce temps, dans la chambre de Jess et Hassan…]

[JESSICA]

— Je sens qu'il y a de l'amour dans l'air... Tu nous as changé notre Charly !

— Il est tellement chou ! Tu sais, il est plus vulnérable qu'il ne le laisse paraître.

— Moi, je l'ai toujours détesté ! Jusqu'au jour où j'ai vu cette fragilité. J'ai compris que son arrogance n'était qu'un moyen détourné de se protéger. Depuis qu'il t'a revue, ses yeux pétillent à nouveau. Mais toi, Kha ? Où en es-tu ?

— Je me rends compte que je l'aime aussi, mais je suis inquiète, quand même. Tu vois, il y a Sarama. Je trouve que ce n'est pas très sain, tout ça. Ça me rappelle un peu l'histoire avec Awa. Deux filles pour un gars... Et le même gars, en plus !

— Ah, mais je t'arrête tout de suite ! Tu n'es pas au courant ?

— Au courant de quoi ?

— Il revient de chez elle. Il a mis fin à leur relation, et tout ça pour toi. Il n'y aura pas de ménage à trois. Et puis Sarama n'est pas Awa !

— Oh, je suis super gênée ! Tu vois... J'arrive comme un cheveu sur la soupe et ça lui cause du tort. J'ai honte !

— Tu parles ! Charly n'était pas à fond, c'était plutôt elle qui l'était. Il avait fait un stage dans la boîte dans laquelle elle travaillait. Puis, plusieurs années plus tard, ils se sont revus à notre mariage. Sarama est une amie d'Hassan, leurs familles se connaissent bien. Elle a eu le béguin pour lui et elle l'a entrepris.

— On dirait que tu ne l'apprécies pas beaucoup.

— Si, je l'aime bien. C'est une chouette fille seulement, je ne voulais pas qu'elle pique ta place ! Si je peux me permettre un conseil : ne laisse plus filer Charly.

— Hmm !

— Bon, qu'est-ce qu'on fait ? On va manger le dessert avec les garçons ?

— Oui, on doit leur manquer !

★

[CHARLY]

— Enfin, vous avez terminé ?

— Eh oui ! On s'est tout dit, répond Jess à son mari.

— Dire que tu nous as virés de tes fiançailles... Et voilà qu'aujourd'hui, vous êtes copines !

— Hey Allah ! Il a le don de parler uniquement des choses qui fâchent. Il est pénible !

— Mais quoi ? C'est vrai ou pas ?

— Juste, tais-toi, Charles ! Nous n'avons pas envie de nous souvenir de tout ça, me gronde Kharidja.

— Pourquoi t'es comme ça, Charly ? maugrée Jessica.

— Bon ! Bon ! Excusez-moi !

— Tu es tellement maladroit, mec ! ricane Hassan.

— Il n'a aucun tact. Il sort tout ce qui lui passe par la tête, sans filtre ! ajoute Kharidja.

— T'exagères mon amour ! Viens par là !

— Il ne va plus te lâcher, *deh* ! déclare Jess en riant.

Si vous saviez, Je suis l'homme le plus heureux du monde. J'ai passé une superbe soirée ! Je retrouve enfin Kharidja. Quand je l'ai raccompagnée chez sa sœur, nous avons beaucoup discuté. Énormément ! Je sais aujourd'hui que j'ai trouvé la femme de ma vie. Le seul souci, c'est qu'elle est à Dakar pour quinze jours seulement. J'aimerais la convaincre de rester, mais elle dit qu'elle a encore besoin de soins. Apparemment, sa prothèse est provisoire. Il lui en faut une autre plus perfectionnée.

Mais l'amour à distance, très peu pour moi ! Je la veux tout près de moi. Pour l'instant, je vais profiter de sa présence et me mettre en congé. Elle m'a trop manqué. Oui, je sais, vous vous demandez si c'est bien moi qui écris. Je confirme que c'est bien moi. Attention ! Je me trouve toujours aussi canon et intelligent, mais aujourd'hui j'ai un petit plus : je suis amoureux. Ce sentiment nouveau a chamboulé ma vie !

★

[FATIM]

— Ton frère aime sincèrement cette fille. Si tu voyais comme il la regarde...

— J'imagine. C'est bien la première fois qu'il aime quelqu'un d'autre que sa propre personne. J'adore mon frère, mais plus égoïste que lui, on ne fait pas.

— Toi, tu ne la connais pas, sa Kharidja ?

— Non, parce qu'à l'époque, je n'étais pas proche de Charly. Nous étions très fâchés. C'est à la suite de l'agression de Kharidja que nous nous sommes rapprochés. Et puis il y a aussi eu ma grossesse et la naissance de Bibi. Donc j'en ai beaucoup entendu parler, mais je ne l'ai pas encore rencontrée. Je sais juste qu'il était vraiment mal quand elle est partie. Je ne l'avais jamais vu dans cet état.

— Ça ne m'étonne pas !

— Je trouve que c'est injuste pour toi. Il aurait dû la laisser tomber après tout ce qu'elle lui a fait endurer.

— Tu dis ça parce que tu ne les as pas vus ensemble. Eux deux, c'est une évidence.

— Et alors ? Ce n'est pas une raison pour te lâcher comme ça. Il était bien content que tu sois là, dans sa vie. Il l'avait presque oubliée ! Et puis moi, je sais qu'il t'aime aussi.

— Oh mais je n'en doute pas ! Seulement, ce n'est pas comme avec elle !

— J'en veux aussi à cette Kharidja. On ne revient pas pour gâter les couples des autres. Elle a laissé la vie de mon frère en friche. C'est injuste !

— C'est vrai que c'est injuste ! Mais ton frère est amoureux d'elle. Et, toi comme moi, on n'y peut rien. Il a quand même été honnête. Il aurait pu continuer à jouer avec moi.

— Honnête de quoi ? De rien du tout ! Si elle n'était pas revenue, vous auriez continué tranquillement ! Elle a saboté votre histoire, cette chipie égoïste.

— Les sentiments ne se commandent pas, Fatim.

— Tu devrais te battre, il était à toi hier encore. Elle a disparu pendant deux ans, donc je ne vois pas au nom de quel droit, elle peut le récupérer comme ça, sans avoir à lutter !

— Ah non ! Je ne vais pas courir après un homme qui ne veut pas de moi. Je ne m'abaisserais jamais à ça !

— Moi en tout cas, je n'aurais pas cédé aussi facilement ! En tout cas, Charles va m'entendre ! Kharidja ou pas, ce qu'il a fait ne se fait pas. Faire ça à ma petite Sarama... Hmm ! Il n'avait pas le droit !

★★★

PARTIE 24

ENTRE SECRETS ET REGRETS

[KHARIDJA]

— T'es déjà là ? Tu m'avais dit dans une heure, non ?

— Oui, je sais, mais j'avais hâte de te retrouver, mon cœur.

Charly me prend dans ses bras et essaie de me voler un baiser.

— Charles Sylla, il ne faut pas traumatiser mon neveu, un peu de retenue, quand même !

— C'est juste un bisou. Et cet enfant a quelques jours à peine. Avoue que tu préfères ton filleul à moi ?

— Peut-être bien !

— C'est vrai qu'il est mignon ce bébé, mais tu ne trouves pas qu'il est gros ?

— Ne parle pas de lui comme ça ! Il est plus beau que toi !

— Hey ! Kharidja, personne n'est plus beau que moi, ok ? Même pas ton petit père en couche-culotte.

— Parfois, je me demande si tu as toute ta tête, Charles.

— C'est pas de ma faute si je suis magnifique ! D'ailleurs, je compte sur toi pour me faire des bébés aussi beaux que je le suis !

— Quelle modestie, mon vieux ! Je sens que je vais te mettre à la porte, M. Sylla.

— Blague à part Kha, si je demande ta main à ton père et qu'il accepte, tu me diras oui ?

— Euh ! C'est quoi cette question ?

— Réponds.

— Ben, euh... Tu me prends de court, comme toujours.

— Je suis sérieux ! J'aimerais que tu deviennes ma femme. Ce n'est pas une demande officielle, je veux d'abord que tu me dises si tu es d'accord... Tu te verrais passer ta vie avec moi ?

— Oui, mais pas tout de suite, Charles.

— Alors je demanderai ta main à ton père avant ton départ.

— Charles ! Pourquoi es-tu si pressé ? Je ne vais plus m'envoler, tu sais.

— Ah non ?

— Promis, je ne m'envolerai pas. Je veux bien devenir ta femme, mais pas tout de suite ! Il me reste encore quatre opérations à subir. Je voudrais attendre que tout ça passe pour que je puisse définitivement tourner la page.

— J'attendrai le temps qu'il faudra, mon cœur. Surtout si tu me promets de revenir de temps en temps, parce qu'avec mon travail à UMD, je ne pourrai pas me déplacer souvent.

— Je comprends.

— Tu imagines un peu ? Nous deux, mariés. C'est comme un rêve, non ?

— Je ne sais pas si je vais réussir à te supporter toute ma vie, *deh* !

— Bien sûr que tu vas me supporter. De toute façon, tu n'auras pas le choix !

— Oh, mais si, j'ai le choix ! Mais est-ce qu'au moins tu en as parlé à tes parents ?

— Évidemment ! ils sont au courant et ils sont très contents. Il faudra qu'on passe chez eux. Ma' a hâte de nous voir ensemble.

— D'accord, mais je ne veux pas qu'on se précipite. On a le temps, ok ?

— Moi, je ne sais pas si je vais arriver à attendre encore deux ans. Je vais patienter, mais pas des siècles, Kha. Il faut quand même que... Bon... Je suis un homme, tu vois ! Et tu m'as mis à la diète, là !

— Chaque chose en son temps, Charly ! Je t'assure qu'après mes opérations, on fera ce qu'il faut. Promis.

— Je peux avoir un avant-goût ?

— Un avant-goût de quoi ?

— Ben, tu sais...

— Charles Sylla, arrête ça !

— S'il te plaît ?

— Mais non ! les avant-goûts ne font pas partie de mon éducation.

— C'est de la torture, *way* !

— Je pense que tu es fou, je ne sais même pas quoi répondre à ça.

Charles a de gros problèmes, il a tellement l'habitude que les femmes cèdent à ses avances qu'il ne se rend pas compte de ce qu'il me demande. Ben alors là, il peut toujours attendre ! Je l'aime beaucoup, mais il y a des règles, des traditions, et je souhaite les respecter. Ce qui est positif en revanche, c'est qu'avec Charles, c'est comme avant.

Le temps n'a pas altéré notre complicité. J'ai aimé que Charles m'accueille les bras ouverts, malgré ce que je lui ai fait vivre. Il m'émeut, ce garçon.

Si on regarde en surface, il n'est pas très intéressant, il peut même paraître vide et arrogant. Mais dans le fond, c'est un garçon charmant.

Je l'aime comme il est, même si j'admets volontiers que bien souvent ; il me rend dingue. Je craignais qu'il éprouve de la pitié à mon égard et c'est tout le contraire. Je le sens fier et heureux d'être à mes côtés et surtout, je me sens normale à travers son regard. Nous deux, c'est à la fois facile et compliqué. C'est le genre de relation à laquelle on ne s'attend jamais. C'est tellement profond. Tellement intense.

Je ne sais pas comment on va gérer l'après-Dakar, mais ce qui est certain, c'est que je rêve d'une vie avec lui.

Rien que d'y penser, mon cœur palpite.

[FATIM]

— Tu attends quelqu'un, Fatim ? demande Sarama.

— Non ! Badara a peut-être oublié ses clés ? Attends, je vais ouvrir.

— Charly ? Mais qu'est-ce que tu fais là ? Je te croyais au bureau !

— Oui, je sais, Fatim, je voulais juste te présenter quelqu'un.

— Entre alors ! Ne reste pas dehors.

— Voilà, Fatim, je te présente Kharidja !

— La fameuse Kharidja ! Ça, pour une surprise, c'est une surprise. Enfin, je te vois ! Ça tombe bien.

— Bonjour, je suis contente de pouvoir mettre un visage sur ton nom.

— Badara n'est pas là ?

— Non, je suis seule ; enfin, pas complètement, je suis avec Bibi et Sarama.

— Sarama ? Mais qu'est-ce qu'elle fait là ? chuchote mon frère.

— Tu oublies que c'est mon amie. Elle a tout à fait le droit de venir me rendre visite.

— Ouais, bon...

— Allons dans le salon.

— Ça va ? demande Charly à voix basse à Kharidja.

— Oui, ça va aller ! chuchote-t-elle.

— Charly et sa copine sont là !

— Je vois ça, répond Sarama, très gênée.

— Bonjour Sarama, je ne savais pas que tu étais là, fait Charly en lui claquant une bise.

L'ambiance est très tendue. Sarama a l'air en colère.

— Je vais vous laisser, déclare cette dernière.

— Non, reste ! Comme ça, on va pouvoir tout régler maintenant, déclaré-je.

— Wow, wow, wow ! Régler quoi d'abord ?

— Tu n'as pas été élégant avec Sarama. Tu l'as dégagée brusquement et je ne trouve pas ça normal.

— Écoute, Fatim, c'est gentil de vouloir m'aider, mais ça ne concerne personne d'autre que Charly et moi.

— Fatim ? C'est quoi ça ? me demande Charly.

— Non, mais je trouve que ça s'est terminé un peu brusquement. Mon amie ne mérite pas ça, surtout qu'elle a toujours été là pour toi, elle !

— Je vais être clair : je ne veux pas d'embrouilles. Si tu comptes faire des histoires, alors on préfère s'en aller. Sarama, on a déjà eu notre explication, mais si tu as besoin de plus, fais-le-moi savoir.

— Non merci, Charly ! Tout est clair pour moi aussi. Je n'ai rien de plus à te dire. Je suis désolée. Fatim, arrête, s'il te plaît ! C'est vraiment gênant.

— Charly, Sarama est trop polie pour te confronter, mais tu as abusé. Je me permets de te le dire parce qu'elle ne le fera jamais.

— Sarama, qu'est-ce que tu lui as raconté ? Je pensais avoir été honnête et respectueux.

— Rien de spécial. Et je le répète : je n'ai rien à te dire de plus. Fatim, ce n'est pas bien de faire ça ! Je ne t'ai rien demandé, moi... Mon Dieu !

— Olala ! souffle Kharidja.

— Je suis confuse... Charly, Kharidja... Je vous souhaite une bonne continuation.

— Mais Fatim ! Qu'est-ce qui te prend ? fulmine Charly alors que Sarama vient de quitter l'appartement.

— Écoute, Kharidja, je n'ai rien contre toi, mais je trouve quand même étrange que Charly chasse Sarama en deux secondes juste parce qu'il t'a revue ! C'est injuste. Je voulais vous le dire, voilà tout !

— Je suis venue te présenter Kharidja ! Donc respecte-la. Ne me parle pas de mon histoire avec Sarama, ce n'est plus d'actualité.

— Laisse, Charles. Ce n'est pas grave !

— Bien sûr que si !

— Je dis juste que pendant que ta Kharidja faisait la muette, c'est Sarama qui a pris soin de toi. Drôle de façon de la remercier.

— Tu ne peux pas te taire deux minutes et faire un effort ?

— Si ça ne te dérange pas, je crois que je préfère m'en aller, Charles.

— Bravo, Fatim ! Bravo ! Continue comme ça et tu vas faire le vide autour de toi. Si Sarama ne t'a rien demandé, pourquoi agis-tu de la sorte ?

— Mais...

— Viens, mon cœur ! On s'en va. J'en ai assez de cette langue de vipère.

— Charly, attends !

Il claque la porte et s'en va. Vu leurs réactions, je suis peut-être allée trop loin. Sarama n'était pas contente et Charly, pire encore. Je trouve quand même qu'il exagère. Maintenant, il va promener sa Kharidja comme un trophée dans tout Dakar ? Je ne comprends pas pourquoi il la met sur un piédestal. Cette fille ne me plaît pas, mais je ne veux pas perdre mon frère une deuxième fois. Cette fois-ci, il ne me le pardonnera pas !

★

[AWA]

Je n'en peux plus de cette grossesse. Je suis mariée à un homme d'une cinquantaine d'années que je n'aime pas. Il s'appelle Mor Tine ! Il est bon avec moi, sauf que je suis sa quatrième épouse.

Tu parles d'une vie. Moi, Awa, quatrième femme d'un vieillard !

Mon Dieu ! Je suis tombée bien bas. Et voilà que je me retrouve enceinte de ce villageois qui ne m'intéresse absolument pas. Je pleure chaque jour que Dieu fait. Je sais que tout se paie ici-bas, et c'est sûrement ma méchanceté d'autrefois qui se retourne contre moi. Le plus dur, c'est que ma propre famille me rejette. Je me sens seule. Mor est très gentil, c'est vrai, mais il ne m'est d'aucune utilité. Je comprends peu à peu ce que Charly ressentait quand il disait ne pas m'aimer. Franchement, j'ai été idiote de croire que je pouvais changer ses sentiments. Tout comme Mor est idiot de croire que je serai amoureuse de lui un jour. Son discours positif m'ennuie à mort.

Je veux simplement retrouver ma vie d'avant. J'ai compris la leçon. Je ne toucherai plus au maraboutage ! Parce que ça fait plus de deux ans que je pourris dans ce trou aride, et je veux vivre ! J'espère que Pa' aura pitié de moi. Lui, au moins, il répond aux messages que tonton Moktar lui envoie pour moi.

J'attends un bébé et je ne veux pas qu'il grandisse ici, au milieu de nulle part. Sans son grand-père, son oncle et sa tante. Je veux lui donner un avenir. Ici, il est condamné avant même d'être né. J'aimerais tellement rentrer à Dakar. Mais comment faire ? Comment leur expliquer que j'ai changé ? Comment leur prouver que j'ai compris ? J'ai peur de finir ici comme Ma'. Cette grossesse me tuera si je reste là. Je dois m'en aller.

★

[JESSICA]

Depuis plusieurs semaines, j'ai des nausées en permanence et je suis exténuée. Je refuse de voir l'évidence, mais je sais pertinemment que ça y est, je suis enceinte. J'ai rendez-vous avec mon gynéco dans cinq minutes et j'angoisse. Tout ça parce qu'Hassan ne souhaite pas avoir d'enfant avant deux ou trois ans. On se dispute sans arrêt à ce sujet. Il va croire que je l'ai fait exprès !

Mon tour arrive. Le gynécologue m'examine en silence et je stresse. Le verdict tombe : je suis enceinte de presque deux mois. Malgré tout ce que ça implique, cette confirmation me rend heureuse. J'espère seulement qu'en apprenant la nouvelle, Hassan se déridera et acceptera l'arrivée de ce bébé avec bonheur.

★ ★ ★

PARTIE 25

AU REVOIR, A BIENTOT

[KHARIDJA]

— Allô, Kharidja ?

— Oui ?

— Bonjour, c'est Fatim, la sœur de Charly. Écoute, je voulais te proposer de passer à la maison.

— Euh....

— Je souhaite juste m'excuser pour la dernière fois... Je crois qu'il faut qu'on fasse connaissance autrement, toi et moi.

— D'accord, je veux bien !

— Merci d'accepter ! J'ai été un peu brutale et j'en suis désolée. Ce serait bien si tu pouvais venir demain pour le repas.

— C'est d'accord pour demain midi.

— Et viens sans ton homme, surtout. Sinon, il ne va pas nous laisser respirer. Merci, Kharidja. À demain !

— À demain, *Inchallah* !

— Et s'il te plaît Kharidja, ne dis rien à Charly. J'ai envie d'apprendre à te connaître mais, pas à travers lui.

— Entendu. À demain Fatim ;

★

[HASSAN]

Cette histoire de grossesse est une catastrophe pour moi. Quand Jess m'a annoncé la nouvelle, j'ai été très étonné. J'aurais pu faire l'effort d'au moins sourire et de lui répondre qu'on ferait avec, mais sur le moment, j'ai été pris de court. Je suis resté planté là, sans voix. Et lorsque j'ai pu parler, je lui ai dit des choses peu sympathiques. Mon manque d'enthousiasme l'a fait pleurer et depuis, elle refuse littéralement de m'adresser la parole.

Je suis un imbécile !

Sincèrement, un enfant maintenant, c'est trop de responsabilité. Non pas que je ne veuille pas de ce bébé, mais je ne suis absolument pas prêt à être père. Barricadée dans notre chambre, Jess sanglote :
— Il faut qu'on se parle, Jess !
— Va-t'en !
— Je me suis comporté comme un imbécile ok, mais discutons.
— Laisse-moi tranquille !
— Bon, ok...
Je n'insiste pas. Quand elle l'aura décidé, nous mettrons les choses à plat. J'ai créé cette situation, il me faut maintenant supporter sa réaction.

320

★

— Je suis contente que tu sois venue, Kharidjatou. J'avais peur que tu changes d'avis !

— Je suis là.

— Écoute, je tiens encore à m'excuser. Parfois, je parle trop, c'est juste que cette histoire me dépasse !

— Je comprends.

— Vous auriez peut-être dû attendre un peu avant de vous afficher l'un avec l'autre. Histoire que ça se fasse en douceur pour Sarama.

— Il faut que tu comprennes que je n'ai jamais forcé ton frère à faire un choix. D'ailleurs, personne ne peut contraindre Charles et tu le sais bien Fatim.

— Implicitement, si ! En acceptant de le revoir, tu savais ce qui allait se passer, tu savais qu'il te choisirait.

— Ah bon ? Alors, puisque tu es dans ma tête et que tu connais mon état d'esprit et mes sentiments mieux que moi, je crois que je n'ai plus rien à dire !

— Mets-toi un peu à la place de Sarama... Tu ne trouves pas que c'est injuste ?

— Je crois que j'ai mal fait de venir. Je pensais que c'était un rendez-vous pour apprendre à mieux nous connaître. Et si Sarama veut parler avec moi, je suis tout à fait disposée à le faire. Mais toi, pourquoi tu aurais un mot à dire dans cette histoire ? Ce n'est pas parce que ça concerne ton frère, que ça te concerne forcément.

— Mais c'est qu'elle a du caractère, la petite Kharidjatou ! Je suis désolée que tu le prennes ainsi. Je voulais juste t'expliquer pourquoi j'ai réagi comme ça. Tu reviens comme une oie blanche alors que ton attitude envers Charly a été plus que contestable !

— Moi, une oie blanche ? Hmm !

— Mon frère a teriblement souffert, Sarama l'a ramassé à la petite cuillère. Et toi, tu te pointes et tu profites de lui. Avoue que c'est un peu spécial !

— Écoute Fatim, notre échange n'aboutira nulle part. Il vaut mieux qu'on en reste là.

— Mais tu es susceptible, *deh* ! Je voulais juste te faire comprendre mon point de vue. J'ai l'habitude d'être franche... Je ne suis pas contre toi pour autant.

— Merci de m'avoir reçue.

— Franchement, faut pas le prendre mal, hein ? Je n'ai dit que la vérité, après tout !

— J'ai bien compris. Au revoir !

— Au revoir, Kharidja !

Non mais sérieusement, pour qui elle se prend, celle-là ?

Je déteste la mentalité de Fatim. Elle a le droit de me dire ce qu'elle pense, mais là, elle dépasse vraiment les limites. Quoi qu'il arrive, je ne parlerai pas de cette visite à Charles. Il me reste encore quelques jours à Dakar et je veux juste les passer avec lui.

★

[CHARLY]

— Bonjour mon fils ! Comment vas-tu ?

— Je vais bien, Pa' ! Merci de me recevoir si tard.

322

— Tu es toujours le bienvenu, Charles, m'accueille Ma' Seynabou. Après tout ce que tu as fait pour Kharidjatou, tu es ici chez toi !

— Vraiment, Ma' a tout dit ! Tu es ici chez toi ! appuie Pa' Thierno.

— Merci beaucoup. Je voulais vous parler de Kharidjatou.

— Quelque chose ne va pas ? s'inquiète sa mère.

— Non, rassurez-vous, tout va bien. C'est juste que...

— Parle, mon fils, tu m'inquiètes, me presse son père.

— C'est juste que je voudrais vous demander sa main.

— *Liiiii !* C'est vrai ? Tu veux vraiment l'épouser ?

— Oui, Ma'. J'attends simplement votre bénédiction pour envoyer mes *émissaires*.

— Je ne peux que te dire oui, Charles Sylla ! Tu as ma bénédiction ! approuve Pa' Thierno.

— Tu as la mienne aussi. Mais promets-moi que tu continueras à prendre soin d'elle comme tu le fais là.

— Je vous le promets, Ma' Seynabou. C'est déjà ma reine !

— Amine ! Que Dieu vous accorde le bonheur, alors.

— Merci ! Elle ne sait pas que je suis venu vous voir et je vous demande de garder le secret encore un moment. J'aimerais le lui annoncer moi-même au moment opportun.

— Bien. Tu peux compter sur notre discrétion. N'est-ce pas, Seynabou ?

— Oh, toi, ne me cherche pas. Je sais garder un secret ! Surtout, s'il en va de l'intérêt de ma fille.

— Mon cher Charles, tu apprendras bientôt qu'aucune femme ne peut garder un secret. Mais puisqu'elle dit qu'elle peut...

— Thierno Diakhité ! Tu me cherches, là, fait-elle en le menaçant faussement.

— Est-ce qu'Amidou est là ? Je ne l'ai pas beaucoup vu ces derniers jours.

— Ah, il a eu du mal avec le décalage horaire, mais ça va mieux. Il est sorti avec un ami, mais je lui dirai de te contacter à son retour.

— Ok ! Je ne vous embête pas plus longtemps. Merci pour votre accueil. Et Ma' ! Ton *Bissap* est doux, *deh* !

— En voilà un qui connaît les bonnes choses !

— Je demande la route[14].

— Entendu mon fils. Rentre bien et salue tes parents pour nous !

— Je n'y manquerai pas. Bonne soirée !

Voilà une bonne chose de faite. Après tout ce qu'il s'est passé, le père Diakhité aurait pu hésiter. Il faut maintenant programmer ma demande à Kha. Elle doit être originale, mais pas trop romantique. Cette fille me rend gâteux ! Je suis là à lui dire des « je t'aime », des « mon cœur », des « ma puce »...

Il faut quand même que je me ressaisisse, ou alors je vais finir plus mou que la Dakatine dans le mafé !

Je dois lui montrer que je reste l'homme fort qu'elle a connu, sinon, je vais perdre tout mon charisme derrière Kharidjatou, et ça, c'est im-possi-ble ! Parce que je suis et je reste Malick, Charles Sylla ! L'homme fort de Dakar.

---

[14] Manière polie de demander congé en Afrique de l'Ouest.

★

Mon séjour tire à sa fin. J'ai l'impression que le temps a filé sans jamais s'arrêter. Dans quelques heures, je retourne à Philadelphie et j'ai un peu de mal à réaliser que bientôt je serai à nouveau loin des miens. Je ne sais pas comment je vais supporter la distance ; maintenant que je sais que, Charles et moi,on s'appartient.

Laisser Dakar va être difficile, surtout après l'intensité des deux dernières semaines. Charles vient d'arriver. Je l'entends discuter avec ma sœur et mon beau-frère. Je quitte ma chambre pour les rejoindre. Aïcha et Mortala s'en vont pour nous laisser discuter :

— Hey, Charles, contente de te voir, je ne t'attendais pas ! Ça va ?

— Ça va ! Tu dormais ?

— Oui. Je suis allée faire quelques courses avant le voyage, mais la chaleur qu'il fait en ce moment à Dakar m'a vaincue. Je suis K.O.

— Hmm ! Dakar à cette période, c'est la fournaise, *Walaye* !

— Au fait, on fait quoi demain pour notre dernière soirée ?

— Justement, c'est ce dont je suis venu te parler. Tu ne vas pas aimer...

— Qu'est-ce qu'il y a ?

— Je dois partir demain matin pour être à Paris le plus tôt possible. Nous avons un contrat important à signer. Je n'ai pas le choix !

325

— Dommage ! Je pensais que tu m'accompagnerais à l'aéroport.

— Je sais, Kha, mais je n'ai pas le choix. Tu sais, il va falloir t'y habituer. On ne va pas se voir souvent.

— Je sais, réponds-je tristement.

— Écoute, essaie de prévoir ton prochain voyage et je prendrai des congés. On s'arrangera pour le billet. Ok ?

— Hmm !

— Ne boude pas, Kha !

Les larmes me montent aux yeux.

— ...

— Ça va aller, ma puce. Je dois partir. J'ai ma valise à préparer. Si tu veux, on se rejoint ce soir pour dîner, hmm ?

— D'accord. Tu viens me récupérer tout à l'heure ?

— Comme tu veux ma belle. Ce soir, je serai tout à toi.

★

[SARAMA]

J'ai tenu à rencontrer Charles et Kharidja pour clarifier la situation. Après le désordre que Fatim a semé, il me semblait nécessaire d'avoir une discussion franche avec eux deux. Cela n'a pas été facile, mais c'était nécessaire. Je déteste les conflits et les non-dits.

Contrairement à ce que les gens peuvent penser, je n'en veux pas à Kharidja. Et si je veux être sincère, je dirais même qu'à sa place, j'aurais fait pareil. J'ai encore mal au cœur, c'est vrai, mais je suis persuadée que mon bonheur est ailleurs. Ne pensez pas que je fais du zèle, c'est ce que je crois sincèrement. Et pour guérir de ce genre d'épreuve, il faut accepter la réalité. Avec Charly, ça aurait pu marcher, mais Charly aime Kharidja. J'ai trop de fierté pour aller ramper et pleurer à ses pieds. Moi, je veux vivre une relation de couple équilibrée.

Je veux un homme pour qui je compte. Un homme qui ne veut que moi. On dit souvent que tout ce qui ne nous tue pas nous rend plus forts. Je pense que c'est vrai. Je sais que je donnerai difficilement mon cœur après cette histoire, et que je ne ferai sans doute plus le premier pas, mais je suis disposée à passer à autre chose.

PARTIE 26

TOI ET MOI, ON SE RETROUVERA

[CHARLY]

Je sais que Kha est contrariée, mais je n'ai pas le choix. Le travail est une priorité dans ma nouvelle vie. Depuis son retour, j'ai quelque peu déserté mon poste de travail et je dois absolument m'y remettre. Cela fait vingt minutes que je poireaute devant chez elle. Kha n'est toujours pas prête.

Ça m'exaspère !

S'il y a bien une juste qui m'insupporte chez elle, c'est sa lenteur et son manque de ponctualité. J'ai réservé une petite table en bord de plage, dans un espace privatisé, et je ne veux surtout pas être en retard. J'espère qu'elle appréciera. Je la vois arriver en courant jusqu'à mon véhicule et je souffle :

— J'ai failli t'attendre, ma chère.

— Désolée ! Alors, où est-ce qu'on va ?

— Tu verras.

— Hmm ! Qu'est-ce que tu mijotes, Charles ?

— Détends-toi et profite, ma belle !

Après quelques minutes de route, nous nous arrêtons devant le Radisson Blu Hôtel... Kharidja ouvre des yeux ronds. L'hôtel est l'un des plus luxueux de la capitale. J'ai fait privatiser un bout de plage rien que pour nous deux. La décoration est simple, tout comme je l'avais demandé. Des bougies et des fleurs blanches ornent la table. Nous nous installons et prenons connaissance de la carte :

— Alors, t'as choisi ton plat, ma jolie ?

— Non, pas encore !

— J'ai faim !

— Moi aussi. J'aimerais tout goûter sur le menu... Je pense que je vais tenter le plat de poisson, indique Kharidja.

— Je préfère le filet mignon au gingembre. Je vais avoir besoin de force, ce soir, ah, ah !

— Je ne relève même pas.

— Un jour ou l'autre, je t'aurai, ma belle. Ça va finir par arriver, tu le sais ça, au moins ?

— Un jour, quand nous serons mariés.

La gêne se lit sur son visage. Elle est tellement prude. Tellement belle aussi...

Après quelques minutes d'attente, le serveur revient avec nos plats :

— Que comptes-tu faire en arrivant aux États-Unis ?

— Dormir ! Le décalage horaire peut nous achever. Amidou va sans doute hiberner quelques jours. Il a le gène du sommeil, celui-là !

— Dormir, c'est tout ?

— Eh ! Mais c'est déjà beaucoup... Je vais regarder un peu la télé, lire, manger ; continuer à vivre, quoi !

— Tu vas me manquer, Kha.

— Tu me manques déjà !

— Je sens que je vais parcourir la Terre plusieurs fois par an.

— J'espère !

— Ça ira. On pourra se rencontrer tous les deux en Europe. Londres, Paris... On aura fait la moitié du chemin chacun, non ?

— Hmm ! Mais tu ne seras pas là pour me dire au revoir.

— Si j'avais eu le choix, je serais resté, tu le sais bien. Et puis Kha, il ne tient qu'à toi de revenir définitivement à Dakar. Je ne sais vraiment pas pourquoi tu t'obstines à vouloir rentrer à Philadelphie.

— Et les opérations ? Tu oublies mes opérations, Charles ?

— Non, je n'oublie pas. On serait mieux ici, je pense.

— Je ne sais pas. Je me suis habituée à Phila !

— Peu importe. L'avenir nous le dira. Mangeons avant que ça ne soit froid !

— Tu as raison. Il faut profiter de ce moment.

Maintenant, il est temps de lui faire « LA » grosse surprise. Je serai très étonné si elle n'aime pas.

Je suis Malik Charles Sylla ou je ne le suis pas !

— On y va, Kha ?

— Merci pour cette belle surprise. J'ai adoré !

— Tant mieux, mon cœur !

— C'était parfait. Tu veux qu'on marche un peu sur la plage avant de partir ? J'adore regarder l'océan !

— Allons-y alors, marchons un peu. Mais tu sais, moi, l'océan ne me dit rien. Je ne vois pas ce qu'il y a de romantique. C'est encore un truc de filles !

— Ah mon Dieu, quel villageois !

— Attends, j'enlève mes chaussures. Je ne vais pas aller les abîmer pour une balade, non ?

— Arrête un peu d'être si précieux !

— Mais elles m'ont coûté un bras ! Je ne vais pas les flinguer dans le sable.

— Allez, viens ! s'exclame-t-elle en me tirant par le bras.

[KHARIDJA]

J'aurais aimé que ce moment ne s'arrête jamais. Je m'attendais à ce qu'il me fasse sa demande ce soir, mais on dirait qu'il a hésité. C'est drôle de le voir si peu sûr de lui. Je ne sais pas trop quoi en penser, mais je dois quand même admettre que ça m'arrange ! C'est moi qui lui ai demandé d'attendre. Peut-être que, pour une fois, il m'a écoutée. Après notre balade sur la plage, nous repartons en voiture. Charles prend une direction différente et cela m'interroge :

— Pourquoi passes-tu par là, Charles ?

— Miss GPS est de retour ?

— C'est à l'opposé de...

— Attends... Nous sommes arrivés. Je me gare.

— Mais tu ne peux pas te garer là...

— Et pourquoi pas ? La place est libre !

— Devant une maison qui ne t'appartient pas ? Tu es sans gêne, Charles. Qu'est-ce que ça te coûte de te mettre un peu plus loin ?

— Mais je suis bien ici.

— Charles ?!

— T'inquiète pas. Allez, descends ma belle !

— Comme tu voudras... J'espère seulement qu'on n'aura pas de problèmes avec les propriétaires.

— Puisque je te dis que ce n'est rien !

— Je sais que tu voulais que j'attende un peu avant de demander officiellement ta main et je vais respecter ta volonté. Ce soir, il n'y aura pas de demande en mariage. Néanmoins, je veux tu saches que tu comptes beaucoup pour moi. Alors, j'ai eu une idée fabuleuse. Et tu vois, si je me suis garé là, c'est parce que je sais que je n'aurai aucun problème avec les gens qui possèdent cette maison.

— Hmm...

— Il faut que je te dise...

— Tu m'intrigues...

— Cette maison, c'est la tienne, je l'ai appelée « Villa Kha ». Désormais, quand tu viendras à Dakar, tu auras ton propre chez-toi. Je l'ai achetée il y a quelques jours, elle est bien équipée, mais tu vas quand même devoir gérer l'aménagement et la déco. Et la prochaine fois que tu viendras, on se mariera. Je viendrai habiter ici avec toi. Alors, le projet te plaît ?

— ...

— Kha ?

— ...

— Ça ne te plaît pas ?

— Je... Je ne sais pas quoi dire.

— Ça te plaît au moins ?

— Évidemment. Tu as fait une folie Charles.

— Et attends ! Tu n'as pas encore vu l'intérieur. Tiens, ce sont tes clés.

— Donc c'est sérieux !

— Et comment ! Vas-y, tu peux entrer.

— *Layilaaaa !*

Mes yeux brillent et Charles laisse apparaître un large sourire de satisfaction. Je n'en reviens pas, là, il m'a touchée en plein cœur ! C'est un cadeau que je n'oublierai jamais !

[PA' ADAMA]

— Mina, je vais aller chercher Awa.

— C'est ta fille, après tout !

— Ne sois pas si dure, Mina. Elle a besoin de nous. Je crois que cette fois-ci, elle a compris.

— Pa', je ne peux pas t'interdire d'aller la chercher, mais je dis juste que si elle revient ici, moi, je m'en irai chez Pa' Thierno et Ma' Seynabou. Je ne souhaite plus vivre avec elle.

— Je vais accompagner Pa', annonce son frère. Je crois que tu devrais y réfléchir à deux fois. Awa a besoin de nous, Mina ! On ne peut pas la laisser comme ça.

— Très bien. Comme vous voudrez, mais ce sera sans moi !

[AWA]

Pendant ce temps chez le mari d'Awa...

Pa' vient me chercher. Grâce à l'aide de mon mari, j'ai pu lui téléphoner et je l'ai supplié de venir me récupérer. Je suis contente, car il va venir avec Thier. Je suis inquiète et tendu. J'entame mon sixième mois de grossesse et je n'ai

334

toujours pas fait d'échographie ! La vie au village est impossible et l'accès au soin est hypothétique.

Je suis contente de revenir sur Dakar. Je jure que je ne sortirai pas de chez moi. Je veux vivre en paix désormais. J'ai changé. Je sais que c'est dur à croire, mais j'ai changé. Ma vie d'avant, je veux l'oublier complètement. Je veux faire ça au moins pour mon enfant. J'ai changé au point que, désormais, je porte le voile. Ici, il n'y a rien à faire, alors je me suis plongée dans la prière.

Avec l'aide de mon mari, j'ai appris. Jamais mon père n'était parvenu à me faire courber l'échine, pour faire ne serait-ce qu'une prière. Je trouvais la foi inutile. Mais aujourd'hui, c'est ce qui me fait tenir. J'espère simplement que ma famille saura me pardonner. Surtout Kharidja ! Je n'avais pas le droit de lui faire ça. Aujourd'hui, j'ai honte de ce que j'ai fait. Je sais qu'il est impossible de revenir en arrière, mais je peux peut-être me faire pardonner. En tout cas, je ferai tout pour.

★

[MA' BIGUÉ]

— Fatim ? Charly m'a raconté ce que tu as fait ! Ce n'est pas gentil. Tu as gêné tout le monde. Ton amie Sarama, ton frère et aussi Kharidja. Ce n'est pas correct !

Badara entre dans la pièce et prend la conversation en route.

— Qu'est-ce que tu as encore fait ?

— Olalala ! Parlons d'autre chose, s'il te plaît. Depuis qu'elle est revenue, il n'y en a que pour Kharidja !

— Ça ne se fait pas, tu as manqué de respect à ton frère en agissant ainsi.

— Bon, passons ! lance insolemment ma fille.

— Je suis sérieuse, Fatim. Tu dois respecter les choix de ton frère comme lui respecte les tiens !

— Mais oui, d'accord !

— Bien !

— Parlons de ton mariage, maintenant ! Il nous reste peu de temps, il faut qu'on s'organise. J'ai l'impression que tu te fiches de tout, Fatim.

Parlons-en ! s'intéresse Badara. On dirait que Fatim ne veut pas s'impliquer, Ma'. S'il te plaît, parle-lui ! Le mariage est prévu dans trois semaines.

— Vous avez décidé de m'énerver, tous les deux ? lance ma fille excédée.

— Cesse tes enfantillages Fatim !

— Je suis pressé d'en finir ! Après ça, nous serons légitimes, ma chérie.

— Oui, sauf que...

— Sauf que quoi ? s'énerve Badara.

— Sauf que je n'ai pas forcément envie de me remarier.

— *Chetetet* ! L'enfant là va me tuer ! hurlé-je, excédée.

— Oh, *Yaay*, n'exagère pas !

— Non, mais j'espère que tu plaisantes ! Ton père et moi avons tout financé : traiteur, orchestre, salle, invitations... Nous avons plus de trois cents personnes invitées, et toi, tout ce que tu trouves à dire à moins d'un mois quelques jour du J, tu refuses de marier ? Non ! Non ! Fatim, Ça c'est la folie qui te guette, *deh* ! Je n'ai pas les mots.

— Pourquoi tu me fais ça ? lui demande Badara.

— Eh ben quoi, je suis libre ou pas ? Ce n'est pas de ma faute si je n'ai plus vraiment envie de me remarier !

— Ma', moi, j'abandonne ! Ta fille m'épuise avec ses caprices. Je vais aller faire un tour, ça vaut mieux.

— Tu vas expliquer tout ça à ton père, Fatim. Moi aussi, j'abandonne. Un jour, tu n'auras plus que tes yeux pour pleurer !

PARTIE 27

LA DISTANCE NE VEUT RIEN DIRE SI DEUX CŒURS SONT FIDELES

[JESSICA]

Hassan et moi sommes toujours en froid. En fait, c'est surtout moi qui suis en colère contre lui. Il mérite que je le fasse poireauter encore et encore. J'admets qu'il me manque beaucoup quand même. Quelqu'un frappe à la porte.

— Maman ? Je ne savais pas que tu passerais aujourd'hui.

— Jessica Diop-Fall, depuis quand ai-je besoin d'informer ma fille que j'arrive chez elle ?

— Mais non Maman, tu es toujours la bienvenue ! C'est juste que je suis surprise de te voir ici à pareille heure.

— J'ai reçu un appel de mon mari. Il s'inquiète pour toi.

— Oh, il est trop bavard, celui-là !

— Mais que se passe-t-il ?

— Et voilà ! Il est incapable de garder les choses pour lui, et maintenant, je vais devoir me justifier. Je n'ai pas envie de parler de ce qui ne regarde personne d'autre que nous deux. Il m'énerve encore plus !

— Mais je suis ta mère ! Je peux peut-être t'aider, non ?
Il n'y a pas de problème sans solution.

— Il y a que, je suis enceinte, Maman !

— Oh mon Dieu, Jessica, mais c'est formidable ! Viens là
que je t'embrasse.

— Merci, Maman. Toi, au moins, tu te réjouis.

— C'est-à-dire ?

— Hassan a juste dit qu'il n'était pas prêt à avoir un
enfant. Il m'a accusée de lui avoir fait un bébé dans le dos ! Je
ne veux plus lui adresser la parole.

— Ma fille, il faut que tu saches que les hommes sont
parfois maladroits lorsqu'il s'agit de décrire leurs véritables
émotions. Six ans, vingt ans, quarante ou soixante ans : tous
les mêmes !

— Il a été trop méchant !

— Ça t'a fait mal au cœur, ok. Mais ce n'est pas la
dernière fois de ta vie qu'il va te contrarier. La vie de couple,
est un chemin de croix. Depuis combien de temps lui fais-tu
la tête ?

— Presque deux semaines !

— Et bien cela a assez duré. Il faut discuter à présent. Tu
crois que ce petit être qui est en toi a besoin de toutes cette
négativité ?

— Non, Maman.

— Il aura besoin que ses parents sachent dialoguer,
certainement pas de deux gamins entêtés ! Réglez-moi ça ce
soir !

— Tu le défends ?

— Ne me fais pas dire ce que je n'ai pas dit. Résous-moi
cette histoire et avance. Rappelle-toi qu'une relation de

couple, c'est beaucoup d'amour, beaucoup de pardon et énormément de concessions !

— Mouais.

— Courage ma fille !

★

[KHARIDJA]

— Tu sais bien que je n'aime pas les adieux, *Yaay*. Je vais pleurer ! chouine Aïcha.

— Il faut nous donner des nouvelles plus souvent. Je me fais vieux, se plaint Pa' Thierno.

— Ah, mon papa d'amour ! Bien sûr que je vais t'appeler. D'ailleurs, dès que j'arriverai, tu seras le premier à qui je téléphonerai, ok ? Et surtout, embrasse Pa' Adama et les autres pour moi.

— D'ailleurs, pourquoi n'est-il pas là ?

— Ils sont partis chercher Awa. Tu sais, dans son état...

— Elle a de la chance, celle-là ! S'il n'y avait que moi, je l'aurais laissée crever dans son trou paumé. Elle ne vaut rien, cette pauvre fille !

— Ah ! Ce n'est pas facile, répond Pa' Thierno.

— Kha ! T'occupe pas d'elle, tu as mieux à faire ! me rappelle Ma'.

— Je me fiche d'elle ! Tout ce que je sais, c'est que vous allez tous nous manquer.

— C'est bien beau, vos blablas, mais il faut qu'on y aille, nous reprend Amidou.

— Mon fils, prends bien soin de ta sœur et de toi, ajoute ma mère.

341

— Ma', sois rassurée ! On prendra soin l'un de l'autre comme on l'a toujours fait. Maintenant, on doit vraiment y aller...

Mon téléphone sonne.

— Salut mon cœur ! Déjà dans l'avion ?

— Non ! Nous sommes encore dans la salle d'embarquement. Ça ne devrait plus tarder.

— Tu me manques tellement !

— Tu me manques aussi, tu sais !

— Je t'ai envoyé une photo de moi devant la tour Eiffel, tu l'as vue ?

— Oui. C'est une belle photo ! Un jour, *Inchallah*, nous irons à Paris tous les deux, mon chéri.

— C'est certain ! Toi qui aimes le romantisme, tu vas être servie !

— Ça y est, nous devons embarquer. Je te laisse Charles !

— Appelle-moi sur WhatsApp quand tu arrives, ok ? Et salue Amidou de ma part !

— Oui, d'accord ! Bisous.

Mon cœur est lourd ! J'ai trop aimé mon séjour à Dakar.

— Arrête de pleurer, Kha ! On dirait que quelqu'un est mort, me dit mon frère. Tu vas le revoir, ton Charly, et tes parents et ta sœur aussi. Allez !

— Je sais, mais je ne peux pas m'en empêcher.

— Ah, enfin, on décolle ! Repose-toi un peu, Kha.

— Je vais plutôt regarder un des films qu'ils proposent. Ça va me changer les idées.

— D'accord ! Réveille-moi avant qu'on arrive à Londres pour la correspondance, s'il te plaît.

— Hmm !

★

[BADARA]

— Badara ? Où étais-tu passé ? Ça fait deux jours que je te cherche partout !

— Bonjour d'abord !

— Non, mais Badara... Tu me laisses comme ça, sans me donner de nouvelles, et puis tu reviens l'air de rien ?

— Écoute Fatim, j'en ai assez de perdre mon temps. Ça ne fonctionne pas.

— Qu'est-ce qui ne fonctionne pas ?

— Nous deux ! Je veux vivre en paix et, avec toi, c'est souvent la guerre. Je n'en peux plus !

— Donc toi, tu disparais et tu te permets de revenir en m'accusant ? *Tchip* ! Faut pas m'énerver avec tes foutaises !

— Je ne vais plus t'énerver puisque je m'en vais !

— Qu'est-ce qui ne va pas avec toi ?

— Je n'ai pas le temps de palabrer. Je sais que c'est ton sport favoris, donc je vais te laisser gagner. Je m'en vais.

— Au nom de quoi tu t'en vas ? Tout ça parce que ta famille l'a décidé ? *Tchip*

— Tu me fais pitié, Fatim !

— Sors d'ici, Badara ! Je croyais que tu étais un homme, un vrai. Visiblement, je me suis trompée.

— Et toi, tu n'es qu'une fille pourrie et trop gâtée !

— C'est de moi que tu parles ?

— Regarde-toi ! Toujours en train de vociférer. Je suis juste venu récupérer quelques affaires et je repars.

— Si tu t'en vas, ne reviens jamais !

— Réépouse-moi ! Pourquoi tu ne veux pas faire cet effort-là ?

— Parce que j'ai déjà fait l'effort.

— Sache que si tu t'en vas, tu ne reviendras pas.

— Ok ! Mais n'oublie pas que les filles sérieuses qui cherchent à se marier sont nombreuses dans Dakar. Ne pense pas que je vais chômer et revenir te courir après.

— *Ish* ! Longue vie à toi, Badara ! Et maintenant, dégage d'ici. Merci pour la visite.

— Au revoir !

— Il n'y a pas d'au revoir ! Si tu pars, tu le regretteras, Badara. Mille fois, cent fois, mais je jure que tu le regretteras !

— C'est ce que nous verrons Fatim Sylla !

Cette femme me sort par les yeux. Au lieu de chercher à apaiser les choses, elle passe son temps à les aggraver ! Une femme normale ne peut pas être en guerre contre tout le monde. Je crois qu'il vaut mieux que je l'ignore.

Mon seul souci, c'est ma petite Bigué ; mon bébé ne mérite pas de vivre de cette façon. J'ai besoin d'une femme qui respecte ma famille et que ma famille respecte aussi. Avec Fatim, c'est impossible ! J'espère en tout cas que mon départ va la faire réagir et qu'elle va réaliser qu'elle est en train de gaspiller tous nos projets. Et si elle ne le fait pas pour elle, j'espère qu'elle le fera pour Bibi et moi. Dieu seul sait ce qu'il adviendra de Fatim !

★

[KHARIDJA]

Aéroport Heathrow (Londres), porte d'embarquement pour Philadelphie (USA)...

— Encore quinze minutes avant l'embarquement. Ça va, ça ne devrait plus être long, souffle Amidou.

Je profite de l'escale pour tenter de joindre Charles. Ce dernier ne répond pas, alors je décide de lui laisser un message vocal :

« Allô ? Charles, c'est moi. Tu dois être occupé. Je voulais juste te faire un petit coucou de Londres. On embarque dans quinze minutes pour Phila. Rappelle si tu as mon message avant le décollage. Je t'aime ! »

J'ai à peine le temps de raccrocher que déjà, l'hôtesse nous presse d'embarquer. Nous rejoignons notre avion et là, je sens que je regrette d'avoir laissé Charles et Dakar derrière moi. Cette fois-ci, c'est concret. La distance va s'installer. J'ai envie de faire demi-tour. Malheureusement, il est trop tard.

PARTIE 28

HOME SWEET HOME

[AWA]

Le trajet a été trop long, mais Dieu merci, nous étions dans de bonnes conditions de transport. Je suis contente que Pa' et Thierno soient venus me chercher, je n'y croyais plus. Notre voyage s'est passé dans un silence gênant. Seul le bruit du moteur à plein régime et l'auto-radio du chauffeur résonnaient. Les seules fois où nous avons parlé, c'est lorsque Pa' m'a demandé si ça allait et quand Thier m'a proposé à boire.

Il y a une certaine gêne entre nous, comme si nous nous découvrions pour la première fois. Il faut dire que, voilée comme je le suis et enceinte jusqu'aux dents, ça ne peut que surprendre. Enfin, nous arrivons aux portes de Dakar. Je suis pressée de retrouver mon chez-moi. Je remercie mon cher mari de m'avoir laissée partir. C'est un homme bon et généreux. Dommage qu'il soit si vieux et déjà doté de trois autres épouses ! Pour l'heure, je suis heureuse et trop impatiente de retrouver la modernité. Je vais pouvoir gérer ma grossesse paisiblement. C'est tout ce que je désire. La seule chose qui me fait mal, c'est que *Yaay* ne soit plus là. Retrouver la maison sans elle va être difficile.

★

[FATIM]

— Fatim, je n'ai pas ton temps ! Je suis absolument furieux contre toi. Ce que tu vas faire, c'est appeler Badara, et tu agiras comme on te dira. Que tu le veuilles ou pas, tu te marieras ! Je ne comprends pas, c'est pourtant toi qui es venue solliciter notre aide, non ? On organise tout ça pour préserver ton honneur et c'est comme ça que tu nous remercies ? Tu es méchante, égoïste et puérile ! Tu es épuisante !

— Pa', tu ne comprends pas...

— Donc, toi Fatim, tu n'apprends jamais de tes erreurs ? ajoute Ma'. Pauvre Badara ! Que Dieu lui accorde le bonheur ailleurs. J'ai trop honte, *Bilay* !

— Mais Ma'...

— Ah non ! Il n'y a pas de « mais » ici ! Tu agis comme une folle échappée d'un asile. Mets ton orgueil de côté et va arranger tout ce que tu es en train de gâcher. Et moi qui pensais que Charles me donnerait du fil à retordre ! Au contraire, ton frère fait toute ma joie, c'est un bon gars. C'est la preuve vivante que si on veut changer, on peut !

Je suis épuisée par tout ce discours. Cependant, je dois admettre que mes parents n'ont pas complètement tort. Je pourrais faire un effort. Au moins pour Badara et Ma' qui ont beaucoup fait pour moi. Je vais essayer de l'appeler tout de suite, d'ailleurs :

— Qu'est-ce que tu veux ?

— Te demander pardon...

— ...

— Je suis vraiment désolée.

— Ok ! Mais ce n'est pas pour autant que tout est réglé. Désormais, les choses vont changer.

— C'est-à-dire ?

— Dis-moi d'abord si le mariage aura lieu ou pas.

— Hein ?

— Il reste moins de quinze jours. Je ne veux plus être dans le doute. Veux-tu te marier avec moi ou pas ?

— Oui, mais...

Badara me coupe violemment la parole :

— Très bien. Alors rendez-vous dans quinze jours pour le mariage.

— Mais tu ne rentres pas à la maison ?

— Non. Je te laisse, j'ai à faire.

— T'es sérieux, toi ?

— Je te l'ai dit, les choses vont changer, Fatim. Je te rappellerai pour qu'on s'organise. En attendant, embrasse ma fille pour moi. À plus tard.

— Mais Bada...

Alors là, je ne le reconnais pas. Ce n'est pas Badara qui m'a parlé comme ça, quand même ? Il était froid et distant, comme si notre conversation n'était qu'une formalité. Bref ! L'essentiel, c'est qu'on célèbre ce foutu « mariage » et qu'on passe à autre chose. Je pourrai ensuite poursuivre ma vie comme je l'entends !

★

[AWA]

Nous voilà enfin à la maison. Après presque huit heures de route. Je suis totalement épuisée. Pa' me dit que le docteur Faye ne va pas tarder à venir m'ausculter. Si ma tension est encore trop haute, je serai hospitalisée. Je me sens lessivée, mais heureuse. Dommage que Ma' ne soit plus là... Comme je le pressentais, la maison me paraît vide sans elle. Tout ça, c'est de ma faute.

Si seulement je pouvais revenir en arrière !

Mina n'est même pas là pour m'accueillir, je pensais qu'elle comprendrait que je veuille me racheter. Je réalise que j'ai perdu ma petite sœur. En même temps, comment lui en vouloir ? J'ai été en dessous de tout !

Thier tape à la porte de ma chambre, je lui indique qu'il peut entrer. Il me demande si je souhaite manger, mais je n'ai pas d'appétit. Je préfère me reposer. Avant qu'il ne reparte, je l'interpelle :

— Thier ?

— Oui, Awa ?

— Merci d'être venu me chercher.

— Ce n'est pas pour toi que je l'ai fait, mais pour soutenir Pa'. Ne me remercie pas, déclare-t-il fraîchement.

— ...

— Je dois sortir faire une course. Tu connais la maison, donc je te laisse. Pa' n'est pas là non plus, mais il revient vite. À tout à l'heure.

— Ok !

Mon retour n'est pas apprécié par ma famille. J'en aurais peut-être fait autant, si j'avais été à leur place.

Je vais essayer d'appeler mes vieilles amies. Ça fait deux ans que je ne leur ai pas parlé. Ici, au moins, téléphoner n'est pas un problème. Là d'où je viens, c'était une mission. Je compose le premier numéro, celui d'Amy, mais elle ne répond pas. Je tape alors celui de mon autre acolyte.

— Allô, Tessa ? C'est moi, Awa !

— Awa qui ?

— Mais Awa !

— Awa Diakhité ? Vrai de vrai ?

— Vrai de vrai !

— Oh, ma chérie, tu es revenue de ton exil ?

— Oui, je suis venue accompagnée.

— Accompagnée de qui ?

— Si tu veux, viens tout à l'heure à la maison. Tu en sauras plus.

— Hey, Allah ! Awa, je ne pensais plus te revoir. Je suis contente que tu ailles bien.

— Et Amy ? Ça va ? Je ne suis pas arrivée à la joindre. Elle a changé de numéro ?

— Tu sais, Amy n'est plus mon amie. Donc je n'ai pas de nouvelles très récentes. Mais je pense que ça va pour elle.

Quarante-cinq minutes plus tard...

— *Chetetet* ! Awa tu es là, quoi !

— Oui, en chair et en os !

— Effectivement, je vois que tu es très accompagnée. Tu accouches quand ?

— Dans moins de trois mois.

— Mon Dieu, je ne te reconnais pas avec ce voile. C'est trop bizarre. Tu ressembles à ma grand-mère !

— Tessa, tu es trop bête ! Ne commence pas à me chercher.

— J'ai appris pour ta mère...

— C'est mon plus grand regret ! Tout est de ma faute.

— *Ndeyssane*[15] ! Ne refais plus les mêmes erreurs. Tu dois penser à ton bébé, c'est le plus important maintenant.

— Merci d'être là pour moi, Tessa.

— Je sais que tu regrettes. Moi, je veux bien te donner une deuxième chance. Mais ne me déçois pas, c'est tout ce que je te demande.

— Je jure que j'ai changé. Je ne veux plus faire de mal, Tessa. J'ai compris la leçon. Je jure que c'est vrai !

★

[KHARIDJA]

Nous arrivons enfin à Phila. Lorsque nous atterrissons, je relâche enfin ma respiration. J'ai même envie d'applaudir le pilote tellement je suis heureuse. Je suis loin de la chaleur de mon Afrique et des gens que j'aime. Et Charles ? Il doit attendre mon appel. J'ai hâte de pouvoir lui reparler.

— Mais au fait Amidou, qui vient nous chercher ?

— Il y a des taxis partout, Kha !

— J'espère juste qu'on ne va pas mettre trop de temps à récupérer nos bagages.

---

[15] Pourrait se traduire par : « L'orage va passer. »

— On verra bien. Allez, avance pour qu'on descende de cet avion !

— Il faut que je rallume mon portable. Je vais appeler Charles.

— Kha, t'es énervante... Tu l'appelleras plus tard. Avance !

— Allô, chéri ?

— Déjà arrivés ?

— On vient juste d'atterrir. Le vol s'est bien passé, je voulais juste te rassurer.

— Dieu merci !

— Et toi ça va ?

— Moi, ça va. On signe le contrat ce soir et je rentre à Dakar demain matin.

— Tu me manques, Charly !

— Tu me manques aussi, mon cœur !

— Kharidjatou, cesse de faire ta *loveuse* et tiens-moi ça. Il faut que j'attrape nos valises.

— Ah ! Je vois que tu dois me laisser. Vous êtes occupés. Rappelle-moi quand tu arrives chez toi, ok ?

— Oui, à tout à l'heure !

— Je t'aime, ma puce.

Je suis complètement amoureuse de ce type. Comment ai-je fait pour me convaincre qu'on en avait fini ?

Une fois dans le taxi, nous appelons la famille qui attend de nos nouvelles. Trente minutes plus tard, le chauffeur s'arrête devant l'entrée de notre immeuble.

— Merci, Monsieur, combien vous doit-on ?

— Vingt dollars, s'il vous plaît.

Nous payons le taxi, sortons du véhicule, puis nous montons à l'étage par l'ascenseur. Lorsque j'arrive devant la porte de notre appartement, une envie pressante me saisit.

— Ouvre vite, Amidou. Je ne peux plus tenir, je crois que ma vessie va éclater !

— Mais c'est toi qui as les clés !

— Non, Amidou. Ne me fais pas ça ! Je vais vraiment me faire pipi dessus, là !

— Mais je t'avais prévenue que je ne prenais pas les miennes !

— Non, Doudou ! Tu n'as jamais dit ça.

— Mais t'as pas pris tes clés ?

— Tu les as perdues, c'est ça Doudou ?

— Attends, calme-toi. Je vais voir si le gardien est là. Je vais lui demander le double.

— Vraiment, toi, là !

Parfois, mon frère a la tête dans les étoiles. Amidou revient rapidement avec le gardien et le double de nos clés.

— Ah ! Dieu vous bénisse, Monsieur Salinger !

— Nous avons toujours un double, Miss Diakhité.

— Merci ! Merci beaucoup ! J'entre vite, je n'en peux plus... Ah ! Ça fait du bien. J'ai bien cru que j'allais faire dans ma culotte...

— T'exagères, Kha !

— T'imagines même pas ! Bon Doudou, on mange quoi ce soir ?

— On commande des burgers ou des pizzas, si tu veux ? Ça fait longtemps !

— C'est comme vous voulez, mais je préfère les Pizzas répond Charly. Pas toi, mon cœur ?

Je hurle de frayeur. Je bafouille, je sautille, je ne sais plus où j'habite.

— Mais non... Tu ne peux pas être là, tu es à Paris... Charles ? Amidou, tu savais ?

— Bien sûr qu'il savait. Il m'a même prêté ses clés !

— *Layilaaa* ! Mon cœur va sortir de sa cavité ! Et toi, Doudou, tu mens comme tu respires ! *Walaye*, c'est pas bien !

Charly se baisse et met un genou à terre, il tient une bague du bout des doigts. Je n'en reviens toujours pas.

— Kharidjatou Ndella Diakhité ! Veux-tu devenir ma femme pour toujours ?

Je suis incapable de parler. Est-ce un rêve ou la réalité ? Il faut que quelqu'un me pince parce que là, c'est juste impossible. Le monde vient de s'arrêter de tourner. Jamais je n'aurais cru que quelqu'un m'aimerait assez pour traverser les océans, juste pour me surprendre et me prouver son amour. Je suis dans un film !
La voix de Charles me rappelle à la réalité :

— Oh, hé ! Par ici, Miss Diakhité. J'attends ma réponse... C'est dur de rester agenouillé comme ça, tu sais ?

— Mais réponds-lui, Kha ! s'agite mon frère.

— Alors, Madame Sylla ? C'est oui ou c'est non ?

— C'est Oui ! Bien sûr que c'est oui !
Charles se relève et me passe la bague au doigt.

— Kha, je ferai de toi la femme la plus heureuse du monde. Je te le promets !

— Mais je le suis déjà ! Et même si tu es dingue, je t'aime, Charles Sylla.

★

[CHARLY]

Et voilà comment, moi, Malik Charles Sylla, je suis devenu le roi des amoureux. Je ne croyais pas en l'amour, mais l'amour est venu à ma rencontre. Kharidja a su faire naître des sentiments nouveaux en moi, au point que je suis devenu un niais parmi les niais. Mon cœur palpite de joie, chaque fois que je vois ma Kharidja. Avec elle, j'ai oublié d'être orgueilleux, j'ai arrêté d'être égoïste et je suis presque devenu altruiste.

Je peux avoir tout l'or du monde, si je n'ai pas Kha avec moi, je ne survivrai pas. Elle est ma richesse, ma princesse. Aujourd'hui, grâce à elle, je suis un homme comblé et satisfait. Moi, Charly... Je suis amoureux. Amoureux et très heureux !

ÉPILOGUE

IL FAUT LAISSER LE TEMPS AU TEMPS

Quatre ans plus tard...

[AWA]

Lorsque je regarde ma fille. Je pense à ma mère ; Mame Sokhna ressemble tellement à son aïeule. Ma' aurait été très fière de voir sa petite-fille et encore plus fière de savoir qu'elle est son homonyme. Mon bébé aura quatre ans. dans quelques jours. Quatre longues années durant lesquelles j'ai dû batailler pour que ma famille me réaccepte enfin. J'ai retrouvé un peu de complicité avec Thier et Pa'. Mon oncle Thierno et Ma' Seynabou m'ont aussi pardonné et les relations sont cordiales avec Aïcha, Amidou et Kha. Ce n'est plus comme avant, mais nous arrivons à échanger, nous ne nous côtoyons que dans le cadre familial.

En revanche, ce n'est pas gagné avec Mina. Ça me rend triste, même si je sais que je l'ai bien mérité. Mor Tine, mon ex-mari, m'a répudiée. Il l'a fait dans mon intérêt. Il n'y a eu ni ressentiment, ni animosité. C'est vraiment un homme bien, il savait dès mon départ que je ne reviendrai pas au village. Ceci dit, nous nous entendons toujours aussi bien. Qui l'eut cru ? De temps en temps, mon ex-époux vient nous rendre visite. Il aime beaucoup sa fille et Sokhna aime beaucoup son père ! Par la grâce de Dieu, j'ai trouvé chaussure à mon pied. Vous vous souvenez peut-être d'Alpha, le jeune homme avec qui je voulais rendre Charly jaloux à l'époque où il avait rompu avec moi ? Eh bien, Alpha Kane est devenu mon mari.

Contre toute attente, il m'a attendue. Tessa, qui savait qu'il était toujours épris de moi, lui a appris que j'étais de retour à Dakar. Il a tout de suite voulu qu'on se contacte. Après une longue période d'hésitation, j'ai accepté un rendez-vous avec lui. C'est comme ça que nous nous sommes revus.

Alpha m'a beaucoup aidée à la fin de ma grossesse et aussi après la naissance de Sokhna. Et puis de fil en aiguille, nous avons projeté de nous marier. Celui dont je ne voulais surtout pas autrefois est l'homme avec lequel je vis désormais. Aujourd'hui, je suis Madame Awa Kane et je crois pouvoir affirmer que je suis heureuse.

Avec Alpha, nous attendons un enfant. Une deuxième maternité qui me comble de bonheur. La seule chose que je peux dire, c'est que j'ai appris de mes erreurs. J'ai de nombreux regrets, c'est vrai, mais le fait d'être plus active dans ma foi m'a rendue meilleure. J'ai recréé un cercle d'amis, et surtout, j'ai réalisé mon rêve : j'ai enfin ouvert mon propre salon de coiffure.

Je sais aussi que plus jamais je ne laisserai la jalousie me guider. Aujourd'hui, je veux seulement vivre en paix avec moi-même, et avec les autres.

★

[TESSA]

Je suis heureuse pour Awa. Heureuse qu'elle ait pris conscience de ses erreurs. Je lui en ai longtemps voulu d'avoir été si jalouse et agressive. Son obsession pour Charly la rendait complètement dingo ! Aujourd'hui, elle tente d'être une meilleure personne et je l'admire pour ça. Elle, au moins, a su se remettre en question. Pas comme cette peste d'Amy ! Pour moi, c'est elle, la véritable plaie de l'histoire. Elle, c'est certain que je vais avoir du mal à lui pardonner. Le jour où je lui ai annoncé que j'allais me marier, elle m'a tout de suite fait la tête. Elle s'est mise à bouder et à critiquer Saïdou, mon fiancé. Elle a insisté pour que je le laisse tomber, il était soit-disant, trop moche et pas à mon niveau intellectuellement. Je ne comprends pas ce genre d'amie qui se réjouit quand vous échouez, et qui se fâche quand vous réussissez.

Pire encore ! Vous vous souvenez certainement qu'elle a eu une petite aventure d'un soir avec Charly ? Eh bien, figurez-vous qu'elle a tenté la même chose avec mon futur mari. Elle est carrément allée le voir en lui disant qu'il serait plus heureux avec elle qu'avec moi. Elle m'a dénigrée totalement auprès de lui. Saïdou a fait mine de l'écouter et il est tout venu me raconter. Je n'ai pas voulu le croire et il m'a dit : « Ben, attends, je vais l'appeler. Tu verras si je mens. Assieds-toi et écoute bien, Tessa ! » Nous avons donc appelé Amy et là, mon cœur s'est retourné. Elle a ouvertement aguiché Saïdou de sa voix mielleuse. Dans un accès de rage, j'ai arraché le téléphone des mains de mon homme en hurlant dans le combiné. Comment a-t-elle osé ? Si je l'avais eue en face de moi, je l'aurais giflé. Je sais maintenant qu'Amy n'est pas une amie. Ni pour moi, ni pour personne.

Cette femme n'a absolument pas besoin d'un marabout pour être méchante. Elle l'est naturellement ! Au moins, je sais que mon futur mari tient à moi. Même si j'ai conscience que la vie de couple n'est pas toujours facile, je sais déjà que nous pouvons compter l'un sur l'autre.

★

[FATIM]

Ma vie est un calvaire ! Lui qui disait que j'étais la femme de sa vie, m'a bien eue. Nous nous sommes finalement (re)mariés. Tout s'est passé comme il le fallait. Il faut dire que *Yaay* s'est surpassée, la fête était somptueuse et tout était parfait. Jusqu'au jour où mon cher époux, accompagné de ses oncles, m'a présenté la Miss Houreye. L'ambiance entre Badara et moi s'est dégradée. J'ai donc une co-épouse, qui est tout l'opposé de moi. Douce et souriante, et beaucoup plus jeune. Ce sombre idiot ne jure que par elle !

Je me suis dit que j'allais divorcer. J'ai demandé conseil à mon père, mais ça ne m'a pas plus aidé.

— Tu as trop tardé à te décider. Tu l'as chassé de chez vous. Tu l'as fait tourner en bourrique ! À quoi t'attendais-tu ? Pour une fois, comporte-toi en adulte. Soit tu acceptes ta situation tout en en connaissant les conditions, soit tu divorces, et on en parle plus !

Je suis écoeurée c'est vrai, mais rien que pour contrarier Badara, je ne divorcerai pas ! Je serai comme une épine dans son talon. S'il pense se débarrasser de moi en me collant une co-épouse, grand bien lui fasse ! Et puis vous me connaissez, je sais appuyer là où ça fait mal. Elle n'a toujours pas d'enfant. Moi, j'en ai déjà deux. J'ai eu une seconde fille, qui se prénomme Thiaba. En fouillant dans les affaires de ma co-épouse, j'ai découvert qu'elle suivait un protocole contre l'infertilité. Je ne devrais pas le dire, mais ça m'arrange qu'elle ait du mal à procréer. Ça me laisse de l'avance et une certaine liberté ! Si elle compte rester dans son mariage sans faire un seul enfant, elle se trompe ! La famille de Badara ne la supportera pas longtemps. On verra bien qui rira le dernier. Mais pour l'instant, je fais profil bas, j'essaie de garder Badara dans mes draps. Pour le reste, je dis juste *Inchallah* !

[JESSICA]

Par où faut-il que je commence pour vous raconter la suite de notre histoire ? C'est compliqué, mais je vais essayer... Avec Hassan, nous avons eu un fils. Il s'appelle Malik, comme son parrain. Ça a été un grand bonheur de le recevoir dans nos vies. Malheureusement pour nous, Hassan est décédé l'an dernier. Il est tombé très malade et j'élève seule mon fils à présent. Dieu merci, mes parents et ceux d'Hassan sont là pour moi. Charly est là aussi. Il prend son rôle de Tonton très à cœur.

Ce qui me réconforte, c'est qu'Hassan a quand même profité de son fils pendant trois années. Ma mère me conseille de refaire ma vie, mais je ne suis pas prête pour l'instant. J'ai l'impression que je n'en finirai jamais avec ce deuil. Hassan a été le premier homme que j'ai aimé et le destin me l'a arraché brutalement. Le malheur d'avoir perdu Hassan ne me fait pas oublier le bonheur de l'avoir connu. C'est très dur, mais je trouve mon courage et mon réconfort dans les yeux de mon fils. Malik est désormais ma raison de vivre !

★

[SARAMA]

Vous vous demandez peut-être ce que je suis devenue après cette fameuse rupture ?

Quatre ans après, je peux dire que je vais bien. Je vis maintenant au Maroc où je travaille dans un cabinet d'avocats. Je revois Charly et Kharidja quand ils sont en visite dans le royaume ou lorsque je me rends à Dakar. Nous sommes restés en bons termes. Je reconnais encore aujourd'hui qu'ils étaient faits l'un pour l'autre. Je n'ai aucun regret, bien au contraire. Si j'étais restée avec Charly, j'aurais eu peur toute ma vie qu'il ne retourne un jour avec Kharidja. Je n'aurais jamais été en paix dans cette relation. Ça a été dur de l'accepter, mais je suis certaine que nous avons tous fait les bons choix il y a quatre ans.

Aujourd'hui, je suis fiancée à Adil, qui est marocain. Je l'ai présenté à mes parents qui l'ont tout de suite adopté ; ça a été un peu plus difficile pour la famille d'Adil qui s'attendait à ce qu'il épouse une Marocaine, bien de chez eux. Avec le temps, ça va mieux entre eux et moi. J'ai appris l'arabe pour pouvoir mieux communiquer. Les progrès sont timides, mais nous avançons pas à pas.

Nos cultures respectives sont fortes et différentes. En tout cas, je m'en accommode parfaitement. Je suis sûre de mes sentiments, et lui sûr des siens. Après tout ce qu'il s'est passé avec Charly, j'ai mûri. J'aborde cette nouvelle relation de façon plus raisonnée. Avec lui, je me sens en sécurité. Je suis enfin certaine d'avoir trouvé ma précieuse moitié !

★

[AÏCHA]

Mortala et moi, nous vous avons laissé avec Issa, notre premier bébé, mais très vite sont arrivées nos jumelles, Seynabou et Maïra. Je suis la preuve que tous les mariages arrangés par les familles ne finissent pas en catastrophe. Mortala est génial avec moi. Il prend soin de nous comme un chef de famille doit le faire.

Nous sommes heureux. Ma sœur et son mari habitent à deux pas de chez moi, tandis qu'Amidou vit toujours à Phila. Et par chance, nos deux parents sont encore de ce monde. Que puis-je dire à part merci *Allah* pour toutes les bénédictions qu'il m'accorde ? Je suis heureuse et j'espère que ce bonheur durera encore longtemps.

★

[CHARLY]

Il faut parfois laisser le temps au temps !

Voilà, ce que je retiens du haut de ma petite expérience. Et vous savez quoi ? J'ai mûri, les amis ! Quatre ans plus tard, je suis un autre Charly. Je suis toujours amoureux de ma petite femme. Mes parents l'apprécient autant que moi et la chouchoutent un peu trop à mon goût. Dès qu'elle le peut, ma mère me recommande de bien prendre soin de ma femme, je n'ai pas besoin qu'elle me le dise mais si ça lui fait plaisir... D'ailleurs, la proximité entre Kha et *Yaay* rend Fatim très jalouse.

Ceci dit, venant de Fatim, plus rien ne nous étonne !

Après ma demande en mariage, je suis resté quelques jours à Philadelphie, puis je suis retourné travailler à Dakar. L'amour à distance, ce n'était pas pour nous, *deh* ! Nous l'avons expérimenté durant des mois et ça n'a pas marché. Il fallait que l'on soit ensemble, car nous avions soif l'un de l'autre. Kha s'est fait opérée plusieurs fois et elle a dû suivre un traitement lourd. Un an plus tard, elle est complètement guérie. Ma femme a désormais une prothèse dernière génération, plus vraie que nature.

Après ça, elle est définitivement revenue vivre à Dakar. Nous nous sommes mariés. Et vous me connaissez, j'ai mis les petits plats dans les grands ! Avec l'aide de ma mère, d'Aïcha, et de Ma' Seynabou, nous avons organisé une fête terrible et Ma' Soda a été le témoin de Kha. Malgré leur différence d'âge, ces deux-là s'entendent tellement bien ! D'ailleurs, Kha travaille toujours avec elle, mais dans un nouveau service d'UMD. Le plus cool dans tout ça, c'est qu'aujourd'hui, Pa' est à la retraite et c'est moi qui dirige cette grande entreprise.

J'ai atteint mon objectif – non sans mal – mais j'y suis arrivé.

Mon seul crève-cœur en quatre ans a été le décès de mon ami et frère, Hassan. Ce jour-là, le ciel s'est arrêté de tourner. Jessica était inconsolable, elle a dû être hospitalisée tant, le choc était grand. Hassan a laissé sa femme et son fils dans la désolation la plus totale, et moi, j'ai perdu mon confident, mon conseiller, mon meilleur ami ! Avec Kha, nous faisons tout pour être présents pour Malik et Jessica. Vous voulez certainement que je vous parle de celle par qui le scandale est arrivé ? Le jour où j'ai revu Awa, j'ai été plus que choqué. Elle avait pris dix ans en peu de temps. Awa a perdu son éclat ; c'était une très belle fille, pourtant. Je ne sais pas ce qu'on lui a fait dans son village, mais franchement, ça craint ! Je refuse toujours de lui adresser la parole. Ma femme dit qu'elle l'a pardonnée. Je trouve ça dingue. Moi, je ne lui fais plus confiance. Voilée ou pas, je n'oublie pas !

[KHARIDJA]

Charles exagère avec Awa. Je ne peux pas le laisser vous raconter ça comme ça ! Awa est venue personnellement me demander pardon. Et elle a été sincère, donc, je ne vois pas pourquoi je ne le lui accorderais pas. Tout le monde a droit à une nouvelle chance dans la vie. Je lui ai offert cette seconde chance. Si elle a de nouveau des manquements, ce sera terminé pour de bon. Mais pour l'instant, je ne peux que constater qu'elle est une maman géniale avec sa petite

Sokhna et une épouse attentionnée. Je ne lui fais plus confiance, c'est vrai, mais je suis en paix depuis que j'ai pardonné son forfait.

Mais, assez parlé d'Awa, parlons plutôt de ma vie avec Charly. Nous habitons la maison qu'il m'a offerte et qui porte mon nom ! Ça va faire trois ans seulement que nous sommes mariés, mais j'ai l'impression que ça fait une trentaine d'années ! Ma nouvelle prothèse robotisée est une merveille technologique, j'ai donc retrouvé une certaine motricité. Ce filou de Charly m'appelle Robocop.

Si vous saviez comme ça m'énerve !

Bien qu'il soit agaçant, Charles est le rayon de soleil de ma vie ! Notre mariage a été fabuleux, et la lune de miel, très, très, intéressante. Je ne saurai vous en dire plus, car je suis toujours aussi pudique ! Dans moins de trois mois, nous allons accueillir un petit garçon. Il a mis du temps à arriver mais finalement, il est bien calé dans mon utérus. Cette grossesse rend mon mari très impatient. De mon côté, je m'inquiète un peu pour l'accouchement. Pour le reste, je suis zen ! Je suis heureuse de la vie que je mène et c'est l'essentiel !

[CHARLY]

Rendez-vous compte que, dans peu de temps, moi, Malik Charles Sylla, je vais être papa !

Les mots me manquent pour dire à quel point ma vie est belle ! C'est incroyable quand on pense que j'étais paramétré pour être un sale type, mais j'ai eu l'immense chance de croiser la route de Kharidja.

Ma femme a su faire tomber les barrières qui m'empêchaient d'être moi-même. À l'époque, je ne me savais pas capable d'aimer quelqu'un d'autre que moi. J'admets sans honte que j'avais une fausse idée de ce qu'était le bonheur.

J'ai finalement, compris que « le bonheur, ce n'est pas avoir tout ce que l'on désire, mais c'est tout simplement apprécier ce que l'on a »[16]. Je pourrais vous raconter des pans de ma vie tout entiers, mais il paraît que même les bonnes choses ont une fin.

Alors, je vais vous quitter ici.

Oui ! Oui ! Je sais, je vais terriblement vous manquer. Mais hey, les gars ! Je vous avais prévenus, non ?

Je vous avais dit que vous alliez adorer me détester !

~ FIN ~

---

[16] Citation de Paulo Coelho.

PLAYLIST SPOTIFY

https://vu.fr/ILWf

Senegal — Viviane Chidid
Playboy — Fireboy DML
J'prends la confiance — Youssoufa, Dip Doundou Guiss
Ayo Girl (Fayahh Beat) — Robinson, Jason Derulo, [Rema]
Nesesari — Kizz Daniel, Philkeyz
Sans effet — Tayc
Dior — Ruger
Mawozo — Oswald
In love (feat. Alikibi) — Otile Brown, Alikibi
Fall — Davido
Lost Me — Giveon
Fii Moy Senegal — Iss 814, Samba Diarra Mbaye, Papa N…
Guess Who's Back — Rakim
Wait For You (feat. Oxlade) — Melvoto, Oxlade
Dans tes bras — VJ
For My hand (feat. Ed Sheeran) — Burna Boy, Ed Sheeran
Sweet Game — Viviane Chodod, Bass Thiong
Rush — Ayra Starr
Fais-moi confiance — Sidiki Diabaté
Chérie Boy — Pipana
Pink + White — Frank Ocean
Dusuma — Otile Brown, Meddy
Sant Na Yalla — Viviane
A Kele Nta — MHD
Mbeugël is All (Version Mbalax) — Youssou N'Dour

MERCI

« La Chronique de Charly « a vu le jour pendant l'été 2014. La chronique a évolué sur Facebook d'abord, puis sur Wattpad atteignant près de 700K lectures. Ce qui n'était qu'un pari au départ, est devenu une très belle aventure !

Cette chronique nous a permis de mettre en avant le continent africain – Le Sénégal, plus particulièrement – mais elle nous a aussi permis de réaliser de très belles rencontres. Nous tenons à remercier tous.te.s les « Chrochros » ainsi que les lecteur.ice.s pour leur soutien, leurs retours et leurs partages !

Merci à nos familles et amis pour les encouragements, les avis constructifs et les fous rires ! Nous tenons également à remercier *@nzua_auteure*. Elle sait ce qu'on lui doit !

Nous espérons de tout cœur que vous avez adoré détester, notre Charly !

VOUS AVEZ AIMÉ VOTRE LECTURE ?

N'hésitez pas à laisser un avis sur la plateforme sur laquelle vous l'avez acheté ou sur Instagram :

@sue_auteure

- Poursuivez votre lecture avec d'autres titres de SUZANNE NSILULU :

  > ROMANCES, COMÉDIES ROMANTIQUES :
  – Fragrances
  – Tout a commencé un vendredi soir de juillet

  > DRAME SENTIMENTAL :
  – Le Diable au cœur

- Vous pouvez suivre l'actualité de MAINA THIAW SY en scannant le QR Code ci-dessous. :